文芸社セレクション

輪廻《りんね》転生《てんしょう》事件簿

速島 實

HAYASHIMA Minoru

文芸社

目次

断崖邸の死

一

十月の第三土曜日。広川は「断崖邸」と呼ばれる一階の会議室で文庫本を前に七海《ななみ》と話し合っていた。

「恋人に振られたからといって殺人までするか?」

「でも、現実にそういう事件が発生してるでしょ」

「それは思慮分別のない人間のすることで、高学歴で有名企業の社員のすることじゃないだろう」

「それはそうかもしれないけど……」

「第一、毒の入手先が変だろう。今時、薬品庫の管理は厳重で、簡単に鍵を開けてゲットという訳にはいかないだろう。その辺の詰めが甘いよね」

「それは言えるわね」

そんな話をしている所へノックと共に原達也が顔を出した。

「ちょっといいかな。今、ダルマ太陽が見えるから、来ないか」

二人は怪訝《けげん》な顔をしながら原の後を追った。

　ここは、とある田舎《いなか》町で、かなり急な崖が東西に四キロメートルほど続いている。その真ん中辺りが一番高く、日本海に向かって少し突き出ている。この辺りではそんな岬のことを鼻と呼んでおり、水面より三十メートル近い高さがある。岩だらけで草木の姿はほとんど見えない。崖の上から見下ろせば抉《えぐ》れているようにさえ感じる。そこに東西に伸びている三階建ての館が立っている。西側は崖っ縁で、一階より二階、二階より三階と海の方へ約一メートルずつ迫《せ》り出している。三階から飛び下りれば岩に叩きつけられそのまま海に転がり落ちるという、実に危険極まりない造りだ。

　数年前までは、手入れが行き届いており、花壇には四季折々の花で埋まっていた。それで鼻邸《はなやしき》と呼ばれていたのが、いつの間にか花邸《はなやしき》と変わっていった。しかし、持ち主が替わると花の数が激減し、今では断崖邸と呼ばれている。

　現在の持ち主は有田名将人《なおと》。かなり有名な推理小説作家だ。年に一冊の割でベストセラーを出し続けていた。〈売れっ子作家〉と書かれると嬉しそうにしていたが、ペースが落ちてくると〈売れ爺《つこ》〉と書いてくれと言い出した。しかし〈売れ爺《じい》さん〉と呼ばれる方が嬉しいそうだ。

　全盛期の頃はよくメディアにも出ていたし、政界への進出を打診されたこともあった。しかし、政界には興味がないし、その方面の知識もなかった。お気に入りの党もないし、選挙の時はその場のフィーリングで投票するという有様だ。〈勉強は議員になってからすればよい〉とか〈票数稼ぎだけだから〉とか、あの手この手で勧誘されたが、無責任なことだけはしたくなかったので、一切断っていた。その頃から徐々に筆が進まなくなり、いつの間にか、推理小説から手を引いていた。「エッセイくらいならどうですか」という出版社のオファーを受け、細々と執筆活動を続けていた。

それも、三年ほど前に、

「アイデアが何にも出てこない」

と終止符を打ち、筆を執るのを止めていた。

彼の高校までの同級生が原だ。隣県で警部をしている。今でこそやや太り気味でおっとりした感じだが、剣道では県でも一、二を争ったこともある猛者《もさ》だ。彼の音頭で、月に一回、ミステリークラブをこの館で実施している。初めは会の名前を〈ミステリーサークル〉にしようという意見もあったが、UFOや宇宙人の研究と間違えられそうなので〈ミステリークラブ〉にしたのだ。

どんなクラブかというと、推理小説の検証だ。実際に可能な殺人なのか、とか、毒物の入手経路は適切か、とか、密室のトリックに不自然性はないか等々の議論をするのである。要するに粗探しの会である。

広川元気は名前通りの元気者で、眼鏡《めがね》を掛けた、いかにも真面目《まじめ》そうな教育大の三年生だ。江藤七海は同じ大学の二年生。笑顔の素敵な女性で、誘われるままにこの会に入り、一年が過ぎた。

今までは都市部での会だったが、有田が知人の紹介で断崖邸を購入し、そこに移り住んでしまうと、会合の場所も必然的に変わった。

有田の次回作は出ないし、会の場所も隣県に変更になるし、人気の衰退と共にメンバーは一人減り二人減りしていった。今では広川と七海の二人だけになってしまった。発起人の原は毎回顔を見せるが、二人のオブザーバー的な存在で、実質的な討論には参加していない。

「ダルマ太陽って何？」

「俺が知る訳ないだろう。原さん、何ですか」

「見れば解《わか》るよ」

廊下へ出ると、原は突き当たりを指さした。

「あそこからでも見えるけど三階まで上がろう」

西日がドアを明るく照らしていた。

三階へ上がると、正面は資料室だ。東西に廊下が伸びている。右に目を向けると部屋が左右に二つずつ、左に向きをとると資料室の隣が書斎になっている。その向かいは客室とトイレ付き浴室だ。突き当たりにベランダへの入り口のドアがある。三人は書斎に入った。北に面した正面に窓があり、そこからは日本海が一望できた。窓に接して大きな机と椅子がある。全盛期には辞書や地図、時刻表などが山積みになっていたのだろうが、今ではスタンドが一つポツンとあるだけだ。実に整然としている。広川は〈やはり今は何も書いていないんだな〉と思った。

ドアは部屋のほぼ中央にあり、右側つまり東側には大型のテレビが豪華な台の上に鎮座している。その下にはＤＶＤや本等が置かれている。左右のラックにはアンプやプレーヤー等のオーディオ機器が所狭しと置かれている。その隣には大きなスピーカーがある。南北壁面にはレコードとＣＤが並んでいる。左に目を向けると、豪華なソファーが三つガラステーブルを挟んでコの字に置かれている。テレビを観たりステレオを聴くには丁度良い配置なのだろう。西側の突き当たりは四枚続きの大きなサッシのガラス戸で、南側に備え付けのクローゼットがある。広川の洋服ダンスとは比べものにならないくらい大きい。サッシの向こうがベランダだ。サッシが一つだけ開いており、そこから涼しい潮風が吹き込んでいた。有田の横に三人が並んだ。

「これがダルマ太陽ですか」

という広川の、感嘆とも問いとも思える呟《つぶや》きに、七海が肩を突つきながら小声で訊《き》いた。

「ダルマ太陽って何？」

「見ての通りだよ。ダルマさんのように見えるだろう」

「ダルマさん？　あれはどう見ても記号のΩ《オーム》にしか見えないけど……」

二人の会話を黙って聞いていた原は思わず〈クスッ〉と笑ってしまった。

横から有田が、付け加えた。

「SUN《エスユーエヌ》でサン。ダルマSUN《さん》と呼んでくれると嬉しいね。年に数回しか現れないんだよ。それもこの時期では、僕は初めてだよ。普段はもっと寒くなってからだね」

「先生はダルマさんって言いますけど、私にはΩにしか見えません。原さんは何に見えます？」

「私ですか。私は海坊主かタコ坊主だね。真っ赤に茹《ゆ》で上がったタコ」

七海はクスッと笑った。

「美味しそうなタコですね。元気さんは？」

「えっ。何？」

天頂付近は雲一つ無い明るい紺青の空が広がっている。そこから朱色の水平線に向かって美しいグラデーションを見せている。燃えるようなダルマ太陽を満喫していた広川には、波打つ音と重なって七海の問いが耳に届いていなかった。

「聞いてなかったの？　何に見えるかって話」

「ああ、そうねえ」

静かに打ち寄せる波の音に七海は下を向くと、広川の返事を待たなかった。

「見て、見て。真下は海よ」

すっとんきょうな声に広川が下を覗《のぞ》くと、したり顔をした。

「成る程。これがねらいだったんですね」

躰《からだ》を乗り出して確かめると、どうにかこうにか崖が見える。

「やはり、そう?」

普通に下を見ただけでは崖が見えない。今までに何度かベランダには出たことはあるが、いつも暗くなってからで、眼前の大海原に浮かぶ漁火《いさりび》を見るだけだった。波に反射して太陽から紅い光が伸びているが、途中で切れて真下辺りは暗青色で何も見えない。七海は二、三度深呼吸すると、疑問を呈した。

「こんな危険な建物でも建てられるんですね」

そう言われると、広川もちょっと疑問を感じた。有田がそれに呼応して説明を始めた。以前、原が有田に訊いたことがある。「よくこんなモノに建築許可（実際は建築申請）が下りたな」と。有田も又聞きの話しか知らない。

依頼主が真下に海が見えるようにしたいというので、許可が出るか出ないか（申請が通るか通らないか）は別問題にして設計したらしい。土台が岩盤でしっかりしているので、計算上は十分な強度があるという。許可に関しては、そんなに昔の話でもないのに、二つの説が行き交っていた。

一つは、有名な建築家が設計しており、強度計算上問題が見当たらないので、すんなり許可が出たというものだ。もう一つは、許可は下りなかったが、建てた者勝ちで無理矢理建てたとする説だ。まさか出来上がった物を壊せという命令は出せないだろう。仮に出したとしても、持ち主が壊す訳がない。強制撤去も出来ないというのだ。

そんな話を聞いているうちに、太陽はどんどんと水平線から姿を隠していった。ダルマであろうがΩであろうが茹で蛸だろうがどうでもよい。美しい景色に変わりはない。みんなは暫し遠くの暗青色の海に見入っていた。水平線近くの空のグラデーションは朱色から茜《あかね》色へと時々刻々変わっていく。

太陽が完全に沈んでしまい、水平線が赤銅色に変わると、広川と七海は会議室へ引き上げることにした。階段へ行くと、いい匂いが漂っている。一階に下りると、正面が奥様専用の和室だ。その左右に部屋がいくつも並んでいる。東に目を向けると、右奥から広川たちが利用している会議室、それから管理人室、玄関、奥様の寝室、トイレ・浴室が続く。左奥からは客室が二つ、奥様の和室、ダイニングキッチン、ベランダとなっている。

ダイニングに入ると食欲をそそる匂いが鼻一杯に広がった。案の定、夕食の準備が終わっている。大きなテーブルが四つあるが、ベランダ側の一つに四人前の料理が並べられている。数十人でのホームパーティーが出来る広さだ。

「食事の支度が出来ましたので、二人はここでお待ちください。私、先生をお呼びしてきますから」

家政婦の礼子は原と同年代だろうか、決して美人ではないが料理が得意で屈託のない性格はメンバーの誰からも好かれていた。礼子はそそくさと三階へ上がって行った。

有田がここで食事をするのは月に一回、クラブのある時だけである。普段は三階の自室で取る。もう一人の住人である妻の美佳は、廊下を挟んでキッチンと向かいにある洋室で一人寂しく食べる。家庭内別居になってもう五年が経つ。クラブへは挨拶にすら来ない。〈坊主憎けりゃ……〉という類いかもしれない。

テーブルを囲んでの話は弾んでいた。最後にこの会の顧問である原がまとめのスピーチを始めた。と言っても食事をしながらの会話であるから途切れ途切れにはなる。

「今回は偽装の首吊り自殺ですが、警察はそんなに甘くはありません。解剖をすれば他殺か自殺かの区別はつきます。どんなに巧《うま》く偽装してもです。今回の事件は司法解剖に回ったということですから、先ず最初の時点で他殺と判断できていなければなりません。後の展開については、皆さんの指摘の通りで、間違いありません。素晴らしい分析でした。ということでこの作品は何点ですか」

「八十点にしました」

答えるのは今となっては広川しかいない。

「そうですか」

原はこの作品を読んだ訳ではない。話の中で初めて知るのだ。昔は検討作品が決まると必ず読んでいたが、今は現職の警部で、そんな時間がとれなくなった。

有田はこの会の議論の中からヒントを得て、作品作りに生かしたこともあったが、最近ではそれも思うようにいかなくなっていた。

気分一新で、この館を購入し、都市部から転居してきたのだが、意味はあまりなかった。家庭内別居は益々酷《ひど》くなるばかりである。美佳は元アイドルで、都会の生活が染みついてしまったのだろう。不便な生活に嫌気がさしているのか頻《しき》りに都会に戻りたいと言っているようだ。出前を取ることも度々あったが、ある時、配達員の「こんな遠くまで運んでも時間給が増える訳じゃなし」という心ない言葉に、頭にきたのかぷっつりと頼むのを止めてしまった。部屋は沢山あり、掃除も大変。一人ではできないと、人を雇ってさせていた。料理も面倒くさいのか、家政婦さんを雇い、任せるようになってきた。それぞれが階を違えて自分の部屋を持ち、いよいよ二人の間の壁は厚くなってきた。転居はしなくても、いずれはそうなったのだろうが。

有田はこんな美佳に愛想を尽かしていた。何もしないでノンベンダラリと過ごすような女は居ても居なくても同じだった。いや、むしろ居ない方がいい。一度嫌悪感を覚えると、その一挙一動がいらいらの原因になる。筆が進まない大きな原因とさえ思ったこともあったようだ。

〈そうだ。妻を殺せばいいんだ。殺してしまおう〉と思ったことは何度もあったらしい。それが高じてきて〈どうしたら妻を完全犯罪で殺せるだろうか〉と考えたことも。そんな冗談っぽい話を原は何度か聞かされた。そして付け加える言葉が〈小説のネタだよ〉になる。しかし原は、本音ではないだろうかと度々思ったようだ。一度、原が〈別居妻殺人事件〉なるものを提案したことがある。状況説明からすると有田がモデルであることは一目瞭然だった。

毒殺。毒薬の入手方法が分からないので却下。トリカブトなどの毒草を用いる方法は？　どんな植物なのかは有田なら知っているかもしれないが、具体的に何処に生えているのかまでは分からないだろう。

車による事故死。メカについて詳しくないので無理。ブレーキに小細工、なんて考えたこともあるが、実際、どのようにしたらいいのか分からない。

殺害方法が見つかったとして、死ぬとは限らない。小説では死亡となるが、実際はそう簡単には人は死なないという事実だ。一命を取り留めた場合は、面倒を見なければならなくなる。それはお断りだろう。

火災による事故死。外からの放火では火事にならない。建物内からの放火、もしくは失火になる。それでは自分が死ぬかもしれない。リスク大。留守時の場合、自然発火という細工が必要。アリバイ作りも大変。もし失敗した場合、足が付く可能性が大。扼殺《やくさつ》。顔を見るのも厭《いや》。即、却下。その他にもいろいろと考えたらしい。いずれにしても動機が薄い。みんなの結論は離婚。今までの検討は一体何だったのか。それでも広川には得るところが沢山あった。

転居後、サークルのメンバーは半減した。メンバーは二時間以上も掛けてやってくるのだから会を止める訳にはいかない。原も月一回くらいだから何とか都合をつけて参加していた。しかし五年後の今では二人だけになってしまった。広川も、そろそろ解散かなと何度か思ったが、自分から口火を切ろうとはしなかった。七海が言い出せば、その時提案しようくらいにしか考えていなかった。

ここでの会合は広川にとっていろいろと都合が良かった。その一つが、夕食なのだ。無料で豪華な食事が得られるのだから。

二

食事も終わろうとする頃、チャイムが鳴った。礼子が応対しようとすると、洋室から美佳が出てきて、それを制した。

「礼子さん。いいの」

やってきたのは文恭出版の渡辺だった。背広姿の背中には、いつも大きなリュックがある。荷物が一杯なので大きく膨らんでいるが、体格がいいので、それ程には感じさせない。美佳への応対は実に丁寧だ。勿論この三人に対してもだ。スキンヘッドだから、遠目からでもすぐにそれと分かる。ちょっとメタボだが、一七五センチという身長がそれを巧く誤魔化している。柔道でもやっていたようながっしりした体格だ。広川は数回会っており、浪曲師のような大声なので目を瞑《つぶ》っていても誰だかすぐに分かる。有田とは将棋敵《がたき》で高級ワインやウィスキーを賭けることもあるらしい。

原はそれを機に帰ることにした。広川と七海は二階の二部屋へそれぞれ移動した。泊まるのだ。礼子は慣れたもので、玄関先で泊まりかどうかを訊いて、泊まりと分かるとすぐに鍵を渡している。各階にそれぞれトイレと浴室があるのでちょっとしたホテル代わりだ。広川の部屋はトイレの隣の部屋で、七海はその斜め向かいのベランダ付の部屋だ。参加人数が多かった頃は、三階と二階のお風呂でそれぞれ男性用と女性用を分けていたが、今ではたった二人なので二階だけを使用している。

風呂から上がり、寛いでいると車が出る音がした。広川の部屋は道路側なので車の出入りは聞こえやすいが、七海の部屋は海側なので波の音にかき消されてほとんど聞こえない。どうやら渡辺が帰ったようだ。

「お風呂どうぞ」

と、七海に声をかけた。

礼子は、普段は有田夫妻の夕食準備が終わるとすぐに翌朝の食事を準備して帰宅するのだが、今晩は、いつものように二人の泊まり客への対応を頼まれていたので泊まることにしている。朝食も、お客用に温かいモノを提供するためだ。もっとも、夕食後は誰も何も頼みはしない。何故なら、キッチンの冷蔵庫のビールは自由に持ち出してもよいことになっているし、食器棚にはウィスキーもある。夜食の依頼さえ無ければフリーと同じだ。それも夜は九時までという契約だ。だから一度帰り、早朝に来ても間に合うことは間に合うのだが、賃金も普通より厚遇されているので、月に一度のことだからと、泊まることにしているそうだ。

広川は十時になると一階へ行き、缶ビール一パックと簡単なつまみを持ち出し七海の部屋へ向かった。いつものことだ。来年はいよいよ教員採用試験。どこを受けようかといろいろ考えている。現在住んでいる所で就職するのが一番有利だが、故郷での就職も興味がある。僻地や離島での教育も魅力的だ。そんな話が最近は増えてきた。勿論、恋愛論や最近読んだ推理小説の話などもする。とにかく話題は尽きない。飲み物が無くなるとそこでお開き。これがクラブの中止を言い出せない、最大の理由だ。

翌朝、広川と七海はそれぞれ自分の部屋から出てきた。さも、ずっとその部屋に居たかのように。二階は客室ばかりで、六部屋ある。その内の二部屋を二人で借り切っている形だ。二人しかいないので、そんな振りをする必要は何もないのだが……。三年前はいろんな人が右往左往していたので、その時の習慣が残っていたのだ。

ダイニングへ行けば二人分の朝食の準備が出来ている。有田夫妻はそれぞれ自室で食べるのでここにはない。食事中での話題も尽きない。昨晩もずっと話していたのに。

食事が終わると二人は自室に戻った。が、すぐに広川は七海の部屋へと向かう。礼子は片付けが終わるとさっさと帰った。

二人の帰宅時間は十時と決めている。一時間に一本しかないバスに合わせていた。

今日も天気がいい。秋の柔らかな日差しが注いでいる。定刻になったので、二人は有田に、暇《いとま》の挨拶に向かった。

三階に上がると、書斎のドア横に手つかずの朝食が置かれたままになっているのがすぐに分かった。

「先生は朝食がまだだね」

広川は怪訝《けげん》な口ぶりだ。

「今までこんなことなかったわねぇ」

七海も不思議そうに答えた。広川はドアをノックして、

「失礼します」

と声を掛け、ドアノブに手を伸ばした。

「あれっ。鍵が掛かってる」

「まだ寝てるんじゃない？」

「まさか。もう十時だよ。先生は少なくとも六時には起き出すという話だよ」

「そうよねぇ」

「仕方がない。このまま帰るか」

「そんなぁ。それはないでしょう。……ひょっとして脳卒中か何かで倒れてるとか……」

「そっかぁ。あり得ない話じゃないなぁ。ベランダから覗いてみようか」

「そうね、それがいいわ」

廊下の突き当たりのドアノブに広川が手を掛けた。が、ここも鍵が掛かっている。

「奥様に言って、鍵を開けてもらうしかないね。ここで待ってて」

広川が初めてこのクラブに参加した時、「原さんは美佳さんと呼んでいるけど、僕は何て呼べばいいですか」と原に相談したことがある。そこで議論した結果が「奥様」ということになったのだ。

一階へ下りてドアをノックすると少し待たされた。この時間だと化粧もとっくに終わっている筈《はず》だ。鏡を見て確認しているのだろうと思っているところでドアが開いた。今まで面と向きあうことがなかったが、元アイドルというだけあって、端正な顔立ちである。スタイルは今でも申し分ない。

広川が事情を説明すると、

「仕方がないわねえ」

と面倒くさそうに言った。美佳は鍵の在処《ありか》を知らないのだ。自室へ戻り、電話をかけていた。

「あっ、礼子さん。書斎の鍵は何処にあるかしら。……。ちょっと様子が変らしいの。……。そう、それで。……。分かった。有り難う」

部屋から出ると何も言わずに廊下をずんずん歩き出したので、広川もそれについて行った。美佳は玄関横にある靴箱を開け、中を物色し始めた。作業用長靴の中に手を入れ、鍵を取り出すと、管理人室へ向かい、その鍵を使って開けた。美佳が机の引き

出しから鍵束を取り出すのが見えた。入り口で待っていると、美佳は投げやりに、

「はい、三階の鍵」

と言って、束ごと渡した。鍵は九つ有り、どれも同じ形式だった。

三階へ行くのが嫌なのだろう。そこまで二人の関係は冷え切っていたのだ。仕方なく広川は一人で三階へ上がった。美佳はそのまま自室へと戻っていった。

書斎の前で七海が「遅かったわね」と言ったが、広川はただ「うん」と返事をしただけだ。鍵があるのだから別にベランダから覗く必要もない。ノックをして返事がないのを確かめると、鍵を一つずつ試し始めた。七つめでやっと鍵が開いた。

爽やかな海風が二人の頬《ほお》をサッと撫《な》でた。広川が二、三歩進んだ所で急に立ち止まったので、続いて入ってきた七海はぶつかった。

「どうしたの？」

七海は広川を押しのけるようにして中を見ると「きゃっ」と叫ぶなり目を覆って立ち尽くした。書斎とベランダを仕切っている大きなサッシの戸が開いている。欄間にロープが括《くく》り付けられており、そこに有田がぶら下がっていたのだ。足下には椅子がひっくり返っている。

七海の足は竦《すく》んでいる。広川は自分がしっかりしなければと深呼吸した。気を取り直し七海の向きを変え廊下に押し出すと、有田に恐る恐る近づいた。テレビではお馴

染みだが、本物は初めてだ。先ずは確認。まだ息があるかもしれないからだ。ゆっくりと回り込んで覗き込んだ。酒臭い。青白く、変わり果てた醜い姿に思わず目を背けた。鼻水が少しだけ垂れている。失禁している。もちろん息は無い。クラブで学んでいるので、自殺だと直感した。廊下へ出てそっと声を掛けた。

「大丈夫かい」

「ええ、何とか」

「奥様と警察に連絡してくれるかい」

「分かった」

もう既に死んでいる。こんな時は救急車ではなく警察だ。七海も理解はしている。七海は気落ちした様子だが、手摺《てすり》を摑まえながら下りていった。それを見ると広川はベランダに戻った。触ってはいけない。

昨日、夕食を共にしたばかりだ。自殺するような素振《そぶ》りは微塵《みじん》もなかったように思った。それがどうして……。疑問はあるがクラブの一員として興味が唆《そそ》られる。こういう機会はまたとない。恐い物見たさも手伝っていた。目と目が合わないように手を翳《かざ》しながら、ややもすると吐き気を催しそうになるのをグッと我慢して、上から下まで詳しく観察した。

首吊り自殺の場合、舌《べろ》がべろんと垂れ下がると認識していたが、そうではなかった。

歯にひっかかっているのだろうかと思った。目が飛び出すとも聞いていたが、それもない。今までの耳学問と随分違うなと思った。手足を縛られた様子はない。吉川線《よしかわ》（首回りのひっかき傷のこと）もない。失禁はしているが脱糞はない。小説の世界と現実は随分違うなと思った。ひとしきり観察すると部屋の中を物色した。

机の上の「遺書」と書かれた封筒がすぐに目に入った。中を見たいという衝動に駆られたが、触ってはいけない。ドアのサムターン（内側のつまみを回して施錠する鍵）も触れない。ゴミ箱の中も興味があったが、取り出す訳にはいかない。机の引き出しも同様だ。特に異状は見られなかった。あくまでも素人《しろうと》の判断だ。

窓の鍵の部分を観察した。ごく普通のクレセント錠（三日月状の締め付け金具が付いている、アルミサッシの窓に取り付けられている錠）だ。鍵は掛かっている。ロックの掛かるタイプで上側が押されている状態だが、それがロックされている側か外れている側かは判《わか》らなかった。もう一つ。ベランダと廊下を仕切っているドアだ。ここはサムターンで、ベランダ側につまみが、廊下側に鍵穴が付いていて、ここも施錠されたままだ。書斎の出入り口、窓、廊下からのベランダへの出入り口。そのどれもが閉まっていたことになる。いわゆる密室状態だ。死体の様子と言い、状況と言い、これは自殺に違いないと確信した。

丁度観察し終わった時に二人の上がってくる音が聞こえた。広川は急いで廊下に出ると、戸を閉めた。

「奥様、見ない方がいいと思いますが……」

　何かの冗談としか思っていない様子で、ドアをサッと開けて中に入った。美佳は二、三歩入った所でハッと息を呑《の》み、口を押さえた。広川は慣れない手つきで美佳の肩を抱いて、廊下へ出ようとしたが、躰が硬直しているようで、思うようにいかなかった。何とか力ずくで廊下に出すと、七海が戸を閉めた。すると美佳の躰が急に柔らかくなり、広川の手からすり抜け、砕け落ちそうになった。七海が倒れそうになりながら、何とかそれを受け止めた。

　さて、どうしたものか。そのまま階段を下りれば転倒する可能性がある。二人は美佳を書斎と向き合っている客室に連れて行った。ここも鍵が掛かっている。鍵束から探し出し、開けて中に入った。ベッドもあればソファーもある。広川が泊まった部屋と同じ内装だ。三人はまんじりともせず、椅子に座っていた。

　このまま座っていても仕方がない。さて、何をしようか。

「奥様、何処かへ連絡をしなくて大丈夫ですか」

　広川の言葉で我に返ったのか、美佳はハンカチで目頭を押さえた。

「そうね、連絡しなくちゃ」

　元気なく立ち上がろうとする美佳に七海が手を差し出し、支えた。少しは落ち着きを取り戻したようだ。一階の自室まで連れて行くと、二人は会議室へ移動した。広川も原に連絡を取った。

「すぐには来れないって。写真を撮るように頼まれたので行ってくる」

広川は預かったままの鍵束をテーブルに置くと書斎に戻り、スマホを取り出し、窓やベランダ、机、床の様子を事細かに写真に撮った。最後に、死体に目を背けながら上から下までアップで撮った。会議室に戻ってみると美佳が同席していた。一人でいるのが怖いようだ。既に必要な連絡はとったと言う。

警察が来るまで十分もかからなかったと思われるが、沈黙の時間は二十分にも三十分にも感じられた。この部屋は南向きで道路側なので、車が来ればすぐに判る。窓から覗くと、パトカーが見えた。広川が玄関へ行きドアノブを回したが回らない。鍵が掛かっていた。カバー付きの防犯用サムターンだ。つまみを回して鍵を開け、警察官二人を招じ入れた。

広川はすぐに現場に連れて行き、状況を説明した。先輩格の警察官が美佳と七海にも話を訊きたいと言うので会議室へ案内した。他の人にも話を聞く必要があるだろう。もう一人の警察官は書斎入り口で立っていた。

七海の話は広川の話と同じである。美佳とも食い違う所は何もない。

暫くすると乗用車がきた。先輩格の警察官が玄関先へ出迎えに行き、二人の男性と共に戻ってきた。一人は立派な身なりの紳士である。広川は〈この人が検視官か〉と思った。もう一人は医師。白衣を着ているのですぐに判る。こんな田舎である。テレビでやっているような監察医が来る訳がない。警察と提携している病院の医師だろうと推測した。

先輩格の警察官が、説明をしながら二人を現場へ案内した。

「有田先生は私の患者さんなんですが、『作品は出来ないし、糖尿病は全然良くならないし、死にたい気分になることがあるよ』と言う事があったんですが、冗談にしか受け取っていなかったんです。あれは本音だったんですね。全く気づきませんでした。不徳の致すところです」

残された三人には、微かに聞こえた。

「奥様、そうなんですか？」

「月に一度は病院に行ってたみたいですよ」

全く他人事《ひとごと》のような話し方だ。七海は小さく肯いただけで、それ以上は話しかけず、ただ時が過ぎるのを待った。

検視が終わったのだろうか、三十分程して検視官たちが戻ってきた。検視官はスマホと封筒を手にしていた。

「これはご主人のスマホですね」

「ええ、そうです」
　特に問題もないのかそのまま返してくれた。次に封筒から一枚の紙切れを取り出し美佳に見せた。それは広川が目にしていた遺書だった。そこには、こう書かれていた。

　この度は皆様にご迷惑をおかけします
　連日の重い心をどうすることもできません
　発想力がなくなり
　思うように筆が進まず、疲れ果てました
　美の終焉を迎えたいと思います
　文恭出版をはじめ多くの方々には大変お世話になりました
　今まで有り難うございました

　追伸
　この邸と土地は美佳に
　その他の財産、預貯金、著作権等の全ては息子の慧史《さとし》に与える

平成二十八年十月十五日
有田名将人　印

自筆、日付、押印。遺書なのか遺言書《ゆいごん》なのかよく判らない。しかし、自筆で日付があり押印もあるので遺言書《いごん》として有効であると思われた。美佳は涙を拭きながらそれを暫し見入っていた。

「これはご主人の字ですか」

「はい、有田の文字だと思います」

「明瞭《はっきり》と分かりませんか。何か手書きの物でもあれば比較したいのですが……」

「書斎にありません？」

「ええ、書斎には他に手書きの物はありませんでした」

「じゃあ、資料室は？」

「それはどこです」

「書斎の隣の部屋よ。鍵を持ってるあなた。開けてくださる」

鍵を返してなかったのに気付いた広川は、

「あっ、ええ」

と少し間の抜けた返事をすると、鍵束を手にして立ち上がった。七海も広川の後についた。

「筆跡鑑定までするのかしら」

七海が広川の耳元で囁《ささや》いた。

「有名作家だから、手落ちの無いようにしたいんじゃない。それとも必ずそうするのかなあ」

「私に訊いたって分かる筈ないでしょ」

「それもそうだね」

「奥様は、あなたの名前も知らないみたいね」

そんなひそひそ話をしている間に、資料室だ。

初めて入る。ドアを開けると小さな図書館状態になっている。ドア横に小さな机があった。検視官が机の中を調べ始めた。すると引き出しの奥の方からメモ書きが出てきた。原稿はワープロで書くと聞いていたが、思いついた時に書き溜《た》めていたのだろう。奥の方から出てきたということからも、最近はやはりイメージが湧かないのだろうと思った。

三枚のメモを持って戻った。検視官は、メモと遺書を交互に何度も見比べていた。やがて顔を上げ、大きく溜息をついた。

「自筆で間違いありませんね」医師の方を向き、続けた。「病院に運びますか」

「その必要はありません。自殺に間違いないでしょう。ここで検案書を書いてもいいくらいです。あいにくと用紙がありませんけどね。持ってくればよかった」

七海が素朴な質問をした。

「いつもですと、病院へ運ぶんですか」

「場合によります。他殺の疑いがある時はうちの病院に運んでもらって、ご遺体を調べ、死体検案書を書きます。今日はたまたま警部と一緒だったので、現場に同行させてもらったんです。特に異状は見られませんので、解剖の必要もないでしょう。警部、如何《いかが》です」

死体に異状がない。密室である。自筆の遺書がある。自殺したいと漏らしていた。疑いようがない。警部と呼ばれた人も全く同意見のようだ。

「そうですね。このままご遺体を引き取っていただければ手間が省けます」

「奥様。よろしいですか」

美佳は力なく頷《うなず》いた。

「では、引き上げましょう」

美佳の様子を窺《うかが》っていた七海は少し心配になり、質問した。

「済みません。今後はどのようにすればいいんですか」

「先ずは葬儀屋さんに連絡を取ってください。後はお任せしておけばきちんとやってくれますよ。それと、検案書を病院まで取りに来てください。それがないと先に進めませんから」

病院名と名前を教えてもらった。駅近くにある、この町では一番大きな病院だ。

「解りました。有り難うございました」

警察や医師が帰っていくと、暫くは重い静寂が辺りを覆った。美佳は涙こそ見せないが悲愴感に溢れていた。しかし、いつまでもじっとしている訳にはいかない。七海が口を開いた。

「奥様。葬儀社はどうなさいます」

「どこでもいいわ。適当に決めてくれる」

「えっ。私が決めるんですか」少し呆《あき》れ顔で広川に目を向けると、肯《うなず》いていたので「分かりました」と返事をした。七海は携帯で検索し始めた。ここから一番近い葬儀社を探し出すと、そこでいいか美佳に確認をとった。

「葬儀屋さんが来たらこの会議室にお通しして」

広川は少し呆れ顔で七海の方に目を向けた。こんなに人使いが荒いとは思ってもみなかった。チヤホヤされていた時の癖が残っているのだろう。有田が亡くなって本性が出たのかもしれない。使用人扱いされて少しムッとしたが、部屋を借りている身としては仕方ないと素直に応じた。

美佳は一呼吸置くと目を見開いて自室へ向かった。気を取り直したのか、表情が一変していた。

葬儀社が来たのは、それ程遅くはなかった。車の音がしたので広川が重い腰を上げた。チャイムの音が鳴るのと同時にドアを開けた。会議室に案内し、七海が呼びに行こうとすると、美佳がやってきた。

遺体をすぐにでも冷やすと言うので、広川は鍵束を手にして数人を案内した。一階に戻ると、美佳は葬儀屋さんと打ち合わせをしていた。

広川と七海は邪魔にならないところで、打ち合わせの様子をじっと聞いていた。

有田の両親は既に他界している。兄と妹が一人ずつ。美佳の父は亡くなり、母は介護施設に入っている。兄弟は妹が一人。子供は慧史だけだ。結婚していて子供が一人いる。美佳は親戚と相談済みなのか家族葬に決めていたようだ。

広川と七海は、有田の兄妹関係への連絡を頼まれた。

広川は〈原さんへの連絡だけならまだしも、何で俺が兄妹へ連絡しないといけないのか〉と、少し怒りに似た感情を抱いた。有田の兄妹なんて知る由もない。それで名前だけでもと訊いたが、美佳もうろ覚えで正確には知らないようだ。それで広川たちに振ったようだ。家庭内別居が続くと、こんなになるのだろうかと溜息を吐《つ》くしかなかった。

広川は有田のスマホを借りてスイッチを入れた。電話帳には原の他には出版社の名前があるだけだった。通話履歴を見る。原の名前が一番に出てきた。と言うか他の名前が履歴に無いのだ。SNSもやっていないようだ。手がかり無し。それで三階の書斎へ行き、めぼしい物を漁《あさ》ることにした。机の引き出しから名刺入れが見つかった。出版関係や小説家関係が殆どで親戚らしい人の名刺は見つからなかった。親戚の人が名刺を渡すとはあまり考えられないので、無くて当然だと思った。他にめぼしい物はなかった。七海は棚を探し回っていたが、首を横に振った。

二人は資料室を探すことにした。遺体は既に斜め向かいの会議室に移動されていた。三階には客室の他に会議室が二つもある。往年はこの会議室もフル活動していたのだろう。祭壇などがどんどん運ばれてくる。斎場を使わずに、ここで葬儀を行うようだ。

美佳は机の引き出しを探したがめぼしい物は何も無かった。棚には数個の段ボールがある。広川はその中の手紙と書かれている物を、少し背伸びをして取り出し、机に置いて調べ始めた。中を開けると仕切りがしてある。暑中見舞い、年賀状、その他に分類されているようだ。広川が年賀状を、七海は暑中見舞いとその他を調べることにした。先ず差出人をチェック。有田名将人の本名は有田直人。名字は同じだから探すのは楽だ。有田姓の手紙が二通。その内の一通は〈有田慧史〉とある。息子さんだ。有田後の一つは男性名で兄と思われる。妹の物を見つけるには少し時間がかかった。有田という姓が一通もないからだ。結婚して変わっているのだろう。文面から探すしかない。通り一遍の文面ばかりで、判別がつきにくいが、その中でこれではと思われる物を五通程ピックアップした。七海の方は空振りだった。

二人は七通の年賀状を持って一階へ下り、会議室へ入った。誰も居ない。打ち合わせが終わり、美佳は自室に戻ったのだろう。自室へ行き、確認してもらった。ビンゴだ。

「これが兄さんでこれが妹さん。慧ちゃんは私が連絡したから、この二人の連絡をお願いね。あとの人はしなくていいわ。家族葬で簡単に済ませるから。あなた達はどうするの?」

広川が七海の顔を窺《うかが》うと目と目が合った。〈第一発見者だから参加しない訳にはいかないでしょ〉と言っているように思えた。

「よろしければ、参加させてください」

「そう。分かったわ」美佳は無表情に近かった。「ところで、原さんだったかしら。あの人はどうするのかしら」

「今から連絡してみます」

「そう」美佳は年賀状を指しながら「じゃあこの二人と原さんの三人に連絡してね」

「通夜と葬儀の日時はお決まりですか」

通夜は今日の十八時から。葬儀は明日十時からと言う。

「妹さんは少し遠いので今日中には間に合わないと思いますが……」

と言うと、それは仕方がないとばかりの冷たい返事が返ってきた。

美佳の部屋であれこれ連絡するのも憚《はばか》られたので、会議室に戻ることにした。廊下に出ると、広川は肩を窄《すぼ》めて七海を見やった。七海も開いた口が塞がらないという感じで見つめ合った。が、乗りかかった船だ。文句も言わずに従うしかない。

原に電話をする。何とか駆けつけるとのこと。先程の電話で遣《や》り繰りをつけていたようだ。

兄の手紙には電話番号とメールアドレスが記載されていたので楽だった。妹の物は住所のみ。それで電話番号をご存じなら教えて欲しいとお願いしてみると、知っているので彼の方から連絡をするという返事だ。助かった。

「坊主憎けりゃ袈裟まで憎いってやつかな」

「本当は連絡なんてしなくていいと思っているのかもね」

原への連絡が終わると、

「奥様に報告して帰ろうか」

広川が提案すると七海もすぐに同意した。そこで二人は美佳の部屋へ行った。

「お兄様に日時の連絡をしました。妹様にはお兄様から連絡を入れるそうです」

お兄様とか妹様とか、普段使い慣れていないので少し言い難《にく》いが、他の言葉が浮かばなかったのだ。

「原さんも参加するそうです」

「原さんお一人？」

「家族葬なので他には連絡しないように言いました。それでよかったですよね」

「ええ、有り難う」

「じゃあ、私たちはこれで……」

「ちょっと待って。もう少し居てくれない」

「何かまだ手伝うことがありますか」

「いえ、そうじゃないの。一人になるのが怖いの」

まだ葬儀屋さんが居る。遺体と一緒というのはあまり気持ちのいいものではないが、化けて出る訳ではない。今まで事務的で無表情だったのが、少しだけ不安な顔つきに変わっていた。遺体と同居が怖いなら、斎場ですればいいのにと思った。怖さを押し切ってまで自宅でする気持ちが解らなかった。淋しいというのなら解るが単なる言葉の綾だろう。

しかし、七海は美佳の気持ちがよく解るのか、励ましながら快諾した。広川は同意せざるを得なかった。

立派な棺《ひつぎ》や供花が運び込まれる。三階の会議室はここと同じ十五畳くらいだろうか。家族葬なら十分だろう。

昼を少し過ぎた頃、早々と慧史が一人でやってきた。妻と子供は後から追いかけてくるそうだ。三階へ行き、戻ってくると、

「遺書はどこ」

と単刀直入に訊いていた。会議室に居た美佳は自室へ行き、遺書を手にして戻ってきた。慧史は暫く読み耽《ふけ》って、考え込んでいた。相当気にしている感じだ。興味のある広川は二人に近寄って、控え目に口を挟んだ。

「あのう、済みません。その遺書、写真に撮ってもよろしいでしょうか」

「この人は」

「ああ、クラブの人。有田を見つけてくれたの」

「そうなんですか」既に内容は知っているものと考えたのか、少し考えて返事をした。

「まあ、いいでしょう。どうぞ」

広川は丁寧に礼を述べ、スマホで写真を撮ると、七海の横に座った。その隣に座っている美佳に慧史が声を掛けた。

「ここじゃ何だから、母さんの部屋に行こう」

美佳が立ち上がると広川が、

「あのう、僕たち帰ってもよろしいでしょうか」

と遠慮気味に言った。慧史が来たので大丈夫だと思ったのだ。

「ああ、そうね。有り難う」

感情の入ってない、事務的な返事だ。二人は帰りの挨拶を済ませ館を後にした。

道すがら、広川は七海にも聞こえるようにスマホを手にして遺書を読み上げた。

「奥様はあの家と土地だけなのね。どの位の値段なのかしら」

「さあね、でも相当の値になるんじゃないかな」

「でも現金がないとやっていけないわね」

「売っちゃえば済む話だろう。有田先生が全盛の頃ならいざ知らず、奥様一人では広すぎるだろう。第一、自殺のあった家なんかには住みたくないだろう」

「そうよねえ。でも、そんな屋敷を買う人っているのかしら」

「事故物件になるから、値段はかなり下がるだろうけど、それでも、一生楽な生活は出来るんじゃないかな」

「そうかもね」

「どちらかと言うと、奥様は都会派って感じがするんだよね」

「私もそう思うわ。何と言っても元アイドルでしょ。こんな田舎生活、似合わないわ」

「それにしても、昨日はあんなに元気に話をしてたのに、どうして自殺なんかしたんだろう」

「不思議よねえ」

「思うように筆が進まないからと言って自殺なんかする？」

「分からないわよ。自殺した作家って何人かいるでしょ？」

七海は名前を挙げながら指を折っていた。

「でも、その中には推理小説作家は一人もいないよ」

「あら、そうね」

二人は暫く重苦しい沈黙の中を歩いた。広川は溜息交じりに「自殺かあ」と呟いた。

「そう言えば有田先生の小説にも自殺を取り扱った作品があったわね」

「自殺に見せかけた保険金目当ての殺人事件の話だったね」

その小説の話の途中でバス停に着いた。次のバスまで三十分以上もある。それは判っていたが成り行きで仕方がなかった。

「受取人が犯人だったね」

「それは誰でも考えつくけど、とにかくトリックが素晴らしかったわね」

「先生の保険金の受取人は誰になってるんだろうね」

契約時には奥様の名義にしただろうが、後で書き換えたかどうかだ。面倒でほったらかしになってるかもしれない。書き換えるとしたら息子さんだろう。それとも、とっくに解約してるかも。そんな話が続いていた。

三

その日の夕方。喪服を持っていない広川は、コンビニで黒のネクタイを買って締めた。七海はリクルートスーツだ。

断崖邸に着くとインターホンから礼子の声が聞こえた。いつもの会議室に行くように言われた。ドアを開けると正面に「控室」と矢印が書かれた紙が張ってある。いつもの会議室が「一般控室」になっていた。斜め向かいの部屋は「親族控室」になっている。中に入ると、出版社の渡辺が先客で座っていた。広川は少し離れて七海と座った。

「たったこれだけ?」

七海が耳元で囁いた。

「家族葬とは言っていたけど、ちょっと淋しいね」

会話はそれだけで、沈黙が続いた。すぐに礼子がお茶を持って入ってきた。その後ろには原がいた。

「もう、いらしてたんですか」

七海は立ち上がって声を掛けた。広川も立ち上がった。礼子に向かって軽くお辞儀をして、お茶を手にすると座った。原と礼子は二人と向かいあわせに座った。

別にひそひそ話をする必要もないのだが、自然とトーンは下がった。

「広川さん、お昼に駅前のレストランに行きませんでしたか」

「ええ、そこでランチを頂きました」

「やはり、そうでしたか。奥様から電話がありまして、来てくれって言うでしょ。今日は休みなのにどうしたのかしら思って出かけたら、途中で姿を見かけたんです」

「そうだったんですか」

「で、来てみると大変なことになってましてね。ご存じなんですね」

「もちろん。私たちが第一発見者なんです」

「あら、そうなんですか。吃驚《びっくり》なさったでしょう」

「ええ、それはもう」

「電話で、鍵の場所を訊くでしょう。何か変だとは思ってたんですが、まさかこんなことになってるなんて……」

「ところで、当日の様子を詳しく話してくれないか」

原の問いに礼子も耳を傾けた。説明が終わると、原から写真を見せるように言われた。その時、お坊さんがやって来たので、すぐには始まらないだろうが、後でということになった。

暫くすると、三階へ上がるように促された。有田の寝室の前の会議室で通夜が行われる。階段側の二割ほどが祭壇で占められていた。有名作家の祭壇にしては実に質素だ。左右の生花も申し訳程度にしか見えない。いくら家庭内別居中だからといって、最後のお見送りくらいは豪勢にすればばと思ったのは広川だけではないだろう。

焼香が終わり、一階へ戻ると、キッチンに案内された。葬儀社が手配してくれたので、礼子はコーヒーやお茶の準備だけだ。いつもと違うのは白のテーブルクロスがかかっていることだ。膳が四人分並べられている。広川と七海の前に原と渡辺が座った。礼子はお茶を準備すると下がった。静まり返った重苦しい雰囲気を破ったのは渡辺だった。

「惜しい方を亡くしました」

広川が渡辺と話すのは初めてだった。

「全くです」

原は二度、小さく肯いた。

「いくら小説が書けなくなったからといって、死ぬことはないでしょうにね」

「遺書をお読みになったんですか」

「いいえ、奥様から伺いました」

「そうなんですね。私は直接読ませていただきました」

「第一発見者なんですってね」

「ええ、私と七海さんが発見しました」

「吃驚されたでしょう」

「ええ、そりゃあもう」七海が割り込んできた。「昨日までは非常に明るくて、そんな素振りは全く見当たりませんでしたから」

「そうなんですね。お三人は昨日話をされたんですね」

原が訊ねた。

「あなたはお話はされなかったんですか」

「ええ、あなた方のお邪魔をしたくなかったものですから」

「ああ、そうですか。お仕事の話に来られたのかと思ったものですから」

「いえいえ、顔つなぎだけですから……奥様と話を少しだけして帰りました」

「大変ですね」

「これも仕事ですから」

「最近はやはり何も書いてないんですね」

「ええ、全く」

「そうなんですね」

広川は納得した。

食事も早々に渡辺が帰ると、原から写真を見せるように言われた。

広川はスマホを取り出し、写真を表示した。食事が終わったとはいえ、こんな状況でよくあんな写真が見られるなと思った。

「肝心な所がよく撮れてるね。さすがクラブのメンバーだ」

広川は顔を背けながら撮ったのだが、しっかり写っていたようだ。どんな写真が撮れているのか確認をしていなかったので少しホッとした。

「それにしても、首吊りの場合、首が伸びると言いますが、あれは都市伝説だったんですね」

「私も聞いたことがあるわ。失禁したり、ベロがダランと垂れたりとか」

「首が伸びているのがヒントになって事件が解決したという話は、今まで検討したことがないのでよく分かりませんが、どうなんですか？」

原は経験談を語った。落下距離が長かったり、体重が大きかったりして大きな衝撃が加わり、頸椎《けいつい》が脱臼すればその分だけ伸びることはあるだろうが、殆ど伸びることはない。原も今まで、そのような遺体は見たことがないと言う。完全脱力の状態では失禁や脱糞があり、ベロが垂れ下がると言う。

説明を聞いて二人は納得した。

「そうなんですね。失禁や脱糞はどうだったの？」

「パンツが濡れていたので失禁はあったけど、ウンチ臭さはなかったので脱糞はなかったと思うよ」

「そうなんだ」

二人の会話をよそに、

「ほう、これが遺書か」

原が一人で喋っている。

「これは有田の文字に間違いないな」

原は有田の癖字のいくつかを指摘してみせた。

遺体の写真でなく文字ならば七海も見ることができた。検視の資格を持っている原も自殺と認めざるを得なかった。ただ昨日、それらしい様子を見抜けなかったことを悔しがっていた。

筆が進まないというくらいで自殺をするようには思えないらしい。昨日も特に不自然な様子はなかった。いつもと同じように接していた。自殺をするような様子は全くと言っていいほど見当たらなかった。ただ、人の心の内は分からない。自殺を覚悟した後、清々《すがすが》しく思っていたのかもしれない。遺書には書かれていないが、美佳との関係にも疲れたのかもしれないと付け加えた。自分の苦悩を明るく振る舞うことで隠していたと考えるしかなかった。広川が同意すると七海も頷いた。何ともやりきれない気持ちだ。

七海はコーヒーをゆっくりと飲んでいた。二杯目のコーヒーに手を出した原が広川に訊いた。

「ところで相談なんだが……今後の例会のことなんだけど……」

広川は七海の方を向いた。

「どうする？」

七海は無言で肩をすぼめた。広川に任せるとでも言っているようだ。

「そろそろ解散時かな」原は考えを少しだけ修正した。「君たちはどうしたい？　君たちが続けると言うなら奥様に許可をもらうし、別の場所に変えるという方法もあるよ。僕はどっちでもいいよ」

「続けたいのは山々ですが……奥様にも無理強いはできませんし……」

「そうだよなあ。仕方ないな。今日で解散するしかないか」

切ない溜息の後は重苦しい沈黙が続いた。

「天使様のお通りだ。いや、有田君のお通りだ」原が一呼吸おいて続けた。「そうだ。

有田君の小説のベストテンでも挙げてみないか」

広川がそれにすぐ賛同した。七海も同様だ。あれこれ考えていると、七海が思いもよらないことを口にした。

「今、思いついたんですけど、有田先生の自殺が、もしも、他殺だとしたらどうなります？」

「えっ。他殺？　どういうこと？」

広川は〈女性は時々突飛なことを考えるものだ〉と吃驚した。

「いや、別に深い意味がある訳じゃないんです。小説だとよくある話じゃないかしらと思っただけ」

自筆の遺書があり、死体も特別に不審な点は見られないし、検視も自殺で処理されている。死体検案書にもそう書かれているだろう。どこも突つきようがない。でもそこはクラブのこと。いつもは小説の粗探しをしているが、今回は無理矢理殺人事件に仕立て上げ、話を作り上げようというのだ。原が感心したように唸った。

「ほおぅ。面白いね。どうなるか分からないが、上手く殺人事件に仕上がるといいなぁ。有田の供養にもなるしね。ひとつやってみるか。広川君、どうですか」

「面白いですね。最後の研究会ということでやってみましょう、原さん」

「じゃあ、そうしよう。で、場所はどうする。ここでいいのかな？」

「現場だし、ここが一番じゃない？」

七海の一言で決まった。しかし、こちらの考えを押しつける訳にはいかない。美佳が反対すればそれまでだ。とりあえず最後のテーマが片付くまでお願いしてみようということになった。機を見計らって訊ねることになった。

「そういうことで今日は帰るか。駅まで送っていくよ」

三人は重い腰を上げた。

四

火葬場への見送りが終わると、広川は原、七海と館へ戻った。

「あら、まだ何か御用がおありですの」

礼子が入ってきた。

「ええ、もう少し話してから帰るつもりです」

原が代表して答えた。

「そうなんですか。じゃあ、コーヒーでも入れましょうか」

「それはいい。是非お願いします」原が言うと、広川と七海も礼を述べた。礼子がキッチンへ移動すると、原が口を開いた。

「私は今日、休みをもらったけど、君たち、大学は大丈夫なの？」

「平気、平気」

「大したことはありません」

二人は交互に答えた。

「サボる口実ができたってこと？」

「まあ、そんなとこです」

「さっき美佳さんと話して、もう少しだけ使わせてもらえることになったよ」

「そうですか。それはよかった」

「さてと、昨日の続きで、殺人に見立てて話を進めるということでいいかな？」

二人はすぐに同意した。

「よし。じゃあ決定。先ずはタイトルを決めよう」

作家殺人事件。密室殺人。謎の密室殺人事件。作家邸殺人事件。断崖屋敷の怪。いろいろな意見が出されたが、最終的に「断崖邸の死」に決定した。

「さてと、タイトルは決まったが、先ずは何からとりかかるのがいいのかな？」

原は二人に質問をした。

「先ずは、現状把握」

広川は自信たっぷりだ。

「七海さんも同意見かな」

「ええ、まあ、そんなとこです」

自殺で処理された理由だ。遺書がある。それも自筆で間違いない。密室であること。殺人事件だと仮定し、時系列から考えると、先ずは犯人の進入経路。次に遺書を書かせる。どうやって遺書を書かせたのか。もしくは元々あったのを探し出すか、提出させることが考えられる。次に殺害方法だ。どうやって首吊りに見せかけたのか。最後に退路だ。更に動機の問題もある。なかなか難問揃いだ。

「初めに犯人を設定してから考えるってのはどうかしら」

広川も考えたことはあったが、じゃあ誰にするかとなると全く考えが出てこなかったので捨てたのだ。

「じゃあ、誰にする」

広川の返事に七海は答えに詰まってしまったので、原が助け船を出した。

「犯人を設定すると、動機が考えやすくなるね。逆に動機を設定すれば犯人も設定しやすくなる」

動機としては一般的に、金銭問題、怨恨、男女間のトラブル、地位や名誉の確保などが考えられる。

「通り魔的殺人なんてのもあるけど、どれもあまり考えられないわね」

「もうギブアップかい。それじゃあクラブの名折れだね」

原が冷やかした。

今までいろいろな推理小説を検討してきたが、今回の、自殺を他殺にするのは難しそうに思えた。犯人、動機、殺害方法、どこから手を付けてよいのか見当すら付かない。批評するのは簡単だが、いざ話を作ろうとすると、それがいかに難しいことかが解る。有田の実力に今更ながら感嘆せざるを得なかった。

犯人を設定すれば、動機も自ずと限定されてくる。逆に動機を設定すれば犯人像も割り出せる。この二つは一体と考えられる。トリックを考えれば犯人像も何となく。どんな小説にも多少の粗がある。その粗探しを今までやってきたのだ。今回の自殺を他殺事件として取り扱うとしても、多少の粗が出ても仕方がないから、とにかく作ってみようという結論に至った。

丁度そこへ礼子がコーヒーを持って入ってきた。

「最後のテーマが終わるまでこの会議室を使われるそうですね」

「ご迷惑をおかけします」

「奥様から、定例会の時は今まで通りに食事や寝室の準備を頼まれたので、分かりましたと返事はしたんですけどね。私が急に辞めると奥様も困るでしょうから、皆さんの会議が終わるまで辞めるのを延ばしますね」

七海は少し顔を曇らせた。

「お辞めになるんですか」

「先生がおられたからなんとか続いていたんです。奥様のお世話はねぇ……。向こうもたぶん嫌がるでしょうから」

「そうなんですか」

原は礼子の行為に感謝して提案した。

「礼子さんも我々のクラブに参加しませんか」

礼子は吃驚した。

「いえいえ、とんでもない。私なんか」

「有田の生活を一番よく知っているのは礼子さんですから、いろいろな情報を提供していただけると嬉しいんですが」

「私みたいな素人でいいんですか」

広川が助け船を出した。

「私たちも素人ですよ。ただ推理小説が好きなだけなんです。礼子さんはどうですか？」

七海がそれに後を押した。

「私、知ってますよ」

七海は礼子が有田の大ファンであることを見抜いていた。その証拠をいくつか挙げると否定はしなかった。広川は、七海の目の付け処に感心していた。

礼子はみんなの言葉に甘えることにした。

「じゃあ、早速いいかしら」

礼子は目を輝かせてキッチンへ行き、自分のコーヒーを手にして戻ってきた。

「それにしても、渡辺さんも大変ですね」

「どうかしたんですか」

「彼は奥様の代理人として、いろんな手続きをするみたいですよ」

「どんな手続きがあるんですか」

七海が少し不思議そうな顔をした。

「死亡診断書の受け取りも彼がしたんじゃないかしら」

「遺産相続の問題も渡辺さんが取り仕切るんですか」

「そうみたいですよ。奥様には少し荷が重すぎるみたいでしたから」

「そうなんですね。揉《も》め事が起きないようにするには、第三者に任せるのも一つの方法ですね」

「でも、遺書に相続について書かれていたでしょ」

七海の疑問に原が即答した。

「あの遺書に書かれていない遺産があったらどうする？　例えば……」

「宝石類とか」

七海の言に広川が否定した。

「先生はそんな物、持ってないだろう。奥様なら分かるけど。礼子さんどうです？」

「そうですね。宝石類は持ってないと思いますよ。高価な物と言えばいろいろな資料じゃないかしら。あとは、レコードとか。何しろ数が多いですからね。中には稀少品もあるんじゃないかしら。そういった遺品の処理も渡辺さんにお願いしたみたいですよ」

「どうして自分でしないのかしら」

「先生の持ち物は見るのも嫌みたいですよ」

「そこまで仲が悪かったんですか。全然気がつきませんでした」

広川が言うと、七海が反論した。

「そう？　私、とっくに判ってたわよ」

言葉の端々に感じ取っていたようだ。二、三指摘すると、礼子は「そうなのよ」と相槌をうった。美佳とはそんなに会話をしてないのに、よくそんな細かなところに目が行くものだと感心した。いや、女性ならではの着眼点という他はない。原は有田との会話の中からそうだろうとは知っていたようだ。気付かなかったのは広川一人だけのようだ。何とか挽回しなければと思った。

「そう言えばこの前、保険について話してましたね」

七海もすぐに気付いた。

「そういえば、遺書には保険金について書かれてなかったわね」

「じゃあ、礼子さんにお願いしてもいいですか」

「何を？」

「保険がどうなっているのか。それと預貯金関係」

「任せてください」

「二人はどうします」

「じゃあ、僕は密室について考えてきます。写真もいっぱいありますから」

「じゃあ、……私は動機にするわ」

「私はいつものようにオブザーバーでいいかな？」

「もちろんです」

二人は同時に返事をした。

「じゃあそういうことで」

次回の日にちを確認するとゆっくりとコーヒーを啜《すす》った。

五

十一月第三土曜。みんなが集まってきた。あくまでも他殺という前提がある。それが真実かどうかは問題ではない。可能性の問題だ。一ヶ月の間に考えたことを披露し合った。

論点がいくつか挙がった。一つは犯人がいたとして、その動機だ。殺人には必ず動機がある。それがたとえ通り魔的無差別殺人であったとしてもだ。しかし今回は通り魔とは考えられない。一番得をするのは誰か。

「礼子さん。金銭関係は分かりましたか？」

進行は原だ。

「渡辺さんがあちこち調べて美佳さんに報告していました」

盗み聞きした訳ではない。渡辺や美佳に直接訊いたら、案外と素直に教えてくれたらしい。

通帳等は全て美佳が管理していた。有田は必要な時にカードで引き出していた。

保険金は一億円。受取人は美佳。三十年近く前の加入で、有田くらいの有名人であれば、一億の保険金も妥当だろうし、保険金目当ての自殺とは考えられないので、特に問題なく下りるらしい。預貯金はおよそ二億円。土地と建物が二億。遺書の通りに分ければ、美佳には土地、建物と保険金を合わせて約三億。慧史には預貯金二億と著作権。お互いに特に不満はなく、渡辺の仲介で合意に至り円満解決と言う。遺書には保険金のことについて触れられていない。美佳は受取人と金額を知っていたようだが、それはまだ蜜月の時代の話である。保険金一億の存在は大きい。そこで先ず、この件から考えることにした。先ずは受取人名義についてだ。有田は名義の変更をしていなかった。それは何故か。これだけ二人の関係が冷え切っていれば、慧史に名義変更をしてもよさそうだというのが広川の意見だ。有田が保険金の存在を失念していたか、そのままで良いと考えていたのかは分からない。もし美佳が犯人ならば、このことは重要な問題である。慧史に変更されていたら、美佳は土地と建物だけで二億。慧史には三億が入ることになる。しかし、三億が二億に減ったところで、それくらいのことでは殺人をするとはとても思えない。動機が薄すぎる。慧史にしてもそうだ。二億が三億に増えるだけだ。あまりにリスクが大きすぎる。そのくらいの理性はあるだろう。

「それでは、保険金については無関係ということでいいですね」

広川がまとめ、みんなもそれに賛同した。

「では、動機の問題に移っていいですか」

みんなの賛同を得る前に七海が口を開いた。

「先程の保険金とも関係があるのですが、もし、先生に愛人がいたらどうなるかを考えてみました」

「はぁ?」礼子がすっとんきょうな声を出した。「先生に愛人ですか? それはあり得ませんね」

月に何度も出かけない。筆が進まないので、ステレオを聴いたり、テレビを見たりの生活だ。愛人がいれば、もう少し外出の回数が増える筈だ。それに、外出時の態度にも表れる筈だがそんな様子は全くないし、定期的に出入りしている女性もいないと言う。愛人には相続権はないが、遺書に相続する旨が書かれていれば権利が発生する。死亡の一週間後には報道関係に発表しているので、もしいれば、問い合わせくらいはするだろうが、今までそれらしい人は誰も名乗り出ていないのだ。

「やはり、そうなんですね」

七海は納得しかけたが、広川が異を唱えた。

「礼子さんは土日は休みなんでしょ。それに平日も夜は自宅でしょ。浮気なんて普通、誰にも露見《ばれ》ないようにするもんでしょ」

「もし、先生が浮気をするなら自宅外ですね」

七海が理由を訊《たず》ねた。

　有田がもし礼子のいない土日に自宅に愛人を招き入れたら、美佳にすぐに露見《ばれ》る。仮に、見て見ぬ振りをしたとしても、痕跡が残るからそれと知れる。何故なら、少なくとも、飲み食いをする筈だから。有田も美佳も片付けは一切しない。せいぜい流しに食器を運ぶくらいだ。部屋で飲み食いすれば、ゴミで判る。キッチンでの場合は、流しの食器の量で判る。きれいに片付いていれば、尚更、第三者の存在が判る。第三者が居ないことの証明だと言う。つまり、浮気をするなら自宅外ということだ。そこで広川が質問。

「奥様が浮気した場合はどうなります」

　その場合も同様に自宅外での逢瀬ということになる。浮気をするなら誰にも知られないように自宅外という結論に達しかけた。

　七海は大きな溜息をついた。愛人がいたとして、殺人の動機はどうなるのか。その問題に移る前に、原が口を挟んだ。

「自宅での浮気の可能性はゼロではないよ」

「えっ、そんな場合があるんですか？　礼子さんの説明で納得しないんですか？」

「そこは充分に納得はしました」

　礼子の家政婦としての能力を見下してはならない。細かな所まで気を配る人なら、そんなちょっとした違いも見逃さないだろう。原はそのことに関しては同意した。

「しかし、何か見落としはありませんか。ちょっとここでは言いにくいけどね」

七海は考え込んだ。暫くすると広川が先に答えを出した。

「そうか。分かったぞ」

七海もすぐ後に続いた。

「本当だ」

礼子だけが取り残された感じだ。

「やっぱしクラブのメンバーは違うわね。私にはさっぱり」

「礼子さん、気を悪くしないで聞いてくださいね」

広川が解答を口にした。

「つまり、愛人は礼子さんってことですよ」

「えっ、私が先生の愛人ですか」すっとんきょうな声を出した。「そりゃあ、私如きが先生の愛人なら光栄なことですが、それはあり得ませんね。もっと美人で若くなくっちゃ」

礼子は自分のことを当然のことながら分かっている。灯台もと暗しではないが、そんなことに考えが及ぶ筈もなかった。しかし、第三者には、その可能性が判ったというところだ。原は自分が言い出したことなので、言い訳をした。

「いやぁ、礼子さんは有田にとっては充分魅力的に映ったかもしれませんよ」

「あらま、そうですか」満更でもなさそうに笑みを浮かべた。

「でも、残念ながら、私じゃありませんよ。それは私が一番よく知ってますから」

「でも、それを証明できますか」

礼子は暫く考え込んだ。みんながコーヒーを一口二口啜る間に答えが出た。

「もし、私が愛人なら奥様が気付く筈です。それに私にも遺産を少しくらいよこせって言いますよ」

「でも、誰にも知られたくないって考える人もいるんじゃないかしら。だとしたら遺産も要らないでしょ」

「私は愛人じゃないから分からないけど、もし愛人だったらやはり遺産は欲しいわね。沢山だったら問題になるでしょうけど、ほんの少しくらいならあっても不思議《おかし》くないでしょ」

ちょっと気まずい雰囲気になりかねないと思った広川は、話の向きを変えた。

「その場合、犯人は誰になるの？」

「愛人である礼子さんが殺す筈ないわね。だって動機がないもの。奥様を殺すなら話は解るけど」

「じゃあ誰なの？」

「そこで考えたのが、別の遺言書《ゆいごん》があったらどうなるかってことです」

法的には遺言《いごん》、または遺言書《いごん》が正しいのだろうが、それを承知で、みんなは遺言《ゆいごん》と称している。

「さすが、七海さん。素晴らしい着眼点ですね」

原が褒《ほ》めちぎった。広川は一本取られたと思ったが、考え考え、付け足した。

「遺言書は一番新しい物が有効で、古い物は無効です。つまり、みんなが知っている、有田先生が自殺する直前に書かれた物が有効になります」

犯人はその事を知っているので、有利になる条件を書かせたことになる。では、誰がその存在を知っているのか？　またその内容は？　となった。

七海はバーゲンで買ったショルダーバッグからノートを取り出し、説明を始めた。

パターン1　美佳のみが別の遺言書の存在を知っている場合。

美佳の遺贈分が多い場合は何もする必要が無い。慧史の方が必要以上に多い場合、犯人は美佳。

パターン2　慧史のみが知っている場合。

慧史の方が多い場合はそのまま。美佳の方が多い場合は犯人は慧史。

「パターン2は省いてもいいんじゃないかしら。だって、奥様の方に多く渡すなんて考えられませんわ」

礼子の意見に対する原の考えを訊いた。

「うぅん。どうなんだろう。確かにあまり良い関係ではなさそうだから、一応省いてもよさそうだね」

　ということで却下。

　パターン３　二人共に知っている場合。

　半々に分ける内容であれば、新たに書かせる必要はないので却下。どちらかが有利な場合は、不利な方の人が犯人。つまり、美佳の方が取り分が少ないと考えられるので、犯人は美佳となる。

　七海の説明はそこで終わった。すると、広川が続けた。

「パターン４　第三者のみが知っている場合」

「そんな場合があるんですか？」

　広川が七海の質問に答えた。さっき考えた愛人説だ。愛人に遺言書を書いて渡していた場合だ。

「愛人の他は考えられないかな？」

「愛人の他ですか？」

　広川は少し不思議そうに考えたが、七海が先にその答えを出した。

「分かった。寄付でしょう」

「いろいろあるもんですね」

礼子は感心して聞いているだけだった。

この場合の犯人は誰になるのだろう。第三者が犯人とは考えられない。何故なら第三者にとって不利な内容の遺言書を新たに書かせる筈がない。愛人などがひょっとして居る場合を想定して書かせる可能性はある。その場合は、美佳か慧史が犯人となる。もしそうなら、犯人にとって有利な内容の文面にする筈だがそうではない。ということで却下された。

「パターン5は？」

原の問いに、三人は顔を見合わせた。がすぐに広川が答えを出した。

「そうか。誰もその存在を知らない場合ですね。先生のみが知っていてどこかに隠しておいた場合です。でも原さん、それはありませんね」

広川が自信を持って断言した。何故なら、広川と七海が親戚関係の住所を調べるのにあちこち探し回ったからだ。別の遺言書があれば見つかっている筈だ。どこにあるかも分からないような所に置く筈がない。それが理由だ。

「却下でいいですね」それで片付くと広川は思っていたが、原は違った。「自宅になくて、別の場所に保管ってことですか？」

「そう。銀行にね」

三人は不思議そうな顔をした。

「みんな遺言信託って知ってる？」

「遺言信託？」

三人が口を揃えた。今まで検討してきた小説の中には出てこなかった。三人は首を傾《かし》げた。

遺言書には二通りある。ひとつは自筆証書遺言。自分で書いて自分で保管する、ごく普通のやり方で、手軽に出来る。もうひとつは公正証書遺言だ。これは資格を持った公証人が作成するので内容に不備はない。証書の作成には、いろいろな証明書が必要で、とても一日や二日で終わるものではない。遺産の額が多く、家族間の問題が考えられる場合はこれに限る。もうひとつ秘密証書遺言というのもあるにはあるが、これは省いていいだろう。

公正証書を作成するだけなら公証役場ですれば済む。そこに銀行が介入する場合が遺言信託だ。死亡の連絡があれば、相続人の代表者に証書を渡して終わるか、続けて遺産の分配作業までするかの二通りある。が大半は後者だ。銀行は公正証書の作成から事後処理まで全てをやってくれる。値段は高いが、後々の面倒を考えると便利だろう。原は丁寧に説明した。

印鑑証明や戸籍謄本の準備。土地・家屋の証明書。預貯金の確認。

「準備だけでも一日や二日で終わりそうもありませんね」

役所に行って証明書を貰い、公証役場へ行って遺言書を作成し、最後に銀行に行くことになる。

「公証役場というからどうせ土日は休みでしょ。先生が、平日にそんなに何度も出歩いたことなどありませんわ」

「ここに転入する前のことだったら……」

原と礼子のやり取りが何度か続いた。

「銀行が代表相続人に証書を渡すという話でしたから、もうとっくにその人に渡っている筈ですね」

今までに銀行マンや第三者が訪ねてきた様子はない。つまり遺言信託はないと考えてよい。いずれにしても第三者説は否定されている。

「ということは、これは省いてもいいですね」

広川の問いにみんな同意した。原は笑顔を作った。その時広川は、試されたと感じた。七海は二重線を引く。

遺言信託は却下された。

「では、パターン1についてもう少し考えてみましょう」

原が提案した。即《すなわ》ち美佳の犯人説だ。問題はどうやって遺言書を書かせるかだ。美佳なら十分可能なようだ。原や礼子によれば、有田は美佳の言いなりだそうだ。右の頬を打たれれば、左の頬も差し出すという。揉め事の嫌いな有田なら、全額を美佳に遺贈するという内容でも書いただろうと言う。まさか殺されるとは思いもしないので、どうせ後で書き直せば良いだけだとでも思うことだろう。しかし、美佳一人では、到底自殺に見せかけることはできない。共犯者が必要になってくる。たかが他人の遺産分配について、殺人の手伝いをする人間は、美佳の身近には居ない筈だ。可能性はゼロに近い。

ということで、パターン1は却下。

パターン2に移る。これは既に却下。再度確認。

パターン3はどうか。

犯人は美佳となるが、単独では出来ないのでこれも却下。

ということで、パターン3も却下となった。

パターン4は既に却下されている。

パターン5も却下されている。つまり全てが却下。

「ということは？」

原が問うと、すぐに返事が返ってきた。

「別の遺言書は無いということ」

七海と礼子もそれに賛同した。

「じゃあ、話を元に戻そう。何の話だったかなぁ」

「愛人の話です」

礼子が不満顔で言った。

「そうそう。有田の愛人が礼子さんだったらという話でしたね。その場合、犯人は誰になるのかな?」

犯人が礼子の場合は、あんな内容の遺書を書かせる筈がないので却下。犯人は、礼子が愛人であることを知っている美佳になる。しかし、美佳の単独犯は却下された。共犯説も一応却下。ということで、この場合は却下された。

美佳に愛人が居た場合はどうなるのか。美佳にとっては、現状維持で何も不都合はない。あるとすれば愛人の方だろう。愛人の単独犯だ。では愛人は誰か。これは全くの謎だが、この説は捨てがたい。美佳を唆《そその》かせ、遺書を書かせる。これは可能だ。自殺に見せかけることも可能だろう。

結論。異性関係が動機の場合は美佳の愛人が犯人である。

「そういうことでいいですか」

原が決を採るが特に反対はなかった。

「では、他の動機について七海さん、どうぞ」

「遺書に関連しているのですが、財産目当てではない場合を少しだけ考えてみました。

どうしても奥様が、この建物が欲しい場合はどうですか」

「慧史さんにはどうしても渡したくないということですね」

原の確認に七海が肯定すると、礼子は少し首を傾げ怪訝な顔をした。

「えっ、そんな場合があるんですか」

たまに出てくるのが、死体を庭に埋めたので、家を手放せないという話だ。でも今回はそんな問題はない。埋蔵金が隠されているとかいう話でもあれば別だが、それもない。愛犬の墓から離れられないというようなこともない。第一、美佳は大の動物嫌いだ。都会派の美佳がこの建物を欲しがる理由は何もない。礼子の証言でこの件は終わった。

「あと一つはトラブル関係です」

「異性関係は考えたから、金銭関係？」

「人に金を貸すことはあっても借りることはないと思うんだけど、礼子さん、どう？」

原は礼子に問いかけた。

「そうですね。先生が人にお金を貸す時は、戻ってこなくて当たり前。戻ってくれば有り難いと思ってると思いますよ。だから、金銭関係のトラブルはないと思います」

動機については不明。ということで、七海のノートには「？」マークがいくつもついた。

「じゃあ、次は広川君の宿題にいきましょう」密室の問題だ。「状況の説明をお願いします」

「それでは現場へ行きましょう」

広川の先導でみんなは移動した。三階の書斎入り口で説明が始まる。

書斎、廊下とベランダを繋ぐ出入り口、それに窓の鍵は全て掛かっていた。

「では、中に入りましょう」

原の言葉に促されて、礼子は鍵を開けた。

三人は部屋に入ったが、七海は廊下で立ち止まっていた。様子は全く変わっていない。手つかずの状態だ。あの時の様子が浮かんでくるのだろう。あまり気乗りがしない感じだ。誰も何も言わなかった。

書斎の出入り口の鍵はごく普通のサムターン形式である。ドアノブの真ん中にボタンが付いているタイプなら、ボタンを押して内から閉めれば容易に鍵が掛かるが、サムターン式の鍵なので、廊下から何らかの方法で鍵を掛けなければならない。今までに検討会で取り上げた作品の中にも、この手のトリックを使ったものがいくつかある。原と広川は既に知っている。七海は当時はまだメンバーではなかったので今から考えるしかない。礼子も同様だろう。

犯人がこのドアから廊下へ出たとして、どうやって鍵を掛けるのか。

「鍵が鍵を握っているんですね」

礼子は受けを狙った訳ではないが、三人はクスッと笑った。

方法は二つ。その一つを礼子がすぐに答えた。鍵もしくは合い鍵を使う方法だ。推理小説としては面白みに欠けるが、十分あり得る話だ。もう一つは、廊下から何らかの方法で鍵を掛ける。要するに、サムターンに糸か針金のような物で鍵を掛け、引き抜くという方法だ。

「礼子さん、スズランテープあるかしら？」

ビニールテープと言えば、絶縁用のテープと間違えられるとでも思ったのだろう。ところが礼子は知らなかったようだ。

「スズランテープ？」

「荷造り用のビニールテープです」

本来ならビニルと呼ぶべきだろうが、誰もそんな使い方はしない。

「ああ、それならあります。ちょっと待ってください」

礼子は一階へ下りると、鋏と一緒に戻ってきた。

「これって、スズランテープって言うんですね。初めて知りました」

七海はにっこり笑って返し、すぐに取りかかった。これしか方法が無いという感じだ。つまみの部分に巻き付け廊下に出て、ドアを閉める。ごそごそやっているとカチッと鍵が掛かった。テープを引き抜くのに少し時間がかかったが、これも何とかクリアできた。ガチャガチャやっている。ドアノブを回しているが開かないことを確認したようだ。

「鍵を開けて」

広川が開けると、自慢気な七海の顔があった。

「ちゃんと閉まったでしょ。これで密室は完成」

廊下へ出て、密室を作れることは確認された。しかし、犯人が考えつくかどうかは分からない。他の方法も検証する必要がある。七海は相変わらず中へ入ろうとしなかった。

次は窓からの脱出だ。長い脚立を外に立てかけておく方法や厚手のマットを下に敷いて飛び降りる方法、ロープを使って外に出る方法が考えられたが、いずれにしても外からクレセント錠を掛けなければならない。先程と同様にすれば出来そうだ。

ロックを解除して鍵を外して窓を開けると、潮風がサッと一筋、部屋を通り抜けた。

「この鍵の写真があっただろう」

原は広川に写真を確認させた。

「原さん。ロックが掛かった状態ですよ。仮に外から鍵を掛けられたとしても、ロックまでは不可能でしょう」

　原が覗き込むと礼子も確認した。

「ううん。広川さんの言う通り、ロックまでは不可能でしょうね」

「ああ、良かった」

「何が良かったなの？」

「いやぁ、もしロックが掛かっていなかったら、もう一度実験しないといけないだろう。こんな高い所で実験なんて嫌だからね」

　二人はクスッと笑った。窓からの脱出は却下。

　残るは、ベランダからの脱出だ。

　ベランダへ出る。七海は廊下から、ベランダへ通じるドアを叩いた。広川が鍵を開けると、七海もベランダへ出た。海を見ると、少しは気分が落ち着いたようだが、書斎の方には目を向けなかった。

「ここからかぁ」誰ともなく溜息が漏れる。各々ベランダから下を覗いた。三十メートル下に海が見える。南側の浴室とは壁で隔てられている。浴室の海側は全面ガラス張りなので、回り込んだとしても侵入は出来ない。二階の手摺は一メートル程引っ込んでいる。一階なら二メートルだ。下の階へも下りられない。

「こっちはどうかしら」礼子が右端、つまり北側のコンクリート柵から下を覗いた。

ベランダの幅は約二メートル。一メートル引っ込んではいるが、残り一メートルはある。確かに、こちら側なら二階へ下りられる可能性は高い。当然一階へも下りられる。

「でも、どうやって下りるの？」

当然の疑問だ。こちらはコンクリート。ロープなどで引っかけることが出来ない。フックの付いた梯子《はしご》のようなものなら、下りられそうだ。しかし、もし失敗すると奈落の底に落ちる。犯人がいたとして、確実に下りるには、どこかで実験しなければならないだろう。それでも可能性としては十分だ。

「それでは二階へ行ってみましょう」

今度は原が先導だ。書斎を通らずに、直接廊下へ。

「七海さん、ここの鍵を掛けてね」

テープを巻き付け、廊下へ出る。ドアを閉めてテープを操作。カチッと音がして完了。

二階も同様、端の部屋は鍵が掛かっているし、廊下の突き当たりのドアも施錠されたままだ。第一、この部屋は当日、七海が泊まっている。斜め向かいには広川がいる。ここから廊下に出ることは難しい。つまり、二階から外へは出られないということだ。

では一階はどうか、
みんなは一階へ下りた。ここは礼子の仕事場だ。三階で殺した後、二階へ下り、更に一階まで下りる。そこでどうするか。

食堂の鍵関係は全て三階と同様だ。入り口のドアはサムターン。窓はクレセント錠。ベランダ出口はサムターン。礼子はいつも食堂の鍵を掛けて帰る。窓はクレセント錠でロックも掛ける。一つのルーティンになっているので、掛け忘れはない。当日も確実に掛けたと言う。玄関から出るか、海への脱出。西側も北側も真下には地面がない。

広川は海を覗き込み溜息をついた。

「私には海まで下りる勇気はありませんね」

躰を乗り出して見下ろせば、そこは海。崖は建物の高さの二、三倍はある。ざっとの計算で、三階のベランダ手摺から海面までとりあえず三十メートルとした。メキシコのアカプルコではラ・ケブラーダという飛び込みがある。高さは約三十メートルで、一階からだと、同じくらいになる高さだ。それを考えれば飛び込みは不可能ではないが、飛び込みの選手以外にはちょっと現実離れしている。水深はどのくらいあるのだろう。満潮と干潮で異なってくるが、飛び込むとすれば、事前に水深を測定しておく必要がある。

直下の水深が測れたとして、飛び込めば二、三メートル、いや五、六メートル先になるだろう。その位置での水深を測らねばならない。どうやって測るか。これまた大変だ。飛び込み説はゼロではないが、可能性としてはかなり低い。

「ワイヤーを使ってビルを下りるシーンをテレビでよく見ますよ」

昼ドラ愛好家ではないけれど、礼子の意見は尊重された。

「ワイヤーなら、手摺か何処かに痕跡が残ってる筈ですね」

みんなはすぐに探し始めた。調べる区域を分けることはしない。プロとアマは違う。本当は原が一人で丁寧に調べれば済むことだが、各々が全箇所を調べた。しかし、ものの数分で結果は得られた。

「残念ながらありませんね」

「二階、三階も調べます？」

礼子が面倒くさそうに言った。大体が自殺なんだから、ある筈がないとでも言いたそうだ。

「僕と七海さんで二、三階を調べてきます。いいだろう？」

七海に否やはない。広川は礼子から鍵束を借りると、

「二人は会議室で待っていてください」

と言い残して二階へ上がった。七海との作業は少しも苦にならない。先程と同様二人は躰をくっつけて指さししながら全域を調べた。三階も同様だった。調べ終わると会議室へと戻った。

「残念ながら痕跡はありませんでした」

「お疲れ様」

原が労《ねぎら》った。

「残るはザイルのようなロープですね」

「それだと痕跡は残らないわね。残っていたとしても、あれから一ヶ月も経っているので消えてしまってるわね」

一端を手摺に結べばロープが残る。ロープを回収するには、手摺に結んではいけない。つまり手摺に引っかける必要がある。これは次回に実証実験することに決まった。

残されていた課題へと進む。玄関からどうやって外へ出るかだ。当日、玄関も鍵が掛かっていた。広川が鍵を開けて警察官を入れたのだから、犯人は玄関を出て、外から鍵を掛けたことになる。つまり、館全体が密室なのだ。

玄関ドアもサムターン式だが、ここだけは型式が違う。外からの侵入がしにくくなっているのだ。普通のギザギザになっている鍵ではなく、窪みがいくつもあるディンプルキーだ。これは工具を使って鍵を壊さずに開けるピッキングに強い。おまけに合い鍵を作るのも難しい。サムターンも防犯用だ。サムターン回しという器具が使用できないようになっている。

広川はテープを巻き付けようとするが、どうやっても出来ない。この隙間じゃ針金も使えない。

会議室に戻り、今日のまとめだ。

遺産目当ての殺害ではない。別の遺言書もない。

動機は愛人説か金銭関係か。いずれにしても不明。

密室については、鍵を使って玄関から出るか、ロープ状の物で海への脱出。

「これでいいですね」

広川のまとめに、原が宿題を出した。

「では、次回、広川さんは殺害方法、七海さんは遺書の問題についてお願いします」

「分かりました」

「礼子さんは鍵の入手方法をお願いします」

丁度そこへ、玄関ドアの開く音が聞こえた。

「礼子さん。クラブの方が見えてるの？」

礼子は会議室から顔を出し、丁度終わったところだと美佳に告げた。

「今晩もお泊まりになるの？」

どうやらあまりいい気がしていないような言いぶりだ。広川が七海を向くと、顔を横に振っていた。

「いいえ、お泊まりではありません」

「あっ、そ」

澄ました返事だ。部屋を貸しているだけでも有り難いと思いなさいと言っているように思えた。

美佳が部屋に入ると、原が提案した。以後、美佳さんは《M》、慧史さんは《S》と頭文字で呼ぶことを。それなら、もし聞かれても問題ないだろうというのだ。

「じゃあ、私は《R》ね」

礼子が付け加え、今回はお開きとなった。


翌日、広川はホームセンターへ向かった。ドラムに巻き付けられていたロープを見つけると、スマホの写真と見比べた。実際に使用されていた物とよく似た物があった。拡大して間違いないと思った。太さが何種類かある。何本か手にしてこの太さに違いないと思った物を見つけた。量り売りだ。さてどのくらい買おうか。首を吊る輪っかの部分に首から欄間までの距離、それに欄間に結びつける長さを考えれば二メートルもあれば足りるだろうと思った。しかし余裕を持って三メートル購入することにした。店員さんを呼ぶと、少し長めにカットしてくれ、端が解《ほつ》れないようにテープで巻いてくれた。

購入したはいいものの、首を吊るための輪の作り方はどうなんだろう。時々、ロープの結び方がちょっと特殊で、それがヒントで犯人を見つけるという手法が小説である。その時広川たちは五十点しかつけなかった。ほぼ完璧に準備していた犯人なら、結び方にも注意を配るというのが主な理由だった。それはさておき、有田の場合はどうだろう。スマホを取り出す。ロープの結び目もキッチリ写っている。目を背けながら結び目の部分にズームアップした。結び目をたどれば、仕組みは解るが、では実際に結べと言われると自信がない。そこで今度は本屋へ寄った。ロープワークの本だ。何冊かあった。その中で結ぶ順序が一番解りやすい物を選んだ。

家に帰るとすぐさま実験。本と首っ引きだ。首を吊る方の結び方だが、これは至って簡単だった。輪っかを作った後、端っこを重ねて二本一緒に普通に結ぶだけだ。名付けて二重止め結び。輪の部分を頭の大きさよりちょっと大きめにして結べばよい。枠の結び方もごく普通の結び方、即ち止め結びを三回、繰り返しているだけだった。こちらは写真を見るだけで一目瞭然だ。いろいろな結び方が記載されており、ざっと目を通した。最後にもう一度、ロープの束ね方に戻り、何通りか実験してみた。ちょっと格好いいなと思った鎖結びというのを図を見ながらやった。写真のように上手くはいかなかったが、なんとか格好だけはついた。数回繰り返すうちに、要領を覚え、写真と同様に結べるようになると一人悦に入っていた。

六

十二月の定例会。昼を過ぎたとは言え、太陽は顔を出さず、北風も少しあるので寒さが身にしみる。駅を降りると原が待っていた。今までは、少し早めに行って、有田と歓談を楽しんでいたが、もうそれも出来なくなった。それで、いつもより遅く出るのでそれなら待ち合わせようと言うことになったのだ。二人は学内の様子など、とりとめもない話をした。

断崖邸に着くと、すぐに礼子が出迎えてコーヒーを出してくれた。簡単な挨拶が済むと早速協議に入った。

「では、これから殺害方法について考えてみましょうか」

原は礼子のために死体の状況を説明をした。

首は手やロープで絞められたのではなく、ロープで吊られた痕だという。絞められればたとえロープを巻き付けなくても、力が入れば多少なりともロープが交差するがそれがない。つまりは吊された、もしくは自分で吊った痕だという。広川はそこまで気がつかなかったが、写真からそれが判るそうだ。写真の撮り方が良かったと褒めてくれた。さすがは検視の資格を持っている原さんだと感心した。

首をロープで絞めれば、外そうとして首回りに引っ掻き傷が出来る筈だが、それは無い。あれば検視官が気付くだろうし、第一、広川が確認していることだ。もし殺人なら、その点を解明しなければならない。

では、どうやって吊すのか。考えられることとして次の三点が挙げられた。一つは睡眠薬で眠らせることだ。

遺体は既に無い。検査は出来ないので、何か別の方法で検証する必要がある。

二つ目は手を縛ることだ。これなら首を引っ掻くことができない。しかし、大声を出されると困るので口も封じなければならない。何故なら、一階下には広川と七海がいるのだから。よほど親しい人物でなければ出来ないことだ。

三つ目は寝込みを襲うことだ。と言っても、頭を殴ることはできない。何故なら、そのような跡は残っていないのだから。争うことなく、布団の上から押さえつければ何とかなるが、必ずそうなるとは限らない。失敗すれば争うことになる。そんなリスクは冒せない。音がすればやはり気付かれるので、クロロホルムのようなもので眠らせるしかない。薬物を使用する方法なら、その入手経路も考えなければならない。

第二の方法はよほど親しい人間でなければ難しい。袖や裾を捲り上げて確認した訳ではないが、原はそれもあり得ないと言う。検視官も調べた筈だ。改めて写真を確認するのも何となく気後れがする。原の意見をそのまま受け入れた。しかし、その場合でもやはり口を塞ぐ必要がある。いくら親しい間柄とは言え、手を縛らせ、口も塞がせるような人間はいないだろう。やはり何らかの方法で眠らせる、もしくはそれに近い状況を作る必要があるのではないかという結論に至った。

そこで、眠らせる方法の検討に入った。眠らせると言えば睡眠薬。昔と違って今はそう簡単には手に入らない。処方箋が無いと薬局では売ってくれない。睡眠改善薬なら薬局で手に入れられるが、いずれにしても眠ってからの犯行となる。では犯人はどうやって飲ませるのか。美佳がコーヒーやお茶を持って行く訳がない。持って行くとすれば礼子だが、美佳から頼まれたことはないと言う。睡眠薬を飲む飲まないに関わらず、熟睡してからの犯行だ。

次に、眠らせた後どうするか。方法は二つ。一つは首にロープを掛け、欄間の横枠に通して引き上げるか、それとも先に欄間にロープを固定し、躰を持ち上げて首に掛けるかのどちらかだ。前者なら、欄間に何らかの痕が残る筈だ。検視官はそこも調べたかもしれないが、広川は未確認だった。

早速、三階へ上がっていった。書斎のドアを開けるとみんなは黙したまま入っていった。七海を除いて。

「蛻《もぬけ》の殻ですね」

あるのは壁に掛かっているエアコンだけだ。広川の驚きに礼子が答えた。

「もうすぐ正月でしょう。奥様が早く片付けたいというので、慧史さんの了解を得て、文恭出版の渡辺さんに頼んで、全て処分しました。売れる物は売って、その代金は全て差し上げるというので張り切ってましたよ」

「隣の部屋の資料もですか」

「ええ、全てです。必要な人には差し上げてました。一週間限定ということで、その間は人の出入りがひっきりなしでしたよ」

それを聞いていた七海は、ゆっくりと顔を上げ、中に入ってきた。

広川は優しく声を掛けた。

「大丈夫？」

「ええ、大丈夫。全く別の部屋みたいだから」

自分に言い聞かせているのかもしれない。そうは言ったものの死体のあった場所からは自然と目が逸れる。

「礼子さん。椅子か脚立のようなものはありませんか」

礼子は斜め向かいの部屋から椅子を持ってきた。原はそれを欄間の下に持っていき、上って観察した。部屋の中からとベランダ側からと。

「擦れたような跡は残っていないね」

広川も確かめた。礼子も椅子に上がったが、七海はベランダから海をずっと眺めていた。

「ロープはこれでいいと思いますが、どうですか」

広川は差し出した。三メートル程の真新しい直径六ミリのクレモナロープだ。よく見かける普通のロープだ。鎖結びで纏《まと》めていた端を解き引っ張ると、するするっと一本のロープになった。礼子と七海が不思議そうな顔をしているのを見ると鼻高々だった。広川は、有田の首に掛かっていたのと同じ種類だと断言した。ロープの端に輪っかを作ると、原に訊ねた。

「さて、どうしましょう」

「引き上げてみる？　私が死体役をするよ」

原は両手で輪っかを掴むと顎に当てた。欄間にロープを通さないといけない。欄間は手を伸ばしても届かない。広川は椅子に上ってロープを引っかけた。椅子を片付けると原は欄間の下に移動した。

「引っ張って」

広川には上がらないことが解っていたが、ロープを引っ張った。ロープが緊張してくる。原の掌と腕に力が入る。広川が懸命に引っ張る。

「こんなもの上がる訳がありませんよ」

原は笑った。

「解っててどうして引っ張ったの？」

「原さんが引っ張れって言うからですよ」

考えれば当然のことだ。広川と原では、原の方が体重が重い。軽い体重の人が自分より重い人を持ち上げられる訳がない。これは物理法則だ。

「七海さん、手伝って。原さんを懲らしめてやらないと」

「礼子さん、代わって」

七海にはまだ少し無理なようだ。

「いいわよ。任せて」

原は楽しんでいるように笑った。

「さあ、二人で掛かっておいで」

二人で引っ張るが、一向に上がらない。

「もっとくっつかないと」

二人は原のすぐ側に寄って引っ張った。というより、ぶら下がるようにして、二人の全体重を同時に掛けた。すると、十センチほど上がって止まった。摩擦が大きいのだ。それでも、これだけ上がれば十分だ。原が喋りにくそうに声を出した。

「これからどうするの。早くしてよね」

広川は左腕に力を入れ右手でロープの端を持とうとした途端、ズルズルと下がり原の足が床に付いた。

「これじゃロープを結べませんよ」

死体を引っ張り上げる方法は却下された。仕方がないので、広川は原を抱え上げることにした。礼子は椅子に乗り、原の足が浮いたところで結びつけた。

「しっかり結んだ？」

「ええ、大丈夫よ」

広川が手を離す。ロープが緊張し、原の手に力が入る。

「これなら、何とかなりそうだね」

原は輪っかから首を出し、下りた。

原の手には食い込んだロープの跡がありありと浮かんでいた。それを見つけた七海は労った。

「痛くなかったですか」

「鍛えてるからこのくらいは平気さ」

「この方法だと一人ではとてもできませんね」

「じゃあ、どんな方法がありますか？」

礼子が訊いた。予めロープを枠にしっかりと固定しておき、後から首を引っかける必要がある。それが広川の結論だった。この方法だと、さっき広川がやったように抱えて持ち上げることになる。

「礼子さん、原さんを持ち上げてみて」

すぐに実行。両手を原の腹回りに抱き、持ち上げようとするが、まるで上がらない。

これではとても首にロープを引っかけることは出来ない。肩に担ぐ方法も考えたが、
それだと脚立のような物を利用して、かなり高い位置から吊さなければならない。どちらにしてもかなりの力を要する。アスリートを除けば、女性の単独犯は考えられない。

「《M》の単独説は消えたことになりますね」

礼子のトーンは低かった。《M》とは勿論、美佳のことだ。

広川は原を抱え上げ首を掛けようと試みた。原は力を抜き、前屈状態にした。

「原さんも意地悪ですねえ」

礼子が言うと七海が、

「でもそれが事実なら仕方ないですね。元気さん頑張って」

と、エールを送った。

やり直しだ。広川は椅子を持ち出してきた。ちょっと不安定だが、それで何とか首を吊らせることが出来た。

「これなら何とか可能ですね。礼子さんやってみて」

「私にはとても無理よ」

「念のため」

礼子はしぶしぶやってみたが、とてもとても出来るものではなかった。

《M》や《R》の単独説は無し。もちろん《N》（七海）の単独も無しということで一階に下りましょう」

広川がロープを片付けるのを待たずに、みんなは下りていった。会議室につくと暫くして、コーヒーとお菓子がでてきた。飲み食いしながらの話だ。

女性の単独説が消えた。すると二人以上の共犯ということだ。もしくは男性の単独だ。つまり外部から誰かがやってきたことになる。広川と七海は来訪者には気付かなかった。いくら話し込んでいたとしても、こんな静かな所だ。車がくれば判る。

「そうか。解った。礼子さん、気を悪くしないでね」

広川は礼子を見やったが、何のことか判らないといった表情だった。

「《M》と《R》の共犯だったらどうです」

「えっ。《R》って私のことですか?」

広川はバツの悪そうな顔をした。

これなら密室の謎は解ける。礼子は鍵を持っているのだから。

「広川さん、私の動機は何です?」

「問題はそこですね」

「動機は別にして、あくまでも可能性として大目に見てください」

原がとりなした。すると礼子が手を挙げた。別に挙げる必要などないのだが。きちんとした意見を述べたいのだろう。

「テレビを見ていると、第一発見者が犯人という場合がよくあります。広川さんが犯人という可能性も無視できませんよね」

つまり、本当は入り口の鍵が開いていて、恰《あたか》も掛かっているかのように芝居をし、鍵を持ってこさせて、開けたように見せかけるというものだ。もっとも、そんなことをしなくても、広川なら密室を作ることが出来る。それは既に実証された。

「ははは、それは素晴らしい」原は手を叩いた。「大いにあり得るね」

「でも、私とずっと一緒だったんですよ。殺す時間なんてありませんよ」

礼子は引き下がらなかった。

「じゃあ、二人の共犯ってことになりますね」

「動機は何です？」

「やはり金銭関係じゃないかしら」

七海は暫く考えて説明を始めた。

学費やギャンブル等で有田から借金をしていた。それが膨らんで、返せなくなり犯行に及んだというものだ。

「いやぁ、それは無いね。学費など、必要最小限の額なら出すかもしれないが、有田の性格からして、金を返せとは言わないだろう。それに遺書を書かせることも出来ないだろうね」

「そうなんですよね。遺書の問題をいろいろ考えたんですけど、なかなか良い案が出てこないんです」

遺書担当の七海が愚痴《ぼや》いた。

本人の文字に間違いない。どんなに似せて書いたにせよ、原が確認しているのでこれは否定できない。原の目を誤魔化せるのはプロしかいない。そんな人物は周りにはいない。本人に書かせるしかない。近しい人物としては美佳しかいない。

七海の辿り着いた答えはこうだ。

遺書ではなく、たんなる遺言書だという。「死」という言葉は一つも無い。ただ単に筆を完全に置くという決意の文書だとするものだ。

「そうなんですか。どんな文です」

礼子が尋ねたので、広川がスマホを取り出して読み上げた。

確かに単なる決意の文書と取れなくもないが、「美の終焉」という言葉は自殺と考えるのが普通で、無理があるというものだ。

「でも日付からすると自殺の直前だからちょっと無理な話なんですよね」七海の結論はやはり遺書。

「ですから、私と広川さんの共犯説には無理があります。だって、私たちにそんな遺書を書かせることとなんて出来っこありませんから」

「それじゃあ、私と《M》の共犯?」

「今のところはそれが一番辻褄《つじつま》が合いそうですね。《M》なら、何とか理屈をこねて遺書を書かせられるんじゃない?」

「じゃあ、動機は何です?」

「女性関係は無し。金銭関係も無し。となると、怨恨。そう考えると離婚問題かな? それくらいしか思いつかないんだけど、礼子さんはどう思います」

　原の淡々とした口調に礼子が答えた。

「共犯者として言わせてもらうと……それは……有りですね」

　美佳が有田に離婚を何度か申し出るが、一向にその気がないので業を煮やして殺意を抱くという筋書きだ。美佳が強気に出れば、あんな遺書くらい書かせることが出来そうだと言う。有田は美佳にあまり抵抗をせずに何でも受け入れそうだ。〈離婚しないのならせめて遺言書でも書いてよ〉〈分かった、分かった。遺言書を書けばいいんだろう。で、何て書けばいいの?〉てな具合だ。慧史に全部を持って行かれるのは困る。せめて半分は欲しいところだ。それなら有田も文句は言えないだろう。

「書かせた直後に殺害ですか？　……それはちょっと……」

「あまりに衝動的ですよね。私の出る幕がありませんよ」

普段から会話はない。何か突発的な事件でも起きない限りはそんな話にはならないだろう。

「某団体から多額の寄付を遺贈するという話があり、《M》に確認の連絡があったりしたらどうです？」

「それは自殺する以前の話ですよね」

「ええ。そうなります」

「そうなら、連絡があった数日中に書かせそうなもんですよね。でも日付は自殺の前日になっていますよ。矛盾が生じます」

「それもそうね」

二人の会話を聞いていた原がその結論に待ったをかけた。

「いや、そうとも限りませんよ。広川さん。遺書の写真を見せていただけます？」

遺書の写真を開いて渡すとある部分を拡大して暫くじっと眺めていた。

「この日付を見てください。十月十五日になってますよね。もしこれが本当は一月十五日だったらどうです。縦線一本を書き足せばすみます。これくらいなら誰にでも真似られますよね。見本までありますから。これくらいなら、筆圧や色の状態などかなり精密に調べないと加筆かどうかは分かりませんよ」

「そこまで計算したのですか。《M》がそこまで計画をしたとはとても思えませんね」

礼子の呟きに広川が応えた。

「たまたま日付を見て、考えついたというところでしょうか」

「殺意をずっと抱いていたなら、それくらいは気付くかもしれませんね」

殺意というほどの強いものではないにせよ、死んでくれたらいいのにと思うことはあっても不思議ではないだろう。

「それでは、そういう線で話を創《つく》ってみますか」

有田のように小説家になったつもりで、広川が話を造《つく》り上げた。


有田は元日にロータリークラブへ相当な金額を遺贈する旨を決意する。三が日があけて、四日（月曜だと確認）に連絡。五日に確認の電話が入るが、それを受けたのは美佳。カンカンに怒って、そんな話は聞いていないと突っぱね、有田に確認をして連絡すると返事をする。美佳が怒れば手が付けられない。争うことを好まない有田は言われるがままにクラブに連絡を入れ、詫びた。悶々としていた美佳は、遺言書を書かせることにした。それが十五日だ。どんな内容にするのか。只単に、遺産の分配について書くのは能が無い。何とか作家らしい内容にと美佳なりに考えた末の内容が出来上がった。それを美佳が受け取り保管する。遺言書が手に入れば金銭的には悠々としていられる。しかし、金銭の心配がなくなれば、気持ちの方が苛立ってくる。四月一日に離婚問題を切り出す。しかし、有田は美佳に遺産の半分近くを渡すという内容の遺言書が気に入らないので、離婚に応じない。新たに作り直せば済むことだが、美佳はそれを許さないだろう。内緒で作る程の度胸もない。

先延ばし、先延ばしにされたことを礼子に愚痴る。何度も何度も。そして遂に、業を煮やした美佳は殺意を本格的に抱く。

ある時、貰う遺産の一割を礼子に渡すから殺すのを手伝ってくれない？　と冗談半分に礼子に話す。それを真に受けた礼子は協力することを約束する。遺言書を見せてもらった礼子は、遺書として使えると思った。そして一月を十月に偽造することを思いつく。礼子は掃除中に愛用の万年筆を拝借し、偽造後にまた戻す。そして十月を決行日と決定した。礼子は、仕事が不規則で不眠症と偽り、睡眠導入剤を処方してもらう。それを飲ませ、熟睡したところを、二人で抱え上げ、吊した。礼子は鍵を掛け、何食わぬ顔をする。

ざっとこんな内容だ。

「どこか話に矛盾はありませんか」

「動機が弱過ぎるが、ストーリーに齟齬《そご》は見当たりませんね」

「このメンバーの中で容疑者候補に挙がっていないのは原さんですが、この場合どうなります」

広川は自分で問題提起をして、自分で答えを出した。

原なら遺書を書かせることが出来そうだ。剣道ではそこそこ名が売れているが、職業柄、柔道も練習していた。絞め技を使って気絶させることくらい朝飯前ではないだろうか。動機は借金。

「話を創り上げることは簡単ですよ」

「確かに、私が犯人という説も出来るだろうが、もし私が犯人だったら、遺書の内容を変えるね。私にも遺産分配するようにね」

確かに原とは仲が良いので遺産の一部を遺贈しても少しも不思議《おかし》くはない。動機が借金なら尚更だ。それでも嫌疑を掛けられないようにしたとも考えられる。自分にお鉢が回ってきた原は呻《うな》った。しかし、すぐに結論に達した。

「そうそう。確か玄関はディンプルキーでしたよね」

「名前は知りませんが、小さな窪みがある鍵です」

「コピーが非常に難しい鍵ですね」

広川の説明に七海が、

「そうなんですか」

と疑問を呈した。そこで原は、ディンプルキーについて説明した。玄関は防犯用のサムターン。外から道具を使って施錠することはできない。これは前回実証済みだ。ということは鍵を使うしかない。コピーは不可。となると、有田から借りるしかない。原なら、何とか理由をつけて借りることは可能だろう。そうすれば出入りは自由だ。しかし、いつ返すのか。通夜の時？

「あの日は昼過ぎには書斎の鍵を掛けました」

ということは返すことができない。原がまだ持っているか、処分したことになる。

「礼子さん、有田の鍵はどうしました？」

渡辺が遺品処理の時にロッカーのズボンから鍵を見つけて美佳に返したと言う。即ち、原が鍵を返す機会はないということが分かった。

「私は無罪ということでいいですか」異議は出ない。「では、ついでに鍵の件を検討しましょう」

鍵は全部で四本。有田と美佳がそれぞれ一本ずつ。礼子が一本。予備が一本。予備は管理人室。

管理人室から鍵を持ち出す場合も、返却の問題が生じるので却下。そうすると美佳の鍵を使うしかない。美佳の共犯説が浮かび上がる。相手は誰?

「とりあえず《W》で話を進めよう」

もし渡辺で不都合が生じた場合、新たに《X》を考えようということでまとまった。話を創ってみよう。

先程の美佳と礼子の共犯説を少し変更するだけだ。最後は少し難しい。玄関は管理人室の隣だ。礼子に気付かれずに通過する必要がある。これはリスクが大きい。それなら美佳と礼子の共犯説の方がまだ優《まし》だ。

「では、鍵に関しては《MR》説で決定でいいですね」

原が結論を出そうとすると、礼子が反論した。

「鍵の担当者として考えたんですが、私が《X》に渡した場合があります」

「ほう、自分が犯人になるのは厭がってたと思ってましたが……。で具体的に《X》は誰です?」

「渡すとしたら、夫くらいしか思いつかないんです。動機が分からなかったのですが、先程の皆さんの考えで《M》との共犯ということなら考えられそうですよね。つまり、私が夫に頼んで殺してもらうということで」

「素晴らしい。男手が増えると、吊すのが楽になりますね」

原は褒め称えた。動機は先程と同じ。夫が実行犯。美佳は殺人教唆。礼子は殺人幇《ほう》助《じょ》。こんな感じでまとまった。

　七海は、礼子の夫を実行犯にするのが少し心苦しく思った。

「《MR》説や《MR》……夫の《O》説が可能なら、《MH》説でもいけるんじゃない」

「やはり、私を犯人にしたいのかね」

「いいえ、《H》は原さんじゃなくて、元気さんです。借金をチャラにするとか、謝礼をもらうとか」

「《H》だと原さんと間違えるので、私の場合は《G》さんでいいですか」

「若い爺さんだこと」

　七海が茶化した。

「でも、先程の話ですと《G》は《N》といつも一緒でしょ」

　礼子が突っ込んだ。

「それなら《MNG》の三人にすればどうですか」

「これは大事になりましたね。知らぬは《R》だけですか」

「第一発見者が真犯人ということで、面白みに欠けますが良くないですか？」

　第一発見者説を初めに唱えた礼子が賛同を求めた。

「その場合、どのようにして殺害します？」原が訊いた。「睡眠薬を飲ませることはできないでしょうし、絞め技なども不可能でしょう。ちょっと無理じゃないでしょうか」

「睡眠薬を飲ませるには《R》が絡んでこないと無理という訳ですね」

広川が追い打ちをかけると、原が不満そうに本音を吐いた。

「いずれも動機が弱すぎるんですよね。第一、ここのメンバーから犯人を出すのも少し気が引けるしね」

「では、鍵説を否定するということですね」

「では、鍵を使う説を却下するのですか？」

「否定はしませんが、ベランダからの脱出が残ってますよね」

ということで、次回、広川はベランダからの脱出、礼子は有田と美佳の睡眠薬の担当になった。

「七海さんの宿題は？」

広川の質問に原は暫く考え込んだ。

「じゃあ、こうしましょう。七海さんはピッキングについて調べてください」

「えっ。ピッキングですか」

「ピッキング？」

礼子は初めて聞く言葉のようだ。

「鍵穴に針金か何かを入れてガチャガチャやって開ける方法よ」

「ああ、あれね。テレビで何度か見たことがあるわ。元、空き巣泥棒が事件を解決するの。けっこう面白かったわ。でもどうして？」

広川はその理由が解った。

「いいから七海さん、調べて」

「そぉう。分かった」

「じゃあ、そういうことで」

原は美味しそうにコーヒーを啜った。

七

一月の例会。

広川がチャイムを押すと礼子が応対に出た。

「先程、奥様はお出かけになりました」

「じゃあ、先にピッキングから始めようか」

いつもだと、会議室に入って、一服してから始めるのに、今日はいきなりだ。玄関前での立ち話だ。

　礼子は興味津々だった。

「道具は手に入りました？」

　昔はピッキングの道具が自由に買えたが、今では販売が禁止になっている。持ち歩くことは勿論、所持するだけでも犯罪になる。どうやって手に入れるか。自作は難しい。となると、海外からネットで入手するしかない。ネットで注文することがほとんどない美佳や礼子には不可能に近い。七海は、何とかサイトを見つけたが、購入はしなかった。値段もそこそこするし、送料も高い。買えるということが分かっただけで十分だ。

　礼子が十分理解したところで、原がポケットから道具を取り出した。

「えっ。原さん持ってるんですか」

「ちょっと警察学校から内緒で借りてきたんだ」

「大丈夫ですか？」

「大丈夫、大丈夫。みんなが黙っていればね。で、七海さん、どうする」

「私ですか。鍵を壊すと大変だから止めときます。元気さん、やる？」

「いや、僕もちょっと遠慮します」

「礼子さんは？」

「とんでもない」

「じゃあ、仕方がないので、私がやりますね。担当の七海さんと私は外で。元気君と礼子さんは中でお願いします」

「じゃあ私、中から鍵を掛けますね」

「いやいや、鍵はそのまま開けておいてください」

「えっ、鍵を掛けないいんですか」

「いいんですよ。中で様子を見守りましょう。と言っても、見えませんけどね」

礼子はドアを閉めた。外でカチャカチャ音がする。

「七海さん、ドアを開けて」

「あれっ。開きませんよ」

「礼子さん、開けてください」

礼子は不思議に思いながら、鍵を開けた。

「あっという間でしたね」

「私自身驚いていますよ」

警察学校で道具を見たことはある。しかし、実際にピッキングをやってみることはなかった。ディンプルキーの場合、プロの鍵師でも解錠するのに五分近くかかるらしい。それが数秒で終わった。

「ピッキングで鍵を開けられるのなら、その逆に外から閉めることだって出来るってことですね」

広川は感心した。七海も同様だ。

「ああ、そういうことですか。ピッキングっていうと、今まで鍵を開けることしか考えてなかったけど、その逆ですね」

礼子もやっと得心がいったようだ。

「鍵が無くても簡単に密室が作れるってことが解った訳だ」

礼子は少し呆れ顔だった。七海は少し不満そうにしていた。

「原さんって案外意地悪ですね。初めからそう言ってくれれば、前回の実験なんて不要でしょ」

広川は原を擁護した。

「テープや糸では開閉が出来ないことを体感させてくれたんだよ」

「まあ、一息つこうか」

原の提案にみんなは会議室へ移動した。

コーヒーを楽しみながら七海が礼子のために説明を始めた。というか、そのために準備をしていた。ネットから仕入れてきた図だ。

鍵を開けるにはピンを押し上げる必要があるが、その全てのピンを丁度いい位置に持ってこなければならない。普通のシリンダーキーは上下にピンを動かす。ところがディンプルキーは上下だけでなく、斜め方向にもピンがある。その組み合わせは非常に多く、解錠が困難になるという。しかし、鍵を掛けるには、多数あるうちのたった一つでもずらせてしまえばいい訳だ。開けることに比べれば、非常に楽だ。

原は道具をみんなに見せた。何種類かあるが、そのどれを使ったかは秘密だ。

「ここで見たことは内緒ね」原は念を押した。

もし、ピッキングの逆を行ったとすれば、犯人は《X》の単独犯ということだ。では誰を犯人に仕立て上げるか。みんなが共通の知り合いと言えば、文恭出版の渡辺くらいだが、動機が見当たらない。借金にするしかないのだろうが、広川の時と同様、遺書を書かせることが出来ない。無理な話だ。

「雑談はそこまでにして、睡眠薬を検討しましょう」

有田は糖尿病で月に一回病院へ通ってはいるものの、いたって元気だ。睡眠薬の処方などあり得ない。美佳はどうか。最近はちょこちょこと出かけているが、やはり同様だと言う。ネットでの調達はまずない。数軒しかない薬局を当たってみたが、購入の形跡は無かった。クロロホルムは手に入り易い。しかし、これですぐに眠らせるというのは不可能だという。薬剤師さんの話によると、十回くらい嗅がせないと駄目らしい。そのことを知った礼子は、とても驚いたそうだ。

「今まで何度もそんなシーンを見ましたが、あれは都市伝説というか、医療伝説というか、嘘《うそ》だったんですね。落胆《がっかり》しました」

他の三人は既に知っていたが、恰も初めて知ったかのように振る舞っていた。

「医療伝説と言えば、笑気ガスがありますね」

七海が付け足した。〈ナースのつぶやき〉という本を読んで分かったそうだ。笑気ガスを吸ってもゲラゲラ笑い出すことはないと言う。軽い麻酔剤で、顔の緊張が緩み、笑っているように見えるだけだという。それは広川も初めてらしく、

「へえぇ、そうなんだ」

と感心していた。医療関係に進もうか、教育関係に進もうか、迷った時期があったという。今までいろいろな話を二人でしてきたが、初めて知った。二人の話題がまた一つ増えた。

「ということで、睡眠薬説は没でいいですね」

担当の礼子が賛同を求めると、広川が異を唱えた。

「先程《X》の単独犯は却下されましたが、共犯説はまだ未検討です。《X》が睡眠薬を使用する可能性が残っています」

では《X》の相棒は誰か？　美佳しかいない。ということは《X》は具体的に渡辺

でよい。つまり《MW》説だ。渡辺が実際に睡眠薬を使用しているかどうかを検証することは、この場ではできない。別に睡眠薬でなくてもよい。睡眠改善薬で十分だ。それなら簡単に手に入るだろう。そういう仮定で話を創ることはできる。進入経路、脱出経路。殺害方法、遺書問題。全て解決する。《MR》説と共に有力候補だ。広川はどちらも八十点をつけた。どちらも同じなら、《MR》説を捨て、《MW》説を採用しようということになった。

「ではロープを使った脱出にとりかかりましょう。ロープを持ってくるので三人はここで待っていてください」

原が立ち上がると、礼子は片付けを始めた。暫くするとロープを手にして戻ってきた。

「はい、注文の品」

この前と同じロープだが、今回は長い。

「三階からだとかなりの高さになるだろうな」

実験役の広川は何となく不安そうだ。

「実際に下まで降りる必要はないんじゃない？」

「仮に三階から一階まで下りるにしても命綱が必要になるね」

そんな話を、原はにこにこしながら楽しんでいた。片付けが終わった礼子が戻ってくると原の指示で廊下に出た。別に三階まで行く必要はない。一階から三階までベランダの造りは同じなのだ。原は指さした。

「礼子さん、そこからベランダに出てもいい？」

「ええ、勿論」

礼子が鍵を開け、ベランダへのドアを開けた。冷たい風が一瞬吹き込む。ベランダから顔を出すと、足がすくむ。ロープは三十メートル。一応、海面までの距離を測る。ロープを垂らしていく。海面に着いたようだ。何度か上下させて確認した。残りのロープの長さを測る。二尋というところだろう。両手を伸ばした長さが一尋。大体身長と同じ長さだ。広川の身長は約一メートル七十。それで、海面までおよそ二十七メートルと知れた。広川はロープを手繰り寄せながら溜息をついた。

「どうします」

「実験の担当は君だから、君の好きなようにしたらいいよ」

「好きなようにと言われてもねぇ」

七海が助け船を出した。

「ベランダの内側で出来ないの？」

「内側で？　とりあえずやってみるか」

ロープを手摺に結んではいけない。結べば、下りた後ロープが残ってしまう。ロープが残らないようにするには、結んではいけないのだ。手摺に掛けて、下りた後、回収しなければならない。ベランダでするには三十メートルも長い物は要らない。前回使った三メートルのロープで十分足りる。広川は会議室へ戻り、リュックからロープを取り出すと急いで戻ってきた、一端を海側から回して中程を手摺に掛けた。一メートル半になった二本のロープを一緒に握った。手摺から三十センチ程離れた場所だ。足を床面と手摺の基礎十センチ程の壁の角につけ、腕を伸ばして、体重を預けた。ロープが細いので握りにくい。三十センチ程下に握り直し、体重を掛けようとするが、手が滑りそうになる。手に巻き付けるが、手が痛くて、どうにもならない。尻餅をつくしかなかった。

「転落死だ」

「南無阿弥陀仏《なまんだーぶー》、南無阿弥陀仏」

原が鼻から抜けるような低い声で唱えると七海は合掌した。礼子は二人の様子を見てクスクス笑っていた。こういう遊び心がないとクラブは続かない。

「体育館にある登り綱くらい太ければしっかり握れてできそうですが、こんなに細いロープではちょっと無理ですね」

「じゃあ、ロープ説は没ですね」

礼子が安易に答えを出した。

「いやいや、あれは元気さんが悪いのよ。私ならあんな失敗《へま》はしないわ」

「じゃあ、やってみる？」

七海は喜び勇んで、ロープを受け取った。一端に輪を作り躰を通した。反対側のロープを握ると、体重を背中に掛けた。

「こうすると体重の半分の力で済むのよ。知らなかった」

自慢気に言った。そう言えば理科で学習し、問題も解いていたのを思い出した。頭で知っていても、実際の場面で使えなければ、理解したとは言えない。七海のことを少しは見直した。というか知恵の無さを心の中で少し恥じた。

少し緩めて躰を預ける。更に三十センチ程緩める。なかなか調子よさそうだ。更に緩めようとすると、輪が縮んで、躰をきつく縛る形になった。広川は慌てて彼女に救いの手を差し伸べた。

礼子は、

「上手くいきそうだったのに残念ね」

と慰めの言葉を口にした。

「惜しかったね。もう一回僕にやらせて」

広川は本を取り出し、結び直した。名誉挽回だ。力が掛かっても輪が小さくならない方法だ。これなら七海の二の舞にはならないだろう。輪が出来ると躰を通し、体重を掛けた。これなら大丈夫。確かに先程よりは力が要らない。少し緩めて体重を掛ける。これなら楽勝だと思った。それでも手に巻き付けるとやはり痛い。そこで端に大きなコブを作った。そこがストッパーの役をする。これなら痛くない。ロープを伸ばし、床面にかなり近くなった。腹筋に力を入れ、躰を真っ直ぐ伸ばし、ブランコのように左右に揺すってみせた。顔が七海のスカートの裾辺りにいく。

「こら、覗くんじゃない」

そう言いながら手を差し伸べ、起き上がるのを手伝ってくれた。

「もう一回やらせて」

七海とまたまた交代だ。どうするのかと思いきや、輪っかにお尻を乗せた。

「こっちの方が楽じゃない」

確かにそうだ。しかし手摺が邪魔になり、足がつかえて上手くいかない。

「じゃあ、もう少し高い所でやってみる？」

と冗談交じりに言ったところ、意地になったのか、

「いいわよ」

と言うので、場所を移動することにした。広川は輪っかは解かずにそのまま、上腕にグルグルと巻き付けた。

礼子はどうしようか迷っていたが、結局留守番をすることにしたので、三人は原の

車で出かけた。どんよりと曇った路沿いの所々にスイセンが植わっている。その緑の葉が見えなくなると目的地の四階建てのアパートだ。

「ここでよくない？」

原は前もって見当を付けていたように思われた。二階踊り場の手摺で早速実験だ。

「こんな所を見られると変に思われそうですね」

「警察官が立ち会ってるんだから平気平気」

断崖邸の手摺は全て丸いパイプだが、ここのは四角だ。縦に十五センチくらいの間隔で並び、その上に少し大きなパイプが横に通っている。材質も違うようだ。原は下に降りた。

「さあ、どうぞ」

広川は三十メートルのロープを渡して催促した。七海は手摺から顔を出して覗くと、ばつが悪そうに笑った。

「ここはやっぱし実験の達人じゃなきゃ。元気さん、お願いね」

「案外素直なんだね」

「今頃知った？」

広川は咳払いをして胸を張った。ロープの一端に、力が掛かっても小さくならない輪っかを作った。手摺に掛け、反対側を蹴落とした。外側に出ると輪っかをお尻に当てた。

「気をつけてね」

「大丈夫、大丈夫。このくらい平気さ」

下を見ると、地面まで三メートルくらいだろうか。座っているので、足の位置からだと二メートルほどになるだろう。これなら仮に手を滑らせて落ちたとしても大したことはない。

先ずは左手で手摺を、右手にロープを巻き付け、軽く体重をかけ、大丈夫であることを確認した。仮に失敗して落ちたとしても、大して怪我はしないだろうと思った。手摺の手を離し、両手でロープを持つ。片足を離すと手に力がかかる。地面を見下ろすと、大きく息をつき腕に力を入れもう片方の足を離した。躰が宙に浮いた。足が邪魔になるので横向きになる。力を緩め腕を伸ばすと、躰が下がる。目の位置が七海のスカートの丈くらいになった。原の顔がすぐ近くだ。左手を三十センチ程下にずらして握り直す。右手を離す。顔が床面に当たらないように注意し、右手で三十センチ下を握る。左手を離す。躰が少し回転したが、数回であっと言う間に地面に到着だ。ロープを引っ張り回収すると、七海も下りてきた。

「大丈夫？」

七海は心配そうだが、原はそうでもなさそうだった。

「これじゃ、あまりに簡単だから、三階からやってみますね」

広川はすぐに上がった。今の実験で、これなら楽勝だと確信したのだ。途中で下りてくる七海に出会い、微笑んでみせた。

三階へ上がって見下ろすとさすがに高さを感じる。先程と同じ要領だ。ちょっと足が竦《すく》んだが、原に豪語した手前、止める訳にはいかない。おまけに、七海も下で見ているのだ。勇気を出して、先程と同じ手順で下りていった。少し心臓が高鳴っていたが、無事着地。ホッとした。

「いやぁ、ご苦労さん。どうだった」

「初めはどうなるかと思いましたが、いざやってみると案外簡単でした」

広川はロープの結び目を解きにかかったが、腕組みをしていた原が訊いた。

「途中に結び目があっても下りれるかなぁ」

広川は結び目と聞いて、ちょっと考えた。

「ああ、そうですねぇ。やってみましょうか」

七海は何の話か分からないようでキョトンとしていた。広川はすぐに説明した。

実際の現場は三十メートルもある。従ってロープはその倍の六十メートル以上必要になる。そんな長いロープがあるかどうかは分からないが、二十メートルのロープなら三本以上、三十メートルの物なら二本以上いる。当然繋がなければならないが、そうすれば結び目が出来る。そうするとそこで引っ掛かって下りれなくなるのではないかということだ。

何も三階まで行く必要はないと思い、ロープを持って二階へ上がった。結び目を作り、ロープを掛けようとすると、ペンキが薄くなっているのに気付いた。

「ちょっと来てください」

二人が二階へくると、ロープの跡を見せた。

「これ、擦れた跡じゃないかしら？」

七海は原に目をやった。ロープの屑が残っている訳ではないが、擦れた跡が何となく判った。しかし、原は平然と言いのけた。

「残念だけど、断崖邸の手摺は丸いステンレスで、ペンキを塗っていない。だから跡は残らないだろうね。第一、みんなで異状がないか調べただろう」

二人は感心せざるを得なかった。気を取り直して、実験を続けた。輪っかのある方を手摺の外側から下ろした。先程と同じように座り、反対側のロープを握ると下り始めた。コブの所が手摺に掛かったが、何事もなかったかのようにコブは手摺を通過した。

「いやぁ。こんなに上手くいくとは思いませんでした」

「コブなんて有っても無くても同じね」

「僕はもう少し引っかかると思ったんだけどね。断崖邸の手摺は丸いので、この方法なら楽勝だね」

「でも、実際は三十メートル近くあるんですよね。元気さんなら足が竦んで動けなくなるんじゃないの」

「確かに。僕には三階までが限界かな」

たったいま「楽勝」と言ったばかりだ。肩をすくめて続けた。

「もしロープ説を採るなら、犯人はロッククライミングの経験者か、そうでなければ、今やったように何処かで練習しないといけないし、僕みたいな小心者には出来ないね。原さんはどうです」

「いやぁ、私も御免だね。まあ、有力候補ということで帰りましょうか」

二人に否やはない。

車から降りると広川は身震いした。大した運動ではなかったが、汗をかいていたのだろう。玄関チャイムを鳴らすと礼子がやってきた。

夕食の準備をしていたのだろう、キッチンから美味しそうな匂いが漂ってくる。

「いつもより少し早いですが、夕食にしませんか?」

食堂に行くと料理が既に並んでいた。

「実験はどうでした」

「恐怖に打ち勝つことができれば、可能だということが分かりました」

「で、ロープで下りた後どうするんです？」

「そこなんですよね。断崖が続いているので、陸に上がるには相当泳がないといけません」

泳ぎの得意な人、もしくは体力に自信のある人でなければならない。さもなくば、ボートを準備してそこまで泳ぐ。後者が可能性としては高い。一般人が手に入れられるボートとしては、手漕ぎのゴムボートだろう。それも二艘必要だ。二キロメートルはある近くの砂浜から館下まで漕いでいき、館から見えない場所に一艘を停泊させ、戻ってくる必要があるからだ。二キロの往復は、泳ぐよりは楽だが、それでもやはりかなりの労力を必要とする。頑張るしかない。そういう結論だ。

原は話を戻した。

ロープを使ってベランダから脱出となると、《X》の単独説となる。そうすると殺害方法が問題となる。《X》を仮に渡辺とするとどうなるか。先程は睡眠薬の使用で話を進めたが、もしこれが否定されればどうなるか。

「その時は代替案を探さないといけませんね」

「そうですよね。黙って吊される筈がありませんよね」

「何とかして気絶させるかそれに類することをしないといけませんよね」

「では七海さん。気絶させる方法を考えてもらっていいですか」

「分かりました」

「じゃあ僕は、それに類する方法ですね。でも、それに類する方法って全くピンときませんよ」

「気絶のようで気絶でない。ベンベン。丸々のようで丸々でない。ベンベン。それは何かと訊ねたら。三角、三角」

「原さん、茶化さないでくださいよ。大喜利じゃないんですから」

そんなやりとりを聞いていた礼子が口を挟んだ。

「丸々が分かれば三角も少しは考えられますよね」

「そうですよ。丸々のヒントをくださいよ」

「いや、実は私もさっぱり」

気絶でないなら、躰の自由を奪う必要がある。手足を縛り口も塞ぐ。そんな状況を作り出さねばならない。しかし、手足を縛ろうとすれば当然暴れるし、大声も出される。逆に口を塞ごうとしても暴れられる。《H》説の時に出た、絞め技を使えば暴れる問題も何とかなりそうだ。そこで、《H》説の再浮上となった。その他に絞め技が使えそうな人として渡辺の名前が挙がった。

「じゃあ僕は《H》説の検証ということでいいですか」

「じゃあ、私は《W》が絞め技を使えるかどうか、こそっと探りを入れてみますね」

次回までの宿題が決まり、楽しい食事が続いた。

八

二月も下旬近くになると、椿の花もすっかり落ちてしまった。原が広川、七海と共に部屋に入ると、礼子が待っていた。今日は昼過ぎからコーヒーにお菓子が付いている。若い二人は先ずそこが気に入った。広川が口火を切った。

「ここんとこずっと美佳さんは留守ですね」

推理の話ではないので《M》とは言わなかった。

「最近はほとんど毎日のようにお出かけのようですよ」

特に買い物をしている訳ではない。何処に行っているのかは不明だそうだ。時々「こんな田舎はもう飽き飽きだ」と呟いているのを聞いたそうだ。都会育ちの美佳には耐えられそうにないらしい。しかも今ではこんな広い館にたった一人なのだから。今までは有田への対抗心からずっと我慢をしていたのだろう。そんな話をしていると、できるだけ早く今のテーマを片付けて解散したいと思った。原もそう思ったのだろうか。

「では始めましょうか。礼子さん。Wはどうでした？」

渡辺は月に二、三回は顔を出している。荷物の片付けでだいぶ懐が潤ったらしく、いきなり縁を切るのが憚られるのだろう。躰つきは大きいが運動はからっきしだと言う。柔道なんてもっての外らしい。ということで《W》説は却下された。

「では《H》説にいきますね」

今まで検討してきたことの繰り返しで、特に目新しい事は無かった。ただやはり、動機が弱すぎるというのが欠点だ。

「残るは私ね」

今日はやけに進行が速い。七海は気絶させる方法を三つ提示した。

その一　後頭部などを強打する
「灰皿で頭を叩く場面がよくあるわ。その後真犯人が出てきて、更に何回も打って殺すの」

さすがは礼子。テレビをよく見ている。しかし、血を流してはいけない。現実は血が流れていないからだ。角のある物は不可。有田はタバコを吸わないので灰皿は置いていない。凶器に相当する物が思い浮かばない。

プロレス好きの広川は、回し蹴りを提案した。しかしそんな技を誰が使えるのか。

該当者はいない。

その二　柔道の絞め技等で脳への血流を遮断する
これは原のような経験者でなければできない。犯人は原か、同様の技が使える《X》。現在、そのような《X》の該当者はいない。

その三　失神ゲームのように呼吸困難を引き起こさせる
「失神ゲームって何？」

広川の問いに原が説明した。七海は調べていたので知っているが、礼子と広川はそんな危険なゲームがあることを初めて知った。

「私が若い頃に流行ってたよ」

「原さんもやったんですか」

「友達がするのを一回だけ見たことがあるよ」

三人は不思議そうに原を見た。ゲームだから知り合いでなければならない。有力候補はやはり原。

「原さん、分が悪いですね」

「うぅん。ちょっと参ったなぁ」

《H》説は先程広川が話した通り、十分可能だが、何と言っても動機が弱い。

「《H》説で手を打ちますか？」

広川はやや諦め気味だが、七海は違った。

「手足を縛る方法はまだ却下されてませんよね」

「では、どんな方法があるか、考えてみますか」

原が応援した。暴れさせずに手足を縛る。しかも、睡眠薬等を使わずに。みんなは首を捻った。

「あっ、あった」

広川が立ち上がった。

「何、何?」

七海は興味深く見上げた。

「催眠術です。いい案でしょう」

催眠術で殺人を犯す方法がたまに小説やテレビで出てくるが、これも都市伝説というかミステリー伝説で、不可能である。

医療関係では催眠術とは言わず、催眠療法と言う。あくまでも治療の一環であり、悪用することはしないし、してはならない。ただ暗示をかけるだけである。海に来たと暗示をかける。暑いので服を脱いで泳ぐように指示を出す。実際に被験者は海に来たと想像する。暑いと想像する。服を脱ぐと想像する。つまり実際に服を脱ぐ訳ではなく、脱ぐ格好をして脱いだと想像する。ただそれだけである。ドクターとの信頼関係が十分にあり、しかも好意を抱いており、脱いでも良い、もしくは脱いで裸体を見せたいと常日頃思っていれば、本当に脱ぐかもしれないが、普通は脱ぐことはないのである。ましてや殺人となると、もっとハードルは高くなる。ナイフを持ったつもりになって刺す真似をするくらいなら出来るかもしれない。殺人が可能な場合としては、被験者がもともとその人に対して常々殺意を抱いている場合である。もともと殺意も何も無い人間に対して、実際に殺すというようなことはないのだ。

原は詳しく説明した。

「でもテレビ番組で以前見たことがありますが、みんな術者の言いなりになってましたよ」

それはやらせである。先ず十分に術者と信頼関係を作らなければならない。それが出来なければ催眠にはかからない。見ず知らずの人に急に舞台に上がってもらい、術をかけ「さあ、あなたは豚になりました」と言われ、四つんばいになって「ブーブー」鳴きながらステージを彷徨《うろつ》くようなことはないのだ。

しかし、ゲーム的に手足を縛るくらいなら、十分可能だろう。

「ところで、元気さんは掛けられるの？」

「いや、僕は出来ないけど」

この場に該当者は一人もいないことが分かる。となると《X》を設定しなければならない。

「《W》にしちゃえば?」

話としてはできあがるが、実際問題、使えなければ意味が無い。

「でも、もし《W》説を採用したとして、使えるかどうかどうやって調べるの? もし犯人なら『出来ません』って言うに決まってるわ」

「忘年会の時に余興でやったとか、そういう事がない限りは、立証不可能だね」

「立証できないっていうことは、使えないということとは違うので、その線で進めることは十分可能ですよね」

「しかし、実際のところ、催眠術が使える人って、とても少ないでしょう。その中に《W》が該当するってのは、《H》説よりも可能性が低くない?」

「確かにそうだね。いい案だと思ったんだけどなぁ」

「犯人まで考えるのは止めて、とりあえず、方法だけを考えようよ。別の方法はもうないのかな?」

もう一度考える。

手首を縛る。しかも跡が残らないようにしなければならない。何故なら、実際にそんな形跡は見られなかったからだ。どんな方法があるのか。

「原さんは手錠を持ってるでしょう。それに綿みたいな物を巻き付けたらどうですか」

　礼子の提案に広川が異を唱えた。

「そんな変な物をどうやって掛けさせる？　警戒されて無理なんじゃない」

「ロープの場合も同じですね」

「つい最近、『巌流島の決闘』という本を読んだんですけど、その中で、宮本武蔵が自分の手を縛らせて、みんなの前でアッという間に解くという話があったんですけど、そんな話を利用して縛ることなら出来そうですよ」

「それは話だけなんじゃない。剣豪伝説にはいろいろと尾ひれがつくっていうじゃない」

「そうとも言えないね。マジックの世界じゃ朝飯前かもしれないよ」

「そうですよねぇ。だって掛けられた手錠を外したり、拘束服から脱出したりするくらいだから」

　いずれにしても、疑念を抱かせずに手首を縛る必要がある。脱出マジックなら、手首だけでなく、椅子に躰ごと縛ってもよい。それにはどうすればいいか。考えた結論はこうだ。先ず犯人が実演する。当然知人でなければならない。次に有田に試すように勧める。そして縛る。

「ということは《W》か《H》ですね」

「じゃあ、マジックを使うということでいいんですね？　元気さん、できるかどうか調べてね」

七海の瞳は〈そんなこと出来ないわ〉と言っていた。

「分かった。で君は？」

七海は少し考えたが、

「特に何もなさそうね」

礼子も同様だと言う。

「たまにはそんなことがあってもいいんじゃない。後数回で終わりそうだね」

少し淋しそうな原だった。

「まだ時間があるけど、どうする？」

「料理は人数分準備してるので、ごゆっくりされては？　奥様も帰りは遅いでしょうから」

「ひょっとして、私たちを避けてるのかしら」

七海の質問とも言えない言葉に、礼子が応じた。

「そうかもしれませんね。会があるのを知ると、必ずお出かけになりますから」

「そういうことなら、尚更、早く片付けないとね」

原の言葉に、沈黙が続いた。

九

三月の定例会。

今日は珍しく、奥様が在宅だ。

「原さん。ロープからの脱出法が分かりましたよ」

「へぇ。どうするの？」

「大学のマジックサークルにお願いして、ロープからの脱出は出来ないかと相談したら、ネタは教えられないけど、見せることなら出来るというので、録画してきました」準備してきたコードをテレビに繋いで視聴を始めた。

拘束服のような物は除いて、三種類を見せてくれた。先ずは椅子に縛り付ける方法だ。広川は言われた通りにしっかりとロープを結ぶ。ところが、あっという間にロープを外した。広川の驚いた顔がアップになる。

次は、手首を縛る方法だ。金属でできた普通の手錠や革製品の手錠を示してくれた。ロープ、リボン、チェーンを使うマジックも見せてくれた。バリエーションがいろいろあるんだなと感心して見ていた。

「手首の手錠じゃなくて、親指の錠もあると言ってやってくれたのが次の場面です」

手首をロープで結ぶのは、素人でもごそごそやれば緩んできて外すことが出来るが、親指を紐で結ばれると外すのが難しく、忍者がよく使っていた方法だと、自慢げに話していたそうだ。現代ではそれに代わる物として、親指の手錠がある。指錠と言った方がいいのだろう。しかし、それもマジシャンにかかると難なく外されてしまった。マジックショップで簡単に手に入るそうだ。最後にサムタイという日本人が発明した有名なマジックの紹介だ。左右の親指をこよりで結び、その親指が刀をすり抜けるというものだ。みんな不思議そうにじっと見ていた。

「いろいろあるけど、その中で跡形がつかないのはどれ？」

問題はそこだ。リボンのような物なら、手首に跡が残り難《にく》そうだ。

「最後のマジックは、マジシャンが親指に跡形がくっきりと付いてるのを見せてくれたけど、わざとらしくない？　本当は跡形が付かないように結ばせることができるんじゃないかしら」

手錠は綿などでくるんだとしても、暴れると形が付く。手首、足首は検視官が調べるのではないだろうか。親指の場合も同様だろう。

「自殺という観念があれば、ひょっとすると親指にまで気が向かないかもしれないなあ」

それは原の自戒ともとれる発言だった。

「原さんはマジックなんて使えそうにないから、《W》説ということでいいのですか」

「いや、人は見かけによらないって言いますよ」

「僕にはそんな芸当はできませんよ」

「じゃあ、《W》説で進めますか？」

と、そこへノックの音と共に、当の渡辺が入ってきた。

「やあ、皆さん、こんにちは。《W》と言う言葉が聞こえたんですが、今日は〈Wの悲劇〉ですか」

まさか、渡辺の頭文字である《W》とは言えない。原が代表するような形で答えた。

「まあ、そんなところです」

「私はエラリー・クイーンの四部作が好きですけどね」

「さすがは渡辺さん」人差し指を出した。「一《ワン》の次ですね」

「通ですか。それ程でもありませんけどね」

有田はもういない。原稿がどうのこうのという話ではない筈だ。

「遺品の整理はもう済んだのでしょう。今日はどういうご用件で？」

「実は新婚旅行の打ち合わせですよ」

「新婚旅行？　誰の？」

「私と美佳さんのですよ」

と照れながら言った。

「えっ。そうなんですか」

みんな驚いた。いつからそんな関係があったのだろう。確かに有田夫妻は十年近くも家庭内別居だ。それに渡辺の方は二年前に離婚している。別に二人がつきあっていても不思議はない。〈しかし、いつの間に?〉礼子も全く気付かなかった。

「式の日取りはいつなんですか」

「来月のゴールデンウィークです。二人だけの簡単な式ですよ。何たって二人ともバツイチですから」

〈美佳は離婚した訳ではない。死別でもバツイチと言うのかな〉と思ったが、揚げ足取りをするほどでもない。

女性が再婚する時は、離婚後六ヶ月以降でなければならないとされていたが、つい最近百日に短縮された。有田が死んでから百日が過ぎ、美佳も再婚ができる。それを待ってのことだと考えるのはごく自然なことだろう。

新婚旅行はどうするとか、招待するとか、挙式の場所だとか、とりとめのない会話が終わり、渡辺が出て行くと、みんなはざわめいた。

「青天の霹靂《へきれき》ですね」

広川の言葉にみんなが口々に話題にした。話題が尽きかけると、広川に閃きが走った。これで、《W》説の動機がかなり強くなった。美佳が有田へ離婚を迫る理由。邪魔な有田を殺す理由。有田さえ居なければ、二人は結ばれるのだから。

「《W》説を再検討しませんか」みんなもすぐに理由を悟った。「では、二人の共謀説から検討しましょう」

もし二人の共犯ならどういうことになるのだろう。密室を作るのは簡単だ。鍵を持っているのだから。動機は？　再婚するため？　美佳にとっては動機になり得るだろうか。それはない。有田と離婚すればいいだけの話である。有田は言いなりだし、これ幸いと了承する可能性が高い。美佳が高額の慰謝料を要求すれば、有田は拒むかもしれないが、遺書の内容と異なる。今まで離婚問題が浮上した形跡は見当たらないし、殺人などあり得ない。

それがみんなの結論だった。

「では、《W》の単独犯はどうでしょう」

広川がこの場を進行していた。

渡辺が美佳を得るには、有田が邪魔だ。有田に離婚を勧めたとして、美佳に申し出る可能性はどのくらいあるだろうか。有田から切り出すことは無さそうというのがみんなの意見だ。では美佳に離婚を勧める。しかし、美佳にもそこまでの気持ちは無い。

とすれば殺すしかない。しかし、あまりにリスクが大きすぎる。動機としては弱いが、《H》説よりは優《まし》だ。先へ進める。

殺害方法は？　催眠術は却下。絞め技も却下。マジックも却下。

「失神ゲームが残ってたんじゃない」

七海がノートを見ながら言った。

「大の大人がやります？」

礼子は少し不満顔だ。

「でも、今のところそれしか残っていませんから」

「では、昔を懐かしんでゲームを楽しんだことにしよう」

吊すのは一人で十分可能。遺書も何とか書かすことは出来るだろう。その内容は？

もし、自殺でなく殺人だと露見《ばれ》た場合、美佳に嫌疑が掛かりにくくするため？　それはない。何故なら美佳は犯人ではないのだから、仮に嫌疑が掛かったとしてもすぐに解けるだろう。遺産相続で揉めないため？

「なるほど、それなら肯けますね。実際、《W》がほとんど手続きをしましたからね」

原も賛同した。

今までは《MR》説と《MW》説が最有力だったが、それに《W》の単独説が加わった。

《W》説の課題は何だったか。七海がノートを取り出す。
進入経路は？　鍵の使用か？
殺害方法は睡眠薬の使用か？
遺書は？　ただ単に筆を折るという事実を書かせる。
脱出方法は？　鍵は使えない。海への脱出劇。
動機は？　他の説よりも良い。
解決すべき問題がいくつかある。
「今日はここまでにしましょう。次回《W》説を仕上げて終わりにしましょう」
いよいよこの会も解散だ。

十

四月になり、桜の時期もそろそろ終わりを告げようとしていた。天気が良くて風さえなければ随分と暖かい。
この館とのお別れの時だと思うと何となく淋しい。今日は《W》説を仕上げるだけだ。

「進入経路から検討しましょう」

犯人は出版社の渡辺。鍵はディンプルキーなのでコピーは不可。鍵を使って入るには美佳か有田に借りるしかない。有田から借りる理由が見つからない。美佳から借りることは出来るかもしれないが、返却の問題がある。それに犯人が渡辺であることを自白するようなものだ。美佳がそのことを黙っていられるか。そこまで信用できるか。これは難しい。鍵を使わずに入れればそれにこしたことはない。

広川が自説を述べる。

一度、美佳に別れを告げる。車を途中で隠し、戻って陰で原が帰るのを待つ。広川と七海も二階へ上がる。美佳は自室だ。礼子が玄関の鍵を掛ける前に、見つからないようにそっと靴を脱ぎ、そのまま持って上がる。もしくは靴箱に入れる。

「こんな感じでどうですか」

「うむ、問題はなさそうだね。皆さんそれでいいですか」

異議無し。

丁度その時、玄関のブザーが鳴った。礼子は急いで立ち上がり対応に向かった。

「出版社の渡辺さんでした。新婚旅行とか引っ越しの話し合いの詰めでもするんじゃないですか」

新婚旅行まであと一週間余り。渡辺がここに越すのか、美佳がここを売り払って渡辺の所へ転がり込むのか多少は気になったが、続きを始めた。

時系列に進めると次は遺書だが、これは前回解決済みだ。

殺害方法に入る。先ずは睡眠薬。これには飲み物が必須だ。九時までだったら礼子に頼む。しかし、当日は飲み物の依頼は無かった。それまでは飲ますことが出来ず、それ以降になる。九時には鍵を掛けるので、玄関からの逃走は不可。何故なら、玄関の鍵は掛かったままだったから。ピッキングの道具は手に入らないだろう。従って海へ脱出することになる。

もう一つは失神ゲームだ。それは有田にとっては異常なことだろう。不審に思っても不思議ではない。入念に話題作りをし、ごく自然に仕向けなければならない。相手は有名な推理作家だ。一時間半くらいで出来るだろうか。もっとたっぷりと時間が必要だろう。九時までに殺害出来なければ結局海への脱出となる。それなら睡眠薬を使う方が楽だ。玄関の隣には礼子がいる。テレビを見ているので、コソッと抜け出しても気付かれないかもしれないが、リスクがある。

「ということで、ロープを使って海へ逃げることになります」

ロープでの脱出は一応証明されている。ただ非常な勇気がいるのが難点だ。

「それなら、靴は持って上がるってことね」

細かなことに気付く七海だなと思った。話をまとめる。

有田のいる書斎へ行き、世間話をする。その中で、巧みに誘導し、冗談半分で遺書を書かせる。頃合いを見計らって睡眠薬を入れる。熟睡するまで待ち、持ってきたロープを窓に取り付ける。有田を抱え上げて首を吊る。彼程の体格があれば十分可能だ。自殺に見せかけると、部屋の内側から全て鍵を掛け、ベランダからロープを使って海に下り、ロープを回収すると泳いで逃げる。もしくは事前にボートを準備しておく。そして憧れの美佳と結婚。

「まあ、ざっとこんなもんでどうですか」

広川がまとめると七海と礼子は賛同した。

「ところで、冗談半分で遺書を書かせるということですが、どんな冗談でしょう。具体例があればもっとよくなるでしょう。どうです?」

大事なところだ。みんな考えた。

渡辺が遺書を書かせるとしたら、自殺を前提ではなく、あくまでも筆を置くという設定だろうか。

「私へスクープを一つくらいくださいよ〈探偵作家　有田名将人　執筆活動中止宣言〉とか何とか。そう誘い込んで書かせることなら出来そうじゃない?　でもそれだと遺産について書かせることは無理ね」

七海が案を出して、自分で否定した。広川が助け船を出す。

「先生は今まで遺言書を作成したことがありますか？　無ければ、この余白に、ついでに作ったらどうですとか何とか唆《そそのか》せば、ひょっとしたら書くかもしれませんね。どうです、原さん」

「そうだね。そんなところかな」

「それなら、奥様に半分も遺産を渡すなんて書かないいんじゃありません？」

礼子が口を挟んだ。

「確かにそうかもしれませんが、《W》に渡すことが前提となると、そんな吝嗇《けち》臭いことは書けないいんじゃないのかな。正式な遺言書を後で作り直せば済むんだから」

話を何とか《W》説でまとめ上げようとした広川が言うと、七海も応援した。

「付け足しで書く程度なら、十分有りじゃないかしら。どうです？」

七海は原を見やった。

「まあ、そんなところで妥協しますか」

つまり、こういう話になる。

渡辺は、常々美佳に好意を持っていた。美佳も満更ではない。ずっと一人暮らし同然なので淋しい筈だ。美佳と有田は長い家庭内別居生活であることを知っている。そこで美佳に離婚を勧める。しかし、有田は一向に応じない。そこで殺人を考える。美佳を巻き込みたくないので一人で実行。死体発見者を美佳にはしたくない。礼子がいい。いや、それ以外の人物がいれば、それが一番。ここを訪ねるのはクラブの人くらいだ。ではその日に実行すると決定。

先ず、近くの砂浜へ行き、ボートを漕ぎ出す。脱出用をもう一艘、繋いでいく。館下まで行くと、一艘を係留し、戻る。何食わぬ顔をして美佳を訪ねる。一度顔を出して、帰る。戻ってきて鍵の開いている間に、そっと忍び込む。靴も持って上がる。雑談しながら、スクープ提供を持ちかける。余白があるので、追加で遺産分配についても書かせる。隙を見て睡眠薬をコーヒーに入れる。熟睡したところで、ロープで首を吊る。一人で十分実行可能だ。ロープを使って海へ脱出。準備しておいたボートで砂浜まで漕いで、車で帰る。これで完成。

「じゃあ、今日でこのクラブも解散だな」

「そうですねぇ」

「寂しくなりますねぇ。じゃあ、私今から準備します」

礼子は立ち上がり、キッチンへと向かった。

「じゃあ、今日の夕食は解散パーティーですね」

七海の言葉に礼子がちょっと振り向いて言った。

「お酒なら沢山ありますから……」

「でも、僕は車だから……」

「原さんも一緒に泊まったらどうですか？」

「そうよ、そうしましょ」

これで最後だなと思うとちょっと感傷的になった。

「じゃあ、そうするか」

広川の進路など四方山話に花が咲いていると、礼子がキッチンへと誘った。

「それでは、ミステリークラブの解散を記念して、原さんから一言お願いします」

広川が司会役を自ら買って出た感じだ。有田の代わりに礼子が参加している。有田が好きだった洋酒は、三階から一階へと移し、管理している。有田の物と言えば、今ではこれしか残っていない。

「渡辺さんが処分する前にキッチンに移しておいたお酒です」

一時間も過ぎれば自ずと口も軽くなる。事件の解決は一応済んでいるが、もう一つの側面を原は指摘した。

「もしも、《W》が犯人だとしてだよ。殺そうと考えた時に方法をいろいろ考える筈だよね」

礼子はちょっと不思議な顔をした。

「どういうことですか？」

もっとスマートな方法はないだろうか。有田は毎朝、天気が良ければ散歩に出かける。近くには断崖がある。定番の突き落としだ。また、昔よく登山をしていた。登山に誘い、そこで事故に見せかける方が楽ではないか。また釣りも昔はよくした。海への転落はどうか。首を絞めるよりかスマートではないか。密室を作る必要もないし、遺書を書かせるという面倒なこともいらない。計画を練るならそっちの線の方が強いのではないか。そんなことを考えると、《W》説も薄い存在となってくる。結局は自殺の線が一番自然という結論になってくる。

「しかし、現実はこの館での死ですから、今更それを言われても……。大前提を覆されたらどうしようもありませんよ」

「まあ、そうだがね」

そんな話をしている所へ、当の渡辺がやってきた。今まで向かいの美佳の部屋にいたようだ。

「随分と話がはずんでますねぇ」

少し呂律《ろれつ》が回っていない感じがした。美佳と飲んでたのだろう。かなり酔っているようだ。

「今日はクラブの解散式です」

司会役の広川が答えた。

「そうですか。丁度よかった。いつまで続けるつもりか、お聞きしようと思っていたところですよ」

ここの主、同然になった途端の高飛車なもの言いに、広川には〈さっさと止めてしまえ〉という風に聞こえた。有田には随分とお世話になったんだから、もう少しものの言いようがありそうなものだ。そして今回の事例についても、聞かれるが儘に説明をした。

「へえ。そうですか。有田先生が自殺でなく、殺害ねぇ。で、どうなりました?」

広川が今までの経緯をかいつまんで話した。先ずは美佳の単独説から。

「美佳が犯人でなくてよかった」

と、快活に笑った。結婚することは分かっているが「美佳さん」ではなく呼び捨てになっている。親密度が窺《うかが》えた。

「現実に、人を殺すなんてそうそうは、できませんからね」

「まあ、そうですね」

続いて慧史の単独説、原の単独説、広川と七海の共犯説、美佳と礼子の共犯説、等々だ。

渡辺の態度が気に入らなかったのか、それとも酒の所為《せい》か分からなかったが、最後に話さなくてもいいことを口にした。

「もし渡辺さんが有田を殺したとしたらどんな話が出来るだろうかも検討しました」

「へぇ。私が犯人ですか」

渡辺は少しムッとしたように大声で言った。

「怒らないでくださいね。あくまでも推理小説にしたらどうなるだろうかという話ですから」原がなだめるように静かに言った。「推理ごっこですから」

このクラブがどんなことをしているかは分かってる筈だ。何もムキになることはない。他の説も少しは説明している。少しは心を静めたようだ。

「私が犯人ですか」渡辺は繰り返し、少し考えて続けた。「面白そうですね。で、どんな話になりました？」

当初の怒りは何処に行ったのか、みんなの推理を楽しんでいるかのようにみえた。原はその変貌ぶりに一種の違和感を覚えた。

「気を悪くされるといけませんから……」

「そんなことは言わずに、是非《れひ》聞かせてくださいよ。有田先生も喜ぶかもしれないから」

そう言いながら、洋酒に手を伸ばした。

「これは、先生愛用のブランデーじゃないですか」

「飲まれます？」

「ええ。勿論」

「じゃあ、グラスを持ってきますね」

礼子は、キッチンへと向かった。

「で、どんな推理ですか」

「では話しますけど、決して怒らないでくださいね」

「怒る訳ないだろう。是非頼むよ」

「本当に怒りません？」

「ああ、約束するよ」

「先ずですねぇ。犯人は渡辺さんだというのが前提ですから……」

「分かってる、解ってる」

「先ず動機ですが……」

と広川が説明を始めた。礼子が戻ってくると、ぐい飲みグラスを受け取り、半分ほど入れて一気に飲み干した。

「旨《うま》いねえ」

もう一度半分ほど入れるとテーブルに置き、興味津々という様子で身を乗り出し黙って聞いていた。

躰が少し揺れているので、酔っているのが判ったが、気にせず続けた。

「次は遺書の件です」

広川は〈冗談半分で書かせた〉と簡単に説明した。すると、

「まあね。冗談半分と言えばそうなるかな。実際は将棋の賭けだよ」

渡辺が勝ったら遺書を認《したた》めてもらう。負けたら奥さんから手を引く。そんな賭けだ。その時、渡辺は片思いであることを冗談半分に初めて告げた。しかし、有田にとってはもうとっくに別居状態で全く無関心だから、手を引こうが引くまいが関係なかった。そんな話を淡々とし、一口飲み干すと続けた。

「勝負は私の二連勝。そこで約束通り、自殺するとしたらということでいろいろと考えてもらったんだよ。さすが、作家だね。かなり飲んでいたが、いかにもありそうな遺書を書いてくれたよ。『何十年後か知りませんが、先生が死んだ時にこれを発表すると、きっと面白いでしょうね』そう言ってやったよ」

その時点では殺意はそれ程あった訳ではない。実際に殺人を犯すには大きな決断を強いられる。しかし、リュックにはいつでも実行できるように準備だけはしていた。

そんな話の後で、殺害方法を訊ねてきた。

説明が終わると異議を唱えてきた。こんなにお喋りとは思ってなかったのでみんなは少し驚いた。お酒のなせる業だと思ったのは広川だけではないだろう。

「睡眠薬ですか。それは考えつきませんでした。私が手に入れるとしたら、改善薬で

しょうが、お酒にサッと溶けるかどうか調べる必要がありますね。調べることは簡単でしょうが、いつお酒に入れるのですか？」

「先生がトイレに行った時はどうです？」

広川が答えると少し考えていた。

「そうか。その方が良かったかな。でも実際は違いますね」

「違うんですか？」

「違うね。広川君だったかな。君は沖縄の民芸品に〈かみつき蛇〉と言うのがあるのを知ってるかな？」

三人がキョトンとしていたので原が横から口を出した。

「指ハブというやつですね。紐で筒状に編んで、そこに指を入れると抜けないというおもちゃでしょう」

「へぇ。そんなのがあるんですか」

広川は渡辺の考えが聞きたくて仕方なかった。

「無理に引っ張れば多少は赤くなるかもしれないけど、そんな程度だよ。それで……」

有田に指ハブを見せる。名前は知っていたが、実物は初めてだそうだ。本当に指が外れないのか実験してみようと誘う。

「喜んで参加したよ」

後ろ手にさせて親指にはめさせる。念のため人差し指にもはめる。

「十分以内に外せたらウィスキーね。さあ、外してください。ってね」

「はぁ。そうなんですね」

広川が感心すると、得意げに話を続けた。

「彼が外そうとしている間に、少し酔っていた所為か、奥様とは円満《うま》くいっていますか？　って要らぬことを訊いたと思いなさい。そうしたら、何て言ったと思う」

「さあ、何て言ったんですか」

「君の方こそ、どうなんだい？　って訊き返されたと思いなさい」

礼子は興味津々で、

「それで？」

と、先を聞きたがった。

渡辺と美佳との関係を有田は知っていた。それで二人の関係を訊いたのだ。しかし、渡辺の方は知られているとは夢にも思っていなかったそうだ。

「私にはそういう浮いた話はありませんよ。と返事をすると、顔色一つ変えず、『美佳とは上手くいってるのかね』と言われ、驚いたの何の」

それでも素知らぬ顔で、必死に否定した。探偵を雇って調べさせた書類が引き出し

にあると言うので、探してみると、証拠の写真もあり、グーの音も出ない。仕方がないので認めたが、

「でも、それは一年前の話でしょう。今ではそんな関係はありませんよ」

有田には、美佳がどうしようとどうでもいいことだが、相手が誰かがちょっとだけ気になったという。興味本位で調べさせたのだ。それで相手が渡辺だと判明したのだ。

「いるならあげるよ」

美佳を商品か物のような言い方をしたのでちょっとむっとし、その時少し殺意を感じたそうだ。

「しかし、君も物好きだねえ。あんな女が好《い》いとは」

それから、美佳の悪口を並べ立てた。それは善意で諦めさせようとしたのかもしれないが、渡辺にとっては、殺意を掻き立てるもの以外の何物でもなかった。

「さっきはゲームだからああいう風に書いたけど、美佳には遺産を分ける心算《つもり》は全くないからね。まあ、ないとは思うけど、あれが一人歩きするようになると困るから、すぐにでも本物の遺言書を作成するよ」

その言葉が決定打になったと言う。勿論、遺産のことなどどうでもよく、美佳が自分の手に入れれば、それだけで満足の筈だったが、気分が高揚していたのか、理性が何処かに飛んでいたのか、殺すことに決めたという。予定には遺書は全くなかった。そ

れが手元にある。条件は想像以上にいい。今までそのために準備だけはしていたが、ついに決行しようというのだ。

躊躇《ためらい》は全くなかった。両手さえ使えなければ、習い覚えた柔道の絞め技で落とす（気絶させる）のは自由自在。後は吊すだけ。

「柔道をされてたんですね」

「ああ、黒帯だよ。と言いたいが、残念ながらからっきし。ただし、悪友から絞め技だけを教えてもらったことにすれば成立するんじゃない？」

みんなは感心して聞いていた。

「今度は君たちの番だ。殺した後はどうするの？」

広川がロープを使っての脱出を説明し始めた。

「素晴らしいね。僕のリュックにロープが入っているのを知ってたんだ。僕のリュックはいつもパンパンだからね」

それは恰も、そんな物入れてる筈がないじゃないかと揶揄《やゆ》しているような物言いだった。

「いや、そういう訳ではありませんが……」

「まあ、いい。続けて」

渡辺は肯きながら続きを聞いていた。

「残念ながらちょっと違うね。ロープを使うのは正しいけど、そんなやり方じゃないよ。その方法だとずっとロープを擦ることになるだろう。三十メートルも下りるのだ。摩擦で跡が残るんじゃないか？　それに、僕の体重じゃ、下手をするとパイプが曲がりかねないよ」

今までパイプが曲がることとは全く検討していなかった。渡辺の体重なら、ひょっとしてあり得るかもと思った。

「はあ、そうなんですよね」

広川は少し拍子抜けした。自分から推理を次から次へと披露している。またまた一口含んでは続けた。

「天狗結びというのがあるんだよ。まあ、巷《ちまた》では泥棒結びとか盗人《ぬすっと》結びとか言うらしいけどね」

泥棒が二、三階から盗んだ物を下ろす時に使う方法だ。荷物が地面に達したら、ロープの両端を交互に引っ張る。すると結び目が外れると言う。天狗結びは、それとは丁度使い方が逆になる。その方法だと、滑り止めのコブを作っても、手摺を擦ることがない。コブは片方だけ作ればよい。数個の結び目を一度に作れる方法があるとも言った。その方法だと、それ程面倒でもない。そして海へ下りる。下からロープを交互に引っ張ると外れるという算段だ。

「その方法でも、パイプが曲がるかもしれませんね」

「ははは、そうだね。これは失敗だ」

それは自分の無実を証明しているようにも聞こえた。

「それにしても、そんなロープの使い方は何処で覚えたんですか」

渡辺が、未だ離婚をする前、息子と一緒にキャンプ教室に通い、そこで覚えたという。登るのはとてもじゃないが、下りるのは楽だ。滑り止めのコブを作っておけばより安心だ。後は決行する勇気のみ。

そして、最後にボートを使っての脱出だ。

「手漕ぎのボート？　それもないね。僕だったら免許不要の電動船外機を使うね」

探偵社からの報告書を空になったリュックに入れ、ロープを回収しボートまで泳ぐ。風は無く、気持ちが良かったと言う。準備していた服に着替え、車に乗って一夜を明かす。飲酒運転で捕まると目も当てられぬ。

みんなは感心して聞いていた。

「それにしても、都市伝説には嘘が多いね」

「えっ、どういうことですか？」

広川の言葉に渡辺が薄ら笑いをしながら言った。

「死体を見たかね」

「ええ、見ました」

「首吊り自殺の場合、首が伸びるというけど、どうだった？」

「そんな話があるんですか」

広川は素知らぬ顔をして、持ち上げた。

「知らないの？」

渡辺は得意げに続けた。

「首が伸びる。鼻水は垂れる。舌もダランとする。おまけに失禁や脱糞があるというけど、あれも嘘だね。首は伸びていないし、舌は歯に引っかかってダラーンと垂れないんだ。それに脱糞もなかったよ。失禁はあったけどね。しかし、もしなかった場合も考えて準備は怠りなしだ。ついでに、舌を引っ張り出そうかと思ったけど、事実、垂れていなかったんだからそのままにしておいたよ。それに、先生の顔を間近に見ながらなんて出来なかったよ」

「よく、死体の様子をご存じですね」

今までの得意げな顔つきが渋くなった。少し慌てた様子で、

「有田先生とは長い付き合いだったからね。そんな感じじゃないかなと思っただけだよ」

気を取り直して続けた。

「さあ、どうする？　君たちの推理よりも、私の方が上手《うわて》じゃないかね」

「どうするって言われたって。ねぇ」

七海が広川に向かって、困惑気味に言った。証拠がある訳じゃなし、自分たちの推理の欠陥を指摘されたように感じている様子だった。

「それでは、閉会を記念して」

渡辺は最後に一口飲んで退出した。

「ボロが出ないように、早々に出て行きましたね」

広川は原に向かって言った。

「そうだね。死体の状況がピッタリ一致している。現場に居た人しか知り得ないことだろう」

「そうなんですか？」

「今までの話は事実なんですか？」

七海と礼子が続けて確かめた。

「まず、間違いないね」

原は、そう断定した。

七海と礼子は躰を震わせていた。

「私、もう帰ります。このままにしておいて結構ですから」

「ちょっと待って。最後に乾杯をしましょう」

七海の音頭で締め括ると、礼子はいそいそと帰り支度を始めた。

「原さん、どうします？」

「今となっては、物的証拠は何も残ってないからね。証言だけではたぶん立件できないだろう。でも、一応、連絡だけは入れておくよ」

十一

数日後、警察から任意出頭を求められた渡辺は素直に応じた。数日に亘《わた》り取り調べを受けると、何処から漏れたのか、重要参考人として大々的に報道された。実名は記載されていないが、週刊誌には殺人方法まで詳しく記載された。文恭出版では既に渡辺が犯人だと断定していた。ボートが二艘。船外機も見つかったからだ。渡辺は素直に自供したそうだ。

ところが、調書に誤りが無いことを認め、署名捺印をしようした最終段階で拒否したのだ。弁護士の入れ知恵だろうか。渡辺自身が考えたことなのか。それは分からない。

〈クラブの話し合いに参加し、みんなの推理があまりにもお粗末だったので、それを指摘しただけだ。その内容が頭に残り、供述しただけで、私は殺《や》ってない〉そんな感じだろう。何しろ物的証拠が何も無いのだ。これで裁判になれば、無罪の可能性が濃厚だ。そんな状況では、検察は立件を諦めざるを得なかった。

渡辺はどうなったか。

「あれは全て私の推理で事実無根だ」

と言うが、誰も信用しなかった。美佳もその例に漏れなかった。そして挙式寸前に破局となった。職場でも居場所がなくなり、去る他なかった。不景気の中、いくら不起訴とはいえ、再就職は難しい。過去の経歴や経験を問わないような職種しかなかった。家計を切り詰めるために安アパートに引っ越ししなければならなくなった。今は未だ貯金がいくらか残っているので何とかなる。しかし、これからは前途多難の生活が待っていた。

平成名人伝

一

〈ああ、よく寝た。……。ん。ここはどこだ〉

目覚めた広川元気は辺りを見回した。小さな洞窟のようだ。

白髪の老人が桃を食べていた。

「あのう。済みません。ここは何処ですか」

「ここはせんかいじゃ」

「はぁ。せんかい？　ひょっとしてあのせんかいですか」

「そう。あの仙界じゃ。お前さんのような若者には信じられんと思うが、ここは間違いなく仙界じゃ」

広川はどう対応したら良いものか返答に困った。頭の中の思考回路がグルグル廻っていた。

「どうして私がこんな所に？」

「それは儂《わし》にも解《わか》らん」

「貴方《あなた》はどなたですか？」

「儂は甚五郎というもんじゃ」

「仙界と言うからには仙人ですか？」

「さあ、どうだか。儂は修行を積んだただの人間じゃが、下界の者からすれば仙人に見えるかもしれんな」

「じゃあ、仙人じゃなくて普通の人間なんですね」

「いや、普通の人間ではない」

「じゃあ、仙人でしょう」

「いや、仙人でもない」

「人間でなく仙人でもなければ何なんですか？」

「ちょっと毛色の変わった人間というところかな」

「どう変わっているのですか？」

　この老人は五十年間でいろいろな特技を身につけたと言う。それは五感の能力を極限まで高めたことだ。視覚については遠くの物まで明確《はっきり》と見えるように訓練したこと。要するに視力が十に匹敵すると言う。絨毯《じゅうたん》の中の猫の毛一本をすぐにでも探せると言う。動体視力も凄《すご》いらしい。付け加えるなら、見ただけで物の長さがミリ単位で判《わか》るのだ。聴覚についてはウサギ並みの聴力を有し、距離と方角が判る。更には超低音が聞こえ、地震の予知が出来ると言う。ただしこれについてはまだ確かめたことがないので不明だと言う。触覚では、手に乗せた物の重さがグラム単位で判り、味覚や嗅覚についても鋭いものがある。ただ、五感と違うものに記憶力があるが、その能力は年の所為か低下しているという。

「ところで貴男《あなた》はどのような能力をお望みかな」

「えっ。私にそんな能力を？」

「私が授けるのではない。貴男が勝ち取るのじゃ」

「私にそんなことができるのですか？」

「もちろん。出来るからここに来ることが出来たんじゃろうて」

広川は半信半疑で、大きな溜息をついた。

「必要が無ければすぐに下山しなさい」

「いや、そういう訳では」

「まあ、すぐには信じ難いだろうが、これが現実だ。どうじゃ、ここで修行をしてみる気はないか？」

「そりゃあもう、願ったり叶《かな》ったりです」

ここでの生活の仕方を教わるとすぐさま取りかかった。腹が減っては戦が出来ぬ。先ずは食事から。桃を一個頂く。これだけ。

「これは蟠桃《ばんとう》と言ってな。孫悟空が天界で食べた桃じゃ。尤《もっと》も不老長寿になる訳でなし、若返ることもないがな。美味《おい》しいから食べてるだけじゃ。さあ、どうぞ。召し上がれ」

確かに美味しい。しかし、普通の桃の味だ。違いは判《わか》らない。食べたら桃の木の下に食べ滓《かす》を捨てる。掘って埋めると尚《なお》良し。

一緒に外へ出る。真っ青な空が広がっている。色とりどりの花が咲き、桃、蜜柑《みかん》、林檎《りんご》を初め、いろいろな木々には実が沢山なっていた。少し遠くにイ草がある。それを引き抜いて洞穴に持ち帰った。何度か往復すると、寝床が出来上がる。昼食は無し。午後は辺りを探検する。夕食はまた桃一個。

翌日の朝食は霞《かすみ》。食べ放題だ。不思議なことにそれだけでお腹がいっぱいになる。森が発するエキスのような物が詰まっているのだろうと思った。洞窟を出て、少しだけ下山する。それから訓練だ。やり方は二通り。一つの能力を先ず習得し、それから次の能力を得るというやり方と、同時に複数の能力を得る訓練をするやり方だ。当然、時間は複数倍かかる。広川は前者を選んだ。それは視力の回復及び、能力向上だ。眼《め》鏡《がね》を掛けずに済むならそれに越したことはない。甚五郎さんによれば遠くを見つめることと、動物などを目で追いかけること、それにブドウ類を食べることが肝心だそうだ。

とにかく動きの速いものを観察する。リスは元より鷹、ツバメ、蝶、トンボ、蜂。

存《あ》りと在《あ》らゆる物をじっと見つめる。ただそれだけだ。お腹が空けば霞や果物を食べる。不思議なことに朝は霧。昼間はいつも日本晴れ。夕方になると雨が降り出す。それが毎日続く。洞窟を少し下れば昼でも霞だち、谷を越えて尾根に抜ければ色とりどりの花が満開の笑顔で迎えてくれる。二、三週間に一度はリスや鶏がやってくるが、その時は仙人が焼いて食膳に出してくれる。寿命が尽きる頃になると、自ら命を提供してくれるらしい。

一と月ほどすると視力が回復し、眼鏡が不必要になり、動物の動きがゆっくり見え始め、半年後には蜂の羽ばたきの一つひとつが明瞭《はっきり》と判るようになった。師匠に弓を自分の躰に向かって射てもらい、それを叩き落とすことも出来た。これだけ出来るようになれば大したものだと自画自賛した。

そんな時、ふと彼女のことを思い出した。師匠に下山を申し出ると、引き留められた。

「今、下りればお前の能力は次第に衰えてくる。もう半年修行すれば、ずっと衰えることもなく、ずっと維持できるだろう。あと半年我慢できないか」

半年なら何とか我慢できると思ったが、そうすると次に嗅覚の修行をしろとまた引き留められるかもしれないと思い、この際思い切って下山することにした。霧が晴れると何故か我が家が目の前にあった。戸を開けると母が出迎えてくれた。

「昨日は何処に行ってたの。連絡ぐらいしなさいよ。心配するじゃないの。眼鏡はどうしたの？」

母にそう言われて吃驚《びっくり》した。霞や果物などを食べて修行した半年は何だったんだろうと不思議に思った。眼鏡はなくても明瞭《はっきり》と見える。動体視力はどうだろうと思って試してみることにした。

「母さん、じゃんけんしようよ」

「何よ、急に」

「いいから、いいから」

じゃんけんを始めると、何と母の動きがゆっくり見え始め、何を出すのかが手に取るように判《わか》った。後出しじゃんけんと同じだから百戦百勝だ。母は驚いていたが、広川はもっと驚いた。あの訓練は本当だったのだ。しかも、家に帰り着くと一日しか経っていない。信じ難いことだが、それが現実だ。

自分の部屋に戻るといつものようにパソコンのスイッチを入れる。立ち上がるまでの間、あの半年間の訓練を思い浮かべていた。模糊《ぼんやり》としていて夢のような気もするが、自分の能力は実証された。信じるしかない。立ち上がるとパソコンの画面を見た。確かに一日しか経っていないことを確認した。

二

新学期が始まって三回目の日曜日。広川元気はいつもの公園で江藤七海と待ち合わせた。

半年間の記憶は全く残っていなかったが、昨日のじゃんけんは明確《はっきり》と覚えている。

「あら、元気さん、コンタクトに変えたの？」

「いや、急に目が良くなったんだよ。それにじゃんけんも百戦百勝なんだ」

「へえ。そうなの。じゃあ私とやってみて」

もちろん百戦百勝。

「凄いじゃない。一体どうしたの」

「よく分からないんだ。昨日家に帰ったら、目がよく見えるし、人の動きがゆっくり見えるんだ」

「どういうこと」

「だから、ゆっくり見えるんだ」

「動体視力が良いってこと？」

「まあ、そういうことだろうね」

「じゃあ、野球のボールでもゆっくりと見えるの？」

「たぶんそうだろうね」

「じゃあ、何かスポーツでもやったら？」

いい考えだと思った。しかし、今までスポーツらしきスポーツはやったことがない。体育の時間だけだ。消極的になるのも無理はない。

「いい考えがあるわ。試しにバッティングセンターに行ってみましょうよ。付いてってあげるから」

バットは小学生の時に何度か振ったことはあるが、その程度だ。しかし、七海の提案は成る程と思ったので受け入れることにした。何処にあるかも知らないので、早速調べた。

「一軒だけあったわ」

この町にはセンターは一軒しかない。大学へは電車で通っているが、次の駅を降りてすぐの所だ。こんな近くにあるとは思ってもみなかった。

「私ここで待ってるわね」

七海は施設内のゲームセンターで待つことにした。

初めてなので、機械操作の説明を聞き、バットを借りると、練習場へ一人で入っていった。

この施設では直球しか投げられない。カーブを打ちたければ、隣町へどうぞと言うが、とんでもない話だ。そんな余裕なんかある筈がない。先ずは一番緩い速度から。

バットを構える。ボールが来る。何と遅いことか。バットを振る。しかし、ボテボテのゴロ。十回も振ると、やっとボールの芯に当たり出す。バットが手の一部になってきた。ゆっくりやってくるので、ボールのどの位置で当たっているのかが手に取るように分かる。ホームラン性の当たりが飛び出すようになる。すると、速度を一段階上げる。似たようなものだ。二球で次の段階へ。あっという間に最速の球に向かう。それでも、ゆっくりだ。一球目からホームラン性の当たりだ。腕の力とフォームの指導があれば、柵越えだろう。遠くまで飛べば楽しいが、それ程面白くもない。

「お待たせ」

「あら、早かったのね。で、どうだった？」

「もう卒業した」

ここで学ぶことはもう何もないことを知らせた。

「隣町のバッセンへ行ってみようよ」

「どうして？」

「カーブを打ってみたくなったんだ」

「やる気が出てきたの？　いい傾向ね。行こ行こ」

隣町には二軒あるが、カーブが打てるのは一軒だけ。早速、隣町へ。

カーブが来る。

〈おお、こういう風に曲がるんだ〉

見るのも、打つのも初めてだ。しかし、曲がり具合は手に取るように分かる。一球目からホームラン性だ。速度を上げても同じこと。

「その能力って、やはりスポーツに向いているんじゃない？　月曜に、部活を見て回りましょうよ」

言葉遣いは優しいが、実際は「見て回れ」と命令されてるのも同然だ。彼女と結婚したら、尻に敷かれること間違いなしだ。

「でも、四年になってスポーツクラブに入部なんて出来っこないよ」

「どんなスポーツが一番適しているかを知ることも大切なんじゃない？」

そんなことを話しながら帰途に就いた。

翌、月曜日。五限が済むと、七海と一緒に見て回る。武道関係は苦手だが仕方ない。空手、ボクシングと見て回った。

動きはゆっくり見えるので、相手の攻撃を躱《かわ》すのは訳なく思えた。しかし、攻撃の仕方がよく分からない。ちょっとやそっとではマスター出来そうにない。

柔道はどうか。動きは見えるが、組み手をどうすればいいのか、また投げ方も判らない。これにはやはりかなりの練習が必要だと思った。

剣道部へ寄る。

「江藤さん。こんな所に何か用ですか？　こちらは？」

「あらっ。立花さん。あなた剣道部だったの。知らなかったわ。こちら高校の一年先輩の広川さん。だからあなたにとっても高校の先輩よ。ちょっと見学に来ただけ」

「見学って、嫌がらせですか？」

「嫌がらせってどういうこと。私そんな意地悪じゃないわよ」

「そうですか。ならいいんですけど。いやね。今剣道部は八人しかいないんですよ」

「じゃあ、これで全員なの？」

「そうなんです。半数の四人が新入生。これじゃあ、今年の試合も一回戦ボーイですよ」

二人の会話に広川が加わった。

「確かにこれじゃあね」

「先輩、それはひどいなあ。やったことあるんですか」

「授業でちょっとやっただけだけどね。あんなに動きが遅けりゃ一回戦ボーイも当然だね」

「誰のことを指してます？」

「みんなだよ。あれじゃ素人の私にも勝てないだろうね」

「冗談はよしてください」

「冗談じゃないよ。本音だよ」

「じゃあ、私と立ち合ってみます？」

「いいですよ」

「怪我をしてもしりませんよ」

「その言葉をそっくりお返ししますよ」

「そこまで言うなら」

語調が荒くなった。馬鹿にされたように思ったのだろう。

一年生から防具を借りるが、面の付け方はとうに忘れている。貸してくれた一年生が手伝ってどうにか準備ができた。

〈馬鹿にするのも程ほどにしろ。いっちょ懲らしめてやる、とでも思ってるだろうな〉

そんなことを考えながら立ち上がった。袴に穿《は》き替えるのは面倒なので、少し動き難いがパンツのままだ。みんなの邪魔にならないように端の方で二人は向かい合った。立花が蹲踞《そんきょ》して正眼に構えたので、礼儀作法が面倒くさいなあと思いながらもそれに倣った。

立ち上がると同時に、立花が気合いを入れた。

「きぇぇい」

間合いを測りながら剣先を少しずつ動かしているのが判るが、広川の剣先は全く動かない。構えたままでじっとしている。

立花は打ち込むべく素早く竹刀《しない》を振り上げた。しかし、広川には動きはゆっくりと見えている。習った摺り足など考えになく、走るようにずんずんと進み、「えぃ」と喉元を突き上げた。立花は後ろに仰け反り、竹刀を振り下ろすことさえ出来なかった。

「もう一本。今度は手加減をしませんよ」

相手は素人だと思って油断をした所為とでも思っているのだろう。しかし、二本目も同じ結果になった。

「参りました」

そう言い残して、その場を離れた。すぐに主将格の副部長を伴って戻ってきた。自己紹介が済むと立ち合うことになった。道場の端の方で蹲踞し、正眼に構える。他の人たちの稽古の邪魔にならないようにと配慮したのか、二人の距離は近かった。審判役はいないので「始め」の声は掛からない。副部長は立ち上がりながら、上段に構え直そうとした。上段からの打ち込みが得意なのだろうが、広川には関係ない。隙があれば先制攻撃だ。先程と同じように無雑作に走り出し、喉元を突き上げた。

副部長にしてみれば戦闘態勢に入る直前の出来事だ。危うく後ろに倒れそうになった。まさかの動きに面食らったようだ。普通なら、まだ「始め」の声が掛かる前だろう。ちょっと卑怯だと思われそうだが、相手は素人。じっと我慢していたのだろう。

丁寧に、

「もう一本お願いします」

と申し出た。今度は間合いを十分取れるように、他の部員たちの練習を止めさせ道場の真ん中に立った。この距離なら不意打ちは出来ない。

二人は正眼に構えた。蹲踞から立ち上がると、副部長は一歩下がって上段に構えた。同じ過ちは繰り返さない。上段の剣先が前後左右に動く。右から打とうか、左から打とうか間合いを測っているようだ。そして一歩踏み込み、気合いを入れると同時に一歩踏み込んできた。

正眼から打ち込むのと、上段から打ち込むのとでは、単純に考えて、半分の時間しかかからない。それでも広川には充分だった。打ち込んでくるのが手に取るように判る。同じようにずんずんと進み、「えぃ」とばかり喉元を突き上げそのまま相手の横を走り抜けた。振り向くと副部長の剣先は空を切っていた。

「参りました」

副部長は素直に負けを認めた。竹刀が相手の躰に触れもしないというのは初めてのことだと驚きを隠せなかった。

「負けはしましたが、あれでは一本取れません」

「どうしてですか」

「打ち込みは完璧ですが、一本取るには気合いが要ります。それに姿勢も大切です。それらが揃って初めて一本になります」

確かにそのように習ったことを思い出した。しかし、マネキンが竹刀をゆっくりと振り下ろすようなものだ。気合いが入る筈もない。

副部長から入部の誘いを受けた。

「貴男が入れば県大会の優勝も夢ではありません」

後輩からも誘われた。しかし、四年生が急に入ってきて、今まで一所懸命練習してきた人たちを差し置いて出場することに気が引けたので、丁重に断った。

三

　今日は七海とお出かけ。人々はこれをデートと呼ぶのだろうが、毎日のように会っているので特別に深い気持ちはない。友達以上、恋人未満というところだろうか。いや、九割がた恋人だ。「残りの一割は何？」と訊かれれば、「結婚だ」と答える心算だ。つまり、結婚を考えるようになると百パーセントということだ。しかし、まだ言ったこともなければ訊かれたこともない。

　近くの山で紫陽花《あじさい》祭りがあるので見に行くことにした。イベント会場では、紫陽花の即売会をやっている。飲食店も並んでいる。表彰式などのイベントも予定されている。

「元気さん、剣道部での道場破りが有名になってるわね」

「道場破り？　ひどい言い方だね。そういう風に言われてるの？」

「そうみたいよ」

　笑顔がとても素敵だ。広川がミステリークラブへ勧誘し、それ以来の付き合いで約一年が過ぎた。勉強、就職、クラブの話を初め、幽霊やＵＦＯの存在について等、話題には事欠かない。

イベント会場で出身校の吹奏楽部が演奏するというので聴きに行くことにした。

会場近くに行くと大声を出しているのが耳に入った。どうやら喧嘩《けんか》が始まったようだ。一人が必死で謝っている。蜂を追い払おうとしたら、たまたま手が隣の人の顔に当たったようだ。しかし相手は一向に許す気配がない。胸ぐらを摑んで突き飛ばし、倒れ込んだところを髪の毛を引っ張って、立ち上がらせている。更に攻撃を加えようとしているのは明らかだ。近くの人も状況は分かっている筈だが、助けようとする人は誰もいない。仕方なく広川は立ち上がった。

「元気さん、口を出しちゃ駄目よ」

七海の説得には応じなかった。七海に手を引っ張られたが、それを振り解いた。

「ちょっと、お兄さん。こんなに謝ってるんだから許してくださいよ」

兄さんと呼ばれた男は広川を睨《にら》み付けた。

「何だ、お前は。関係ないだろう」

「皆さんも、止めてくださいよ」

何の集まりかは判らないが、みんなに助けを求めた。すると、

「中止《やめ》ときな。怪我をするぞ」「こいつが誰だか知ってるのか」「引っ込んだ方が無難だぞ」

と口々に仲裁するのを止めさせようとした。何と無責任な連中なんだろうと思った。

「俺は浪速《なにわ》のロッキーだ。お前なんか引っ込んでろ」

「浪速のロッキーさんですか。それなら尚更、大きな心で許してもらえませんか」

そんな名前を知る訳もないが、下手《したて》にでるしかない。しかし、相手は一向に許す気配は無かった。少し酒臭い。これはちょっと不好《まず》いかなと思ったが、もう遅い。

「五月蠅《うるさ》い。お前には関係ない。つべこべぬかすとお前から先に片付けるぞ」

周りからは更に注意が飛んだ。「元プロボクサーだぞ」「メインイベンターだぞ」「伸《の》されるぞ」「口を突っ込まない方が身のためだよ」

どうやら取り巻きは、彼の同輩のようだ。七海の前で良い格好をしたい訳ではないが、ここで止める訳にはいかない。何とか収めようと頑張った。

「お怒りはごもっともですが、そこを何とか」

「五月蠅い」

余りの執念深《しつこ》さに切れてしまったのか、急に右パンチが飛んできた。ちょっと吃驚したが、それを難なく躱《かわ》した。するとそれが余計に頭にきたようだ。

「もう許さん」

左パンチだ。ひらりと躱す。前に出てきてはパンチだ。躱すだけではいつまで経っても際限《きり》がない。今までに人を殴ったことがない。手を出すのが何となく怖い。かと言ってこのままでは仕方ない。足を出した。それが腹部に命中。相手は予想をしていなかったのか、バランスを崩して尻餅をついた。それを見た同僚たちが、今なら大丈夫と思ったのか、それとも酔っているので不覚を取ったのだろうと思ったかは判らないが、彼が立ち上がって構えると、引き留め宥《なだ》めた。

「酔ってるからここまでにしよう。また警察に呼ばれるぞ」

その言葉についに諦めがついたのか、

「畜生、覚えてろ」

捨て台詞《ぜりふ》を吐きながら、この場を離れた。

ハラハラして見ていた七海は、躰を気遣った。

「大丈夫？　何ともなかった？」

「ああ、全然大丈夫」

両手を広げて見せた。

「良かった。どうなることかと気が気じゃなかったわ」

「心配させちゃったね」

「小さい頃に空手か何かやってたの？」

「いいや、何も」

「道場破りといい、今の件といい、本当に凄いわね」

「まぐれさ」

一日が半年の訓練について語っても、自分自身が信じられないので、口には出さなかった。

一人の男が缶ビールを二本持ってきた。

「先程は有り難うございました。一本ずつどうぞ。あの男は連れて帰りましたので安心してください」

別に何も心配はしていなかったので、少しだけ気になったが、すぐにその理由《わけ》が判った。

元プロボクサーで、その道では名が知れている。酒癖が悪いので、みんなも注意していたのだが、祭というのでみんなもつい気が緩んで呑ませ過ぎた。過去にも素人に手を出して怪我をさせたことがある。止めようとすると仲間でも殴りかかるほどで手が付けられなくて、みんな手を出さなかったのだ。尻餅をついたので、今なら何とかなるとみんなで宥めに入ったのだ。

「あんな尻餅のつき方はタイトルマッチでダウンを奪われた時だけですよ。私たちもいろんな武道を見てきましたが、あんな蹴りは初めてです。一体何という武道ですか」

「武道なんてしたことありませんよ」

「そんな筈ないでしょう。彼を倒すなんて並の者ではできません」

「もし何らかの武道をやっていたら、もっとスマートに倒してますよ」

「あれがスマートではないと言うんですか」

「ええ、行き当たりばったりに足を出しただけですから」

「そうなんですか。実は、私は彼のトレーナーなんですが、よかったらボクシングをやってみませんか。彼はチャンピオンになれなかったのですが、貴男なら今からでもその可能性は大ですよ。どうです。一緒にやりませんか」

「いえ、そんな意《つもり》は更々ありません」

「他からスカウトされてるんですか」

「いえいえ、そんなことありません」

横から七海が口を挟んだ。

「彼は今年、教員の試験を受けるんです」

「教員ですか。勿体《もったい》ない。ボクシングが厭ならプロレスはどうです。紹介しますよ」

広川は断るのに精一杯だ。七海も助けてくれたので、男はやっと諦めがついたのか、引き下がった。

演奏会が終わって会場を出ると、携帯を見ながら広川の顔と見比べている人が数人いる。「この人よ」「間違いない」「本当だ」という声が聞こえてくる。どうやら誰かが喧嘩の様子をSNSに上げたようだ。少し気まずい思いがしたので、さっさと帰った。

四

明くる月曜日。広川が校門近くへ行くと人だかりで一杯だ。何事かと思っていると、こちらへ人だかりが近づいてきた。何なに？　と思う間もなく、周りを囲まれてしまった。中にはカメラを持参している放送局の人らしい一群もあった。

「済みません。広川さんですね」

「そうですけど」

「昨日の喧嘩の仲裁についてお伺いしたいのですが……」

「済みません。県警の者ですが」「〇〇ボクシングジムです」「××です」

昨日の一件がこんな事になっているとは思ってもいなかった。

「済みませんが、私とジャンケンをして勝った人の質問に応じます」

すると、我も我もと競い合った。混乱状態だ。

「済みません。質問する人の順番を決めてください」

その場でジャンケンのかけ声が聞こえてくる。その間に校門を通り抜けようとした。するど一人の男が追いついて声をかけてきた。

「済みません。私が一番です。ジャンケンをお願いします」

質問権を獲得するのに必死だ。後から後から列が出来上がってきた。今度は広川が相手をする番だ。

「最初はグー。ジャンケン、ポン」

一番乗りの人はトボトボと引き返した。二番目、三番目も同様だ。そして遂に一人も勝てずに引き下がった。それを端から見ていた人物がいた。トーナメント型式なら必ず一人は十連勝しても不思議《おかし》くはないが、そうではない。普通に考えれば十回勝負すれば、三回は負ける。何か感じるところがあったのだろう。

「私は工学部の花田だが、うちの研究室でジャンケンロボットを作っている学生がいるんだが、付き合ってもらえないだろうか」

見たことがある顔だ。教授に違いない。今から受ける授業については出席扱いにしてもらうからと言うので、素直に応じた。研究室の中にはいろいろなロボットがあり、作業所の体《てい》をなしていた。三本の指しかない手と、いろいろな配線が出ている前腕だけが固定されている標本のような物がジャンケンロボットだ。正面にはカメラがあり、これが前腕に繋がっている。既に完成しており、今まで百パーセントの勝ちを誇っている。これとの対戦である。三本の指を全部曲げればグー。二本伸ばせばチョキ。三本とも伸ばせばパーだ。教授はすぐにでも実験したかったが、担当の学生が来るのを待った。それまで、いろいろなロボットについて説明してくれた。

開発した担当の学生がやってくると早速実験だ。教授も学生も負ける筈はないと確信している。さて、どうなるか。スイッチを入れ、作動開始だ。広川は、最初はグーで始めた。ロボットは既にパーを出している。

「最初はグー」

手首を三度上下に動かした。

「ジャンケン」

二度上下に振った。

「ポ」

ロボットはパーの状態なので、チョキを出そうと人差し指と中指を伸ばそうとした。すると、ロボットはすぐに反応して、グーを出した。それが判ったので、

「ン」でパーにしようとするとロボットはすぐに反応してチョキに変更。そこで振り下ろした時にグーにした。するとロボットもすぐに反応してパーに。タイムリミットだ。広川の負け。しかし、ロボットはその間、初めのパーの状態からグー、チョキ、

パーと変化した。

学生は何が起こったのか解らず、配線等をチェックしロボットと対戦し、異状の無いことを確認した。そこで、もう一度対戦することになった。しかし、結果は前回と同様だ。

学生は再度チェックし、再度対戦することになった。

「済みません。最初はチョキで初めてもらえませんか」

教授の提案を素直に受けた。

「最初はチョキ」

ロボットは既にグーだ。

「ジャンケン、ポ」

広川はパーを出そうとするとロボットはチョキ。そこでグーにするとロボットはパー。最後はチョキ。ロボットはグーで広川の負け。ロボットは初めのグーを除くとチョキ、パー、グーと三回変えたことになる。

「ハハーン、そうか」

教授は理由が解ったのか「最初はパー」でお願いした。結果は又またロボットの三度出しだ。

「いやあ、ロボットも凄いが君の能力も素晴らしいね。その能力をどう生かすかはじっくりと考えなさい」

広川の微かな指の動きが教授に判る筈はないが、ロボットはそれを的確に捉えていた。ロボットの誤作動でないことを確認しているので、広川に確認した。

「君は途中で三度出そうとするのを変えましたか」

別に隠すことはない。広川は素直に答えた。

「ええ」

教授はその能力を褒め、励ましてくれたが、学生は首をちょっと曲げ、口をへの字に曲げた。

「ロボットは誤作動を起こしていないから安心しなさい」と、キョトンとしている学生を励まし「理由は自分で考えなさい」と宿題にした。

広川は広川で、今のロボット技術の性能に驚いていた。

教授と学生から礼を述べられ、研究室を辞した。

五

月末、剣道部の部長がやってきた。ここ十数年、団体戦で一回戦ボーイが続いている。不戦勝はあったが、何とかしなければとみんな必死だった。その上、顧問の先生が今年で退職する。一度でいいから一回戦ボーイの汚名返上を叶えたいという強い願望を訴えてきた。黒竜旗を争う勝ち残りの団体戦が一週間後に迫ってきたが、今のメンバーではとても叶わない。何とか加わって欲しいと切望された。しかし、いきなり入部して選手として出場することは、他の部員に対して申し訳ないと丁寧に辞退した。

するると翌日、四年生を中心とした数名が部長と共にやってきた。部員全員の希望であると熱望された。そこまで言うならと遂に折れた。この大会だけという条件で、練習に参加した。一週間ほどの短期特訓だ。顧問の先生には事後承諾という形になった。

相手になる者は一人としていなかった。先生から、正座や礼の仕方、防具の付け方など、基礎の「いろは」から指導してもらった。初めは少し面倒だなと思っていたが、慣れるに従い、何となく心が落ち着いてくるのが分かった。摺り足が出来るようになると、走り出すより飛び込みがより速くなった。また、退くことも覚えた。

「もっと腹から声を出せ」

と発破を掛けられる。気合いを入れると、より素早く動くのが判るが、これ以上の声はどうしても出ない。

突きを入れて退《さが》るかそのまま横を通り抜けるだけだ。みんなもそれが分かってきたので、その対応を試みたが、それでも敵う者はいなかった。

大会当日がやってきた。勝ち抜きの団体戦だ。次鋒か中堅でと言うが、たった一週間しか練習をしていないのだ。部の先輩たちを差し置いて出る訳にはいかない。広川は先鋒にしてもらった。

いよいよ試合開始。面白いように突きが決まる。しかしどうしても気合いの入った大声が出ない。そのため一本勝ちに繋がらない。相手からは躰《からだ》を擦《かす》らせることもない。時間一杯、何度も突きを入れる。判定勝ちだ。突いて退るだけだからそれ程体力も消耗しない。

次鋒、中堅、副将との対戦も同様だ。もちろん大将も難なく打ち負かした。一人で五人抜きだ。これで一回戦は突破。汚名返上はできた。審判の一人が顧問の先生の所にやってきた。会場はざわついていたが、話し声が漏れ聞こえる。

「彼は口が不自由なのでは」

「いえ、そんなことはありません」

「場面緘黙《かんもく》ということは？」

場面緘黙とは、普段の会話は出来るのだが、ある特殊な場面になると声が出なくなる症状を言う。教育学の先生から指摘されるのなら解るが、普通の審判からだ。

「それは考えたこともありませんでした。ご指摘有り難うございます」

そう間違われても仕方のない状況だ。広川はもちろんそうではない。彼の剣道は

「道」ではなく「術」なのだ。その昔、〈音なしの構え〉というのがあった。高柳又四郎が有名であるが、実際にそのような構え方があるのではない。自分の竹刀に触れさせず、音を立てずに相手を打ち負かすのでそう呼ばれたのだ。今の広川がそうだ。相手の動きが手に取るように分かるので、突きを入れて退るか更に前進するだけだ。時には飛び退ることもあったが、何も大声を出す必要はなかった。大声を出せと言われても、出なかった。「えい」と気合いは入れているが、広すぎる総合体育館で何組も試合をしている中、審判には届かなかったのだろう。そういう意味では緘黙と捉えられても仕方がないと思った。

たったの一人で二回戦、三回戦と勝ち上がった。決勝の大将戦ではさすがに肩口に竹刀が擦ったが、それだけでやはり判定勝ちを収めた。快挙としか言いようがない。会場を出るとすぐに胴上げをされた。

翌日のスポーツ新聞は大賑わいだ。「新星現る」とか「音無しの構え復活か?」とか「剣聖、広川」とか、とにかく大々的な記事がトップを飾っていた。

広川の周りには人だかりだ。新聞記者かと思いきや、近隣の県警や銀行関係、高校といろいろだった。就職の誘いである。免許は中学の数学も取っているが、彼の希望は小学校の教師である。一瞬高校ならと考えなくもなかったが、全て断った。

夏休み中に教員採用試験があった。一次試験無事合格。二次試験も終了した。後は採用通知を待つばかりだ。

九月に入ると、七海の友達の美咲がやってきた。九月末にバドミントンの試合があると言う。混合ダブルスでお願いと懇願された。練習期間は約一ヶ月程ある。試験は終わった。後は単位さえ落とさなければよい。七海から追い打ちをかけられれば断れなかった。

初めのうちはフットワークやスマッシュ、レシーブの基本練習だ。それから美咲と組になって練習。一人なら自由自在に動くことが出来るが、二人となるとコンビネーションが必要だ。どうしても美咲に譲る場面が多い。試合が近づくに従ってシャトルの動きがだんだん速くなっているように思えだした。今まで手加減していたのか、それとも美咲の動きが気になっているからかなと思った。

試合当日の結果はさんざんなものだった。もちろん一回戦ボーイ、アンド、ガールだ。美咲ががっかりしたのは言うまでもない。広川は平謝りに謝った。手を抜いた訳ではない。それは美咲も解っている。誘った私が間違っていたと美咲も謝った。

十月の第二日曜。外は快晴だ。日差しが眩しい。今日も夏日の予報だ。それでも広川は浮き浮きしていた。採用試験合格案内がきていたのだ。すぐ七海と落ち合うことにした。気分は最高だ。駅前の喫茶店でランチを食べながら、小一時間話し込んで出た。

暫く並んで歩いていると、何処からか叫び声が聞こえた。それが次第にこちらに近づいてくる。何事だろうと注視していると、男が刃物を持って小走りで二人に近づいてきた。危険を察知すると気合いを入れた。男の動きがゆっくり見える筈だ。「剣聖、広川」だ。刃物を叩き落とすくらい朝飯前だと楽観していた。男の目が血走っているのが判る距離まで近づいた。ほんの少し向きを変え、七海の方に向かってくる。広川は七海の前に立ちはだかり、刃物を叩き落とすべく拳を作り振り下ろした。ところが、何故か間に合わず刃物で腹を刺された。一度ならず二度、三度。痛みが走る。男は刃物を抜くとまた別の目標へ向かって刃物を向けた。七海が対象だ。呼ぶ声が聞こえる。救急車の音も。痛みが酷くなると共に七海の悲鳴が小さくなってくる。死の恐怖が脳裏を過《よぎ》る。七海の顔がぼやける。目を閉じた。

その時ふと師匠の言葉を思い出した。今、下山すれば、次第に能力が消滅してしまうと。あと半年修行を続けていればと思ったが、全ては後の祭りだ。

〈中　道　に　し　て　廃　す　こ　と　な　か　れ〉

〈初　志　貫　徹　す　べ　し〉

〈嗚《あ》……呼《あ》……〉

〈……　……〉

天使探偵

一　天使探偵誕生

私は目覚めると、寝返りをうったり伸びをしたりして、いつ起き出そうかと考えながら、また布団をひっかぶった。しかし、何故か布団が引っ掛からない。もう一度試みたが同じだった。

〈そんなに寒い訳じゃないから、まっ、いいか〉

上体を起こした。

〈あれっ、手が無い。どういうことだ〉

目の前で掌《てのひら》と甲を数回ひっくり返してみた。手が見えない。

〈そんな筈ない〉

手首を捻《ひね》っている感覚がある。手は確かにここにある。あるにはあるが見えない。

〈夢でも見ているのかな？　あれっ、足もない〉

ベッドに座ったまま足をブラブラさせてみた。動かしている感覚はあるがやはり見えない。頬をつねってみた。

〈えっ。頬を抓《つね》ることが出来ない。当然、痛くも痒くもない。やっぱし夢なの？　そ

んなバカな。夢か現実かくらいは判《わか》る。一体どうなってるんだ〉

服を着てないようなので確かめようと視線を落としたが、胴体もやはり見えない。触って確認だ。

〈あれっ。見えない手が、見えないお腹を素通りしたぞ〉

何度も、何度もお腹を叩いた。しかし、やはり同じだ。叩こうにも叩けない。

〈俺は一体どうしたんだ。どうなったんだ〉

立ち上がって辺りを見回した。どうやら病室のようだ。仕切りのカーテンが全て開いている。ベッドが六つ。どこも満床状態だ。

〈えっ。色が付いてない。セピア調のモノクロだ。どういうことだ。やっぱし夢なのかなあ〉

しかし、意識は明白だ。夢の筈がない。私は見えない手で顔をさすった。驚いたことに手が顔を素通りするではないか。全く訳が解《わか》らない。

先ずは現状把握だ。

〈あっ、大変だ。俺、裸だぞ。服を着なくっちゃ〉

しかし、何も無い。仕切りのカーテンを引っぱがして纏《まと》うかとも思ったが、止めてそっと立ち上がった。みんな寝てるようだ。窓へ行き外を眺めた。中庭に木が一本立っていたが、やはりモノクロだ。何とも味気ない。

〈それにしても随分と高いなあ。何階だろうか〉

花が満開だ。桜のような気がするがこの高さからだとよく判らない。建物の影の状態から察すると、陽《ひ》が高いのが判る。お昼前後だろう。とりあえず自分のベッドに戻ることにした。

〈あれっ。誰かが寝てる。さっき俺が寝てたベッドだろ〉

近づいて顔を覗き込んだ。白髪の交じった、痩せ気味の老人だ。

〈いつの間に？　全く意味不明だ〉

側《そば》にある来客用の椅子に座った。

〈確か昨日、駅前の広場で彼女と歩いていたら、急に変な男がナイフを振り回して、こっちに向かって走ってきたんだよなあ。彼女に向かって一目散で走ってきたので危ないと思い、咄嗟《とっさ》に彼女の前に出たんだ。私を突き刺して、それから彼女も刺してあの男は逃げ去って行ったんだ。その後のことはちょっと思い出せないなあ。そういえば、彼女はどうなったんだろう。私と一緒だったんだから、彼女もこの病院にいるかもしれない〉

居ても立ってもいられなくなり、引き戸を開ける。素っ裸だが仕方がない。そっと顔を出した。廊下には誰もいない。一歩、外へ出た。下半身を隠しながら、恐る恐る歩き出した。隠したと言っても、その感覚はないが……。どこの病院だろうか。全く判らない。

〈今まで入院とかしたことないから当たり前か〉

正面はトイレだ。中に入ると、洗面台に鏡があるので覗いてみた。

〈あっ。顔が無い。いや。顔が見えない。俺は確かにここに居るぞ〉

顔を鏡に近づけ、見つめた。しかし、そこには何も映っていなかった。不思議だ。

〈これ確かに鏡だよなあ〉

鏡を拭こうと掌を広げ、前に突き出した。すると手が鏡を通り抜けて壁の中にめり込んだ。

〈けっ。一体全体、どうなってるんだ〉

何度も手を前後左右に動かし、通り抜けていることを確認した。ジャンプして躰全体の様子を見たが、やはりなにも映っていない。

〈だったら、裸でも別に問題ないんじゃないかな〉

トイレを出て、ナースステーションの前に来ると、しゃがみ込んだ。そっと顔を出して中の様子を窺《うかが》うと、看護師が二人、忙しそうに立ち働いていた。しゃがんだまま手を挙げて振った。しかし、一向に気付く様子がない。そこで小声で呼びかけた。

「あのう。済みません」

〈あれっ、俺の声が聞こえない〉

もう一度、今度は普通の大きさで呼んだ。しかし、やはり自分の声が聞こえない。怒鳴ってみたがやはり同じだ。看護師も全然振り返る様子がない。声が出ないのではない。ちゃんと発声している。ただその声が聞こえないのだ。

〈俺は一体どうなったんだ〉

途方に暮れた。

〈ええい。自棄《やけ》のやん八《ぱち》だ〉

堂々と胸を張って中に入り、看護師の目の前に立ってみた。しかし、全く無反応だ。彼女は振り向くと急に私に向かって歩き始めた。

〈あっ、ぶつかる〉

と思ったが、次の瞬間、彼女の躰は私を素通りしていた。

〈えっ、どうなってるの〉

驚きのあまり一瞬、思考がついていかなかった。

〈そう言えば、さっき鏡の中に手が突き抜けたよなあ〉

全く訳が解らない。

〈俺は透明人間じゃなくて、透過人間なの？　それとも幽霊かな？　そんなバカな〉

しかし、そうとしか考えられない。これが現実だ。受け入れるしかない。

〈あっ、そうだ。彼女を捜すんだった〉

この階を捜し回った。ドア入り口の名札を一つずつチェックしたが、彼女の名前は何処《どこ》にも無かった。この階にはいない。じゃあ、別の階だ。

　エレベーターの前に来ると、下のボタンを押した。

〈あれっ、指がボタンを通り抜けた〉

　何度も押したが、結果は同じだ。

〈仕方がない。エレベーターが使えなければ階段だ〉

　さっき迂路《うろ》々《うろ》したので場所は分かっている。階段まで行き、下りようと右足を出した。

〈あれっ〉

　右足は空間をしっかりと捉えていた。元の位置に戻して、もう一度。やはり空間を捉えている。恐る恐る右足に全体重をかけた。間違いない。左足を出した。やはり同じだ。床の位置と同じ高さを踏みしめている。空中を散歩しているのだ。これでは下りることができない。意味不明。

〈じゃあ、上《のぼ》りはどうだ〉

　上り階段の前に行くと右足を出した。

〈えっ〉

　さっきは空間をしっかりと捉えていたが、今度は一段目の階段を通り抜けた。そして床面と同じレベルで止まった。空中に浮くのでさえ面食らったのに、段をすり抜ければもっと驚く。足がコンクリの中にめり込んでいるのだから。左足を出す。やはり同じだ。前に進めば進む程めり込んでいく。気味が悪い。

エレベーターと階段が使えなければ、この階から一生出られないではないか。もう一度病室に戻って、考えることにした。

〈待てよ。足が階段をすり抜けたよなあ。手が鏡もすり抜けた。エレベーターのボタンを指が。ということは……〉

ある考えを思いつき、ドアに向かって歩き出した。

〈思った通りだ〉

そう。躰がドアをすり抜けたのだ。ベッド横の椅子に座って考えた。

〈ん。待てよ。ドアの取っ手を摑《つか》んで開けたよなぁ〉

ドアの前に行き、取っ手を摑んで開けた。そして閉めた。

〈躰は通り抜けるのに、どうして取っ手は握れるんだ〉

何とも不思議だが、それが現実だ。考えても仕方がない。受け入れるのみだ。

実験してみた。何度も何度も。しかし、結果は同じだ。何とかしてこの状況を打破しなければならない。コーヒーでも飲んで気を静めたいがお金が無い。

〈そうか。手は自動販売機の中に入る筈だ。しかも摑むことができる。だったらやっ

てみるか。どの道このままだと、いつかはすることになりそうだ。今やっても同じだ〉

多少の罪悪感を覚えながらも、実行に移すことにした。

販売機の前に立つと、そっと手を伸ばした。そこへ患者さんが近づいてくるのが見えたので慌てて手を引っ込め、二歩下がった。患者さんはお金を入れるとボタンを押して、品物を持ち帰った。彼が部屋に入るのを見届けてから、もう一度挑戦。

手を中に突っ込む。缶を握る。

〈上手《うま》くいったぞ〉

手を引き抜く。

〈カチッ〉

〈あっ、手が抜けない〉

何度か引っ張ったが同じだ。缶は販売機にぶつかって出ない。諦めるしかない。缶から手を離すとダランと下ろした。

〈悪いことは出来ないものだ。まあ、これで良かったのかも〉

そう思うことにした。もう一度戻る。

ナースステーションの前を通る時に、皿に盛ってあるおかきが目に入った。コーヒーが駄目ならおかきでもちょっと失敬するか。

特にお腹が空《す》いている訳ではないが、中に入って一つ抓《つま》み、口の中に入れた。
（ポトッ）
口の中に入れた心算が、躰を素通りして床に落ちた。

〈はぁ。物も食べられない。これでは飢え死にだ〉

またまた途方に暮れた。

〈もう、なるようになれだ〉

開き直るしかなかった。部屋に戻ると考えた。

〈ちょっと待て。物が見えるためには水晶体で光を網膜に集めなければならない。当然屈折率が空気のそれと異なる。ガラスが透明でもその存在が判るのはそのためだ。屈折率の異なる水晶体があれば、そこにはレンズ状の形が薄《う》っすらとでも見える筈だ。更に網膜で光を感知しないといけない。そうでなければ見えない。ということは、網膜は透明であってはならない。透明とは、水晶体も網膜も透明という事で、物を視覚で捉えることは不可能だ〉

これは以前、ミステリークラブで透明人間について考察したことだ。即ち〈透明人間は盲目である〉と結論づけた。しかし、私は見える。

〈透明人間、いや透過人間なのにどうして見えるの？〉

もう一度トイレに行き、鏡の前に立った。顔を近づけて上下左右に動かし、丁寧に観察した。しかし、そのような物は全く見えなかった。完全に透明なのだ。理由は解らない。溜息をついて戻った。

　目が見える透明人間。見えないよりは、見えた方がいいに決まってる。何とも不思議だが、これが現実だ。

〈ん？　さっき、おかきを抓んだよなあ。そういえばドアの取っ手も握ったよなあ。通り抜ける場合と、そうでない場合がある。どういうことだ。一体、何が出来て、何が出来ないいんだ〉

　じっとしていても退屈なだけ。立ち上がると、エレベーターへ向かった。誰か来るまで待つしかない。何の気なしに壁に寄りかかった。あっと思った時は、既に遅し。尻餅をついた。眼は開いているが、真っ暗。

〈へえ。ひょっとして壁の中？〉

　ある筈もない床から起き上がり、一歩前へ出ると視界が明るくなった。回れ右をすると目の前に壁があった。やはり壁の中にいたんだ。透明人間の上に、物体を通り抜けられるのだ。

〈使い方によっては、これは宝物かもしれない。しかし、この階から抜け出せないのではどうしようもない〉

　と、そこへ見舞客だろうか、背広を着た人がやってきてボタンを押した。一階からかごが上がってくる。ここは何階だろうか。階を示す数字が１・２・３と増えてくる。７で止まり、ドアが開く。

〈ここは七階か〉

彼の後について、一緒に乗り込んだ。ドアが閉まる。かごは動くが躰は相変わらず七階の床の位置、つまり空間にそのまま取り残されるだろうと思った。

かごが動き始める。

〈おっ。凄い。ひぇぇ〉

誰にも聞こえない、嬉しい悲鳴が上がった。何と、かごと一緒に躰が下がり始めたのだ。階段は上り下りができず、水平移動しかできなかったのに、エレベーターだと一緒に下りることができる。

〈こいつはいいぞ〉

なんだか浮き浮きしてくる。案内板を見る。

〈ああ、あの大学病院か。ということは、刺された後にここに入院したということだろう〉

一階でドアが開くと彼の後に続いて降りた。人がごった返している。しかし何も音が聞こえない。実に静かな病院だ。総合案内所がある。初老の人が何かを訊《たず》ねている。傍《そば》へ行ってみたが、何も聞こえない。その時、初めて耳が聞こえないことを悟った。

万年カレンダーが置いてある。四月八日（木）となっている。何年かは分からない。事件があったのが去年とすれば、半年が過ぎていることになる。

表玄関へ回ってみた。中央診療棟の看板がある。今まで来たことはないが、この辺りでは一番大きな病院だ。裏庭へと回ってみる。

〈あれっ。桜が満開だ。じゃあ、中庭にあったのもやはり桜だろう。四月八日なら当然だ。しかしセピア調では美しくも何ともない〉

考えるべく、木の下にあるベンチに座った。

〈しまった。やっちゃった〉

と思ったが、それは的外れだった。

〈えっ。座れるの〉

無事、ベンチにお尻が着地していた。

〈そういえば、椅子にも座ったよなあ。何故ベンチや椅子は通り抜けないのだろう。てっきり尻餅をついたと思ったよ〉

壁にもたれかかると通り抜けて、ベンチだとちゃんと座れる。一体どうなってるのだろう。事件に遭う前の記憶はある。それから今日までの記憶は全くない。考えても仕方ない。途方に暮れるだけだ。もう一度館内に戻る。

〈自分の部屋にもどるか〉

でも、自分の居場所は無い。館内を探検することにした。エレベーターの所へ行く。丁度そこへ看護師がやってきた。どこに行くかは分からないが、付いて行くしかない。彼女の行き先は地下一階だ。一緒に降りる。駐車場だ。霊安室の案内がある。そこへ行くようだ。

〈ひょっとして僕の遺体があるなんてことないよなあ〉

あちこち歩き回って、霊安室に着く。子供連れの夫婦がいる。看護師はほんの数分話して、出て行った。少なくとも私の遺体ではなさそうだ。彼女の後を追うかどうしようか迷ったが、とりあえず霊安室を出ることにした。

ほんの少ししか遅れていないのに、彼女を見失った。音が聞こえれば判るのだろうが、それは出来ない相談だ。車の通路に出口の案内がある。それに沿って歩くことにした。少しだけ明るい所が見えた。あそこから外へ出られそうだ。そのままどんどん歩く。地上へ出た。ほんの少しだけ明るく感じる。

〈さて、玄関はどっちだろう〉

暫《しばら》く彷徨《うろつ》いていると、裏庭に出た。先程と同じベンチに座る。

〈ん？　地下から地上に出てきたよな。駐車場へはスロープになってる筈だ。そこを上がってきたことになる〉

どうなっているのかな。階段は上がれなかった。しかし、スロープは上がれる。では下がれるか。

　さっそく実験だ。

〈おお、下がれる〉

　これはしめた。行動範囲が少しは広がる。どのくらいの角度まで可能だろうか。表玄関へ行く。車椅子用のスロープだ。

〈おお、これも可能だ〉

　嬉しくなってきた。スキップでもしたくなるような気分だ。一階を見て回る。その時、エスカレーターを見つけた。人感式だ。

〈そうだ。こいつも試してやろう〉

　乗ろうとするが動かない。思った通りだ。

　止まったままのエスカレーターは初めは段差が小さく、普通なら歩きにくいものだ。しかし、これが反《かえ》って役立つだろう。

〈さっきのスロープと思えば、ひょっとしたら上がれるのではないか〉というのが私の考えだ。試してみる価値はある。ゆっくりと第一歩を踏み出した。上手くいってるのかどうかよく分からない。二歩目を出す。三歩目を出す。

〈おっ、上手くいきそうだぞ〉

　四歩目、五歩目。次第に階段と同じ段差に近づいてくる。どんどん上がっていった。

〈おっ、調子いいぞ〉

〈今度は二階への着地だ〉

次第に段差が小さくなってくる。それに合わせて歩を進める。

〈ヤッター〉

今度は下りてみる。先程と同じ様に用心深く一歩を踏み出した。二歩目、三歩目。快調だ。嬉しくて仕方がなかった。段差の大きな部分だけを何度も上ったり下りたりした。この感覚をしっかり身につければ、普通の階段でも上手くいくのではないかという思いがそこにはあった。仮説をたてて実証してみるのみ。上手くいけば、しめたものだ。

さっそく実験だ。階段前に行くと、大きく深呼吸をし、目を瞑《つぶ》ってさっきの大きな段差を想像した。やおら目を開け、思い切って第一歩を踏み出した。続いて第二歩、第三歩。何と段差と同じ高さで上れるではないか。

〈上手くいったぞ。思った通りだ〉

下りも試したが何ら問題はなかった。思わず大声で「やったぞー」と叫んだ。しかし、その声は誰の耳にも達しなかった。そんなことはどうでもいい。これで自由に何処へでも移動が可能だ。そう思うとなんだかとても楽しくなった。

さて、どこへ行く。

〈そうだ。彼女を捜さなきゃ〉

病室を見て回る。診察室も、レントゲン室も全ての階、全ての場所を調べたが、彼女は見つからなかった。もちろん別館も調べた。きっと退院したのだろう。

〈彼女の家へ行ってみるか〉

無賃乗車だが、罪悪感はない。

バス停で暫く待つ。駅行きのバスがやってきたが、素通りだ。降車客がいないのだろう。仕方ない。次のバスを待つ。待つこと十分。乗車口は開かない。降車口が開いた。閉まる前に乗り込む。立っている人が十人近くいる。バスが揺れる。隣客とぶつかる。しかし、躰は擦り抜ける。

〈そうだ。関係なかった〉

未だ自分の躰と十分馴染んでいない。慣れが必要だ。

今度は電車だ。時計を見る。五時を過ぎていた。ほぼ満員だ。でも全く関係ない。人混みを掻き分ける必要はない。どんどん中へ入る。次のドアの所へ行く。そっと片足を車外に出す。

〈両足を出すと、どうなるのだろう〉

列車の外で等速直線運動をするのだろうか。試す勇気はない。車内にいれば、カーブにも付いて行っている。先ずは観察が必要だ。もたれ掛かることは禁物だ。注意を要する。

自分に出来ることは何か。また、出来ないことは何か。

喋《しゃべ》っている心算だが、声にはなっていないようだ。耳も聞こえない。しかし、目は見える。食べることは出来ない。匂いはどうだろう。試す必要があるが、駄目な予感がする。歩くことが出来る。階段、スロープ何でもござれだ。物を抓んだり握ったりすることが出来る。何と言っても一番は、物体を素通り出来るということだろう。

そんなことを考えていると、目的の駅に着いた。

電車を降りて繁華街を過ぎると、急に人通りが少なくなる。二十分程で到着。彼女はマンションで親子三人暮らしだ。玄関に立ち、チャイムを押そうと人差し指を近づけたが、一瞬躊躇《ためら》った。彼女を送ってきたことは何度かあるが、まだ一度も中に入ったことがない。それに第一、チャイムを押すことは不可能だ。感情的にではない。物理的にだ。指が通り抜けるのだから。私は意を決してドアを擦り抜けた。

すぐ左手の部屋へ入る。寝室だ。誰も居ない。壁を通り抜け次の部屋へ移る。机がある。本棚もある。教育関係の本で一杯だ。ここが彼女の部屋だろう。まだ帰っていないようだ。

〈遅いなあ〉

と思いながら辺りを見回した。来年、いや今年は就職試験の筈だ。机の左隅には私と彼女のツーショットの写真がある。椅子を引いて座った。

〈ちゃんと座れるぞ。どんなもんだい〉

左手で頰杖をついて写真をじっくり見ようとした。左肘を机にどんとつき顎《あご》を乗せようとしたが、素通りだ。

〈ああ、頰杖《ほおづえ》もつけないのか。これじゃ意味がないなぁ〉

溜息が出る。写真立てを抓んで、目の前に置いた。去年の？　デートで花見に行った時の写真だ。背は私よりも十センチ程低い。目はほんの少し垂れているが、それが笑っているように見えてとても愛らしい。ましてや本当に笑うと、小さな笑窪ができて堪らない。数枚撮った中で一番出来の良《い》い写真だ。その時の楽しい出来事を思い出していた。見飽きることがない。ふと、

〈去年で間違いないよな。それよりも以前だと、就職している筈だ〉

と思い、カレンダーを探した。右横の壁に貼ってあった。年号を確かめると、私の知っている年号よりも一つ多い。やはり、去年で間違いない。

どれくらい経《た》ったろうか。目の前が急に暗くなった。と思うとまたすぐに明るくなった。

〈えっ、何が起きたんだ〉

慌てて立ち上がった。振り向くと、何と彼女が椅子に座っているではないか。

〈えっ、今、彼女の躰の中にいたんだ。そう言えば、壁の中を通り過ぎる時と同じだ〉

壁の中を通過する時は、急に暗くなり、すぐに明るくなるのは解るが、じっとしている時に起きたのでとても不思議な感じがした。

〈ああ、彼女は無事だったんだ。よかった〉

ベッドに座って気を静めた。すると急に彼女は少々くたびれているのか、俯《うつぶ》した。目を閉じて休憩しているのだろう。すると急に上体を起こし、本棚から画用紙を取り出し、リュックから鉛筆を取り出した。私は立ち上がって傍へ寄った。

十分程で描き上げたのは、黒っぽいパーカーを着ている男の顔だ。某野球チームの帽子を被《かぶ》り、サングラスに白いマスクをしている。思わず、

「上手いねえ。それ誰？　僕じゃないよね」

と声を掛けたが、反応は全くない。

〈声が出ないのは分かっているが、どうしてもつい出てしまう。どうしたものか〉

彼女は暫く眺めていたが満足そうな顔をしたかと思うと、また俯した。

何とか彼女に話しかけられないかと思い、辺りを見渡すと、いい物を見つけた。メモ用に使ってるホワイトボードがドア横にあるではないか。

さて、イレーザー（消しゴム）が使えるか？

〈おっ、五本指で握れるぞ。しめしめ〉

　動きを確かめながら消した。今度はペンだ。

　先ずはキャップを外し、それからペンを右手の指二本で抓んだ。ここまではいい。さて、どうする。左手の指二本でペンの端を抓み、落ちないようにした。右手の指三本で普通に持ってみた。しかし、上手く持てない。三本目の中指が通り抜けて、全く支えにならない。いろいろと試したが、どうも上手くいかない。階段の上り下りはだいぶ苦労してものにしたが、今は訓練というか、練習というか、工夫もすぐに見つかるかどうか分からない。そんな暇はない。習字の筆を二本がけ（双鉤法《そうこうほう》）するようにして持ってみた。これなら上手くいきそうだ。ペン先を見つめながら書き始めた。

「七海《ななみ》さんは相変わらず絵が上手いねえ。それ誰？　僕じゃないよね。広川より」

　そう、彼女の名前は江藤七海。教育大四年生。そして私は広川元気《げんき》。同じ大学の五年生？

　キャップを嵌《は》めると、ボードを二度叩いて元の場所に置いた。しかし、彼女に変化はなかった。

〈あれっ、気付いてくれない。私の声が聞こえないのと同じで、この音も聞こえないの？　そんな筈はないよなあ。確かにボードにペンが当たってるもの。もう一度叩いてみるか〉

もう一度、トントンと叩いた。すると彼女の顔が起き上がった。

〈おっ。気付いたぞ。やはり聞こえたんだ。振り向いたぞ。その調子、その調子。何か喋ったぞ〉

しかしそれだけで、また元のように俯してしまった。

もう一度ペンを取り、トントンと叩いた。今度こそ本当に気付いたのか、彼女は立ち上がってドアを開けた。母親が来たとでも思ったのだろうか。何か喋っているようだが分からない。返事があったのだろう。ドアを閉めるとまた椅子に座った。

〈ドアをノックする音と間違えたようだ。今度こそ気付いてくれ〉

再度ボードを叩いた。

彼女は不思議そうにドアへ近づいてノブに手を伸ばそうとした時に「あっ」と声をあげた。声は聞こえないが、態度からしてきっとそうだ。暫くボードに見入っていたが何を思ったのか、ドアを開け、急いで廊下へ出た。私も一緒について行った。居間へ行き、キョロキョロ辺りを見回したが、両親の他は誰もいないので、また自分の部屋に戻っていった。椅子に座ると所在なく写真を眺めた。次の瞬間、ぱっと振り向き、クローゼットに近寄った。そろっと取っ手に手を伸ばすと、目を見開いてサッと開けた。誰かが隠れているとでも思ったのだろう。ベッドの下も捜した。

〈そうか。写真の位置が違うのに気付いたんだ。それにボードの文字。さすがは七

海〉

部屋を捜したが、その他に異常はなかったのだろう。彼女は部屋を出て他の場所を捜した。私もそれについていった。居間へ行き、両親と二言三言話すと、キッチン、トイレ全ての部屋を捜した。誰も居ないのを確かめると、また自分の部屋に戻った。それから暫くは写真をボーッと見ていた。

私はボードの文字を消し、書き直した。

［私ならここにいるよ］

ペンでボードを叩いた。彼女は振り向くと、ハッと息を呑んだ。私の方に進み、目の前で手をいろいろに振った。ペンが空中に浮いてる。彼女はマジックのタネでも探すようにペンの周りをまさぐった。タネも仕掛けもないのを確かめると、ペンを下からすくい上げるようにして手にした。それと同時に私はペンを離した。七海はキャップを嵌めて所定の場所に置いた。

〈何とか会話ができないかなあ〉

私はペンを取り上げ、彼女の目の前でキャップを外した。

「えっ何なの？　一体どうなってるの」

とでも言ったのだろう。私はボードに書いた。

［僕だよ。広川だよ］

彼女は不思議そうに文字が浮き上がってくるのをじっと見ていた。危害を加えるような相手ではないことが解ったようだ。ペンを取り上げると、

[本当に元気さん?]

と横に書き加えた。私がペンを受け取ろうとペン先を抓んだ瞬間、彼女は手を離した。少しの振動を感じ、思わず手を引っ込めたようだ。タイミングが少しずれて、ペンが落ちてしまった。私はペンを拾うと、ボードを全部消して書き始めた。

[そうだよ]

[でも、元気さんは去年死んだんだよ]

〈えっ。やっぱし僕は死んでるんだ。ここにちゃんと居るのに。魂だけが空中浮遊してるのかなあ。そんな筈ない。だったらペンなんか持てる訳がない〉

私は少し頭がこんがらがってしまった。少なくとも事故の後、私は死んだことになってるようだ。

七海からペンを受け取った。今度は上手くいった。彼女の勘は素晴らしい。

[でも、ちゃんとここに居るよ。現実に目を向けて]

それからはお互いに消しては書き、書いては消した。

[現実であることは理解したわ。でも、あなたが元気さんであることを証明して]

二人だけしか知らないことを書けばよい。さて何だろう。考えを巡らせた。生年月

日は他の人でも知り得るだろう。初めてのデートは？　これはひょっとして二人の記憶違いがあっても不思議ではない。そうだ。ミステリークラブのことを書けばいい。これなら知る人は極《ご》く少数だ。

「断崖邸の死。犯人は渡辺」

「本当に元気さんなのね」

「そうだよ」

「一体どうなってるの？」

「それはこっちが聞きたいよ」

「幽霊なの？」

「幽霊なんか居ないといつも言ってただろう。だから違うと思うんだけど。第一、七海さんに恨みなんかこれっぽっちも持ってないもん」

消しては書き、書いては消すので実に面倒だが、少しも苦にはならない。

「だったら何なの？」

「全く解らない。天国に行った記憶も無いし、閻魔《えんま》様にも会ってないよ」

「分かった。幽体離脱だ」

「いつ離脱するの？　刺された時？」

「刺されたのは覚えてるのね」

「ああ。僕が君の前に出て刺されたんだろう。そこまでは覚えてるんだけど、そこから先が全く」

話し合いで分かったことをまとめるとこうなる。以後はいちいち断らないのでその心算でね。

あれは十月だった。駅を降りた時だ。駅前で大勢が逃げ回っていた。血まみれになっている通り魔がこちらに走ってくる。逃げ遅れた。私は七海をかばって前に出る。腹を一突き二突き。七海も刺された。倒れたところまでは覚えている。すぐに救急車がやってきて、病院に搬送された。そこから先の行方はよく分からない。臓器提供の意思表示をしていたので、大学病院に転送されたらしい。そこから先は個人情報ということで教えてもらえなかったそうだ。

一方、七海は一ヶ月程の重傷だったが、今ではすっかり回復している。お腹を見せて手術の傷跡を見せてくれた。

あの状況で私が前に出なかったら七海が死んでいたことになる。私か七海のどちらかが死ぬ運命なら私が死んでもいいか。七海の命を救ったと思えば少しは報われる。

犯人は十日も経たないうちに捕まった。

［ところで、あの絵は誰？］

筆談は時間がかかる。途中から椅子に座り七海はノートに書いた。二本がけでは小さな文字が書きにくいので、私は相変わらずボードを使った。もちろん私の椅子も用意してもらった。

［痴漢］

［痴漢に遭ったの？］

［そう］

今日から授業開始。本屋へ寄って、少し帰りが遅くなった。電車を降りて歩いていると、急に後ろから肩を触られた。振り向くと、ママチャリに乗った男が歩く速度に合わせて走っている。肩から背中を撫で下ろし、更にはお尻を触られた。そんな話だ。

［それがこの男なんだね］

［そうなの］

［その絵を持って警察に行かなくっちゃ］

［そうしようと思ってるんだけど……ちょっと……］

少し口ごもった。痴漢に遭ったことをあまり公表したくないようだ。

［大丈夫。僕がついていってあげるから］

［本当。なら安心だけど］

「痴漢をのさばらしてはいけないだろう」

「そうよねえ。少し元気が出てきた」

「その調子」

「じゃあ明日。何時頃がいい？」

「交番の前で五時でどう？」

「解った。じゃあ、今日はこれで帰るね。さようなら」

時計は十時を過ぎていた。彼女の元気な姿を思い出しながら帰途に就いた。

電車、バスは乗り放題。

〈声が出ないいんだからこれくらいはいいか〉

信号も関係なし。

〈耳が聞こえないいんだから、いいじゃないか〉

せめて我がもの顔で堂々と行こう。

電車に乗って、自宅へ戻ってみた。鍵は持ってない。しかし、そんなことは関係ない。ドアをするりと通り抜けるだけだ。リビングへ行くと母がいた。思わず「母さん」と声をかけた。しかし、無反応。テレビの音が邪魔をして聞こえないのではない。声を発している心算で、実際には音になっていない。ソファー、テレビ、テーブル。何ら変わっていない。自分の部屋へ行った。いつも散らかっているのに、きれいに片付けられている。彼女と一緒だったときに持っていたリュックもちゃんとここにある。机には大学に合格したときの写真が飾ってあった。

両親の寝室へ行く。そこには見慣れぬ物があった。仏壇にある私の真新しい位牌《いはい》と写真だ。

〈何で？　俺、やっぱし死んじゃったの？〉

ふっとそんな疑惑に捕らわれた。しかし、現実に私はここに居る。それは間違いない。（我思う、故に我有り）それこそが存在の証明なのだ。

〈これは、きっと何かの間違いだ〉

この現実をどう受け止めればいいのだろう。悶々としながら床に就いた。

二　痴漢退治

翌日の目覚めは爽快だ。父は平常《いつ》ものように出勤。母も炊事、洗濯と同様だ。することが何もない。仕方がないので大学へ行くことにした。懐かしい講義を聴いたり（と言っても聞こえないが）グランドへ出たりした。七海を捜そうかとも思ったが止めた。ただブラブラするだけだ。時の経つのが遅く感じる。明日からはずっと七海の傍に居ようと思った。

　夕方五時。交番の横にはパトカーが止まっている。七海がその前を行ったり来たりしている。行こうか行くまいか迷っているようだ。私は袖を抓んで引っ張った。キョロキョロするが見える筈がない。しかし、傍に居ることは判ったようだ。今度は手首を摑んだ。そして、交番の方へ引っ張った。

「分かった、分かった。そんなに腕を引っ張らないで」

とでも言ってるのだろう。踏ん切りがついたようで、自分で歩き出した。

　戸が開いており、警察官が二人座っている。

　彼女は昨日の出来事を話した。陽気が良くなると出没するらしい。すると、もう一人被害届を出している人がおり、これで二件目だと言う。届け出を出していない人のことを考えるともっと多くなるだろう。届け出によると、犯行時間は夜の七時前。七海は六時半頃というから、大体、同じ時刻だ。帽子、サングラス、マスクにパーカーと似ている。黒っぽいママチャリに乗っているのも同じだ。犯行現場が通り三つほど異なるが、同一人物とみていい。年齢は二十歳《はたち》から五十歳くらい。これでは意味がない。

「何とかならないんですか」

「一応見廻りを強化しますが、それ以上のことは……」

「見廻りも大切ですが、注意喚起のポスターでも作ったらどうですか」

「そうですね。上に掛け合ってみます」

「犯人の人相書きを作ったので見てください」

七海はリュックから絵を取り出した。

「リアルで分かりやすい絵ですね。お借りしてもいいですか」

「どうぞ、どうぞ」

最後に見廻り強化を再度お願いして辞した。

さて、これからどうするか。天気がいいので公園に行くことにした。陽を浴びて気持ちが良いのか、七海は大きく伸びをした。私もそうしたいが、残念ながら太陽の暖かさを感じることが出来ない。何てつまらないんだろう。彼女は相変わらず独り言。もちろん私に向かって話しているのだろうが、さっぱり分からない。私は石を握ると、

（ボード）と地面に書いた。

「そうだね」

と言ったかどうかは分からないが、立ち上がって駅前商店街に行くと、リュックに入る手頃な大きさのボードを買った。ついでに足を延ばし有料駐輪場へ行った。黒っぽいママチャリは二十台近くある。どれも似たようなものだ。自転車の特徴を一つでも覚えていたらと思うが、それは無理な話だ。

七海の家に戻ると包みを解いて筆談。

二人の共通する趣味。それは探偵ごっこだ。先ずは犯人像。たった二例での想像だ。もう少し実例があれば絞れるが言っても詮無いことである。

犯行時間は夕方の六時から遅くて八時の間か。駅までは自転車通勤。家へ帰る途中とすれば、毎日犯行の可能性あり。獲物は若い女性。ひったくりは無し。痴漢行為のみ。年齢は絞れない。

まあ、ざっとこんな感じだ。仮説を立てれば実証しなければならない。土日は犯人もお休みと仮定し、月曜にやってみることにした。餌食となる獲物は七海しかいない。現行犯逮捕となると、実際に触らせなければならない。途中で危険を察知し何もせずに通過すれば捕まえられない。「痴漢はやってない」と言われればそれまでだ。実際にやっていないのだから現行犯にはならない。それに冤罪《えんざい》も考えられる。刃物で刺された彼女としては、痴漢くらい大したことではないと思っているのかもしれない。それとも憎らしくてどうしてもとっちめたいと思っているのか。いずれにしても、餌食になることを快諾してくれた。ただし、捕まえる方法が見つかればという条件付きだ。

一段落すると、今度は質問攻めだ。

「衣食はどうしてるの」

何と答えようか少し迷ったが、正直に書いた。

［素っ裸］
驚いた様子で辺りを弄《まさぐ》っていたが手応えのある筈がない。
［寒くないの］
［全然］
［食事は］
［食べることが出来ないんだよ］
［絶食？］
［そう］
［お腹、空いてないの？］
［それが、全然］
［でもそれじゃ、躰が持たないんじゃない？］
［昨日から何も食べてないんだけど、全然お腹が空かないんだ。それでも平常《いつも》のように元気一杯なんだ］
［何にも食べないのに？］
［そうなんだ］
［夜はどうしてるの？］
［家に帰って普通に寝るよ］

「ご両親には知らせたの？」

「それが、未だなんだ。ショックが大きすぎると思うんだ。七海さんなら、何とか受け入れてくれると思ったんだ」

そんな会話が暫く続いた。

「では、痴漢退治の話に戻そう」

触らせた後でどうやって捕まえるかだ。彼女に武道の経験はない。とすると私が何とかして捕まえるしかない。さて、私に何ができる？　できることと言えば、見ること、歩くこと、物を握ること、抓むこと、座ること。その中で犯人逮捕に使える技は？　そうだ、石を持って殴ればいい。それか、棒のような物を車輪に突き刺し転倒させるとか。

「棒を突き刺すのは何となく分かるけど、石で殴るってできるの？」

「やったことないから分からない」

さっそく実験だ。家の中に石はない、そこで消しゴムを握った。消しゴムが空中に浮かんでいる。彼女の頬をゆっくりと突いた。指が彼女の頬を通り抜ける。消しゴムが頬に到達すると、それ以上は進まない。力を入れると顔がそれに連れて動く。痛くない程度にスピードを付ける。

「たぶんいけそうよ。でも、何で私の顔なの。壁ですればいいじゃん」

［本当だね］

壁に向かって、強く叩いた。効果はありそうだ。要は消しゴムの質量とスピードの関係、つまり運動エネルギーの問題だ。（物理は弱くてね。これで合ってるのかな？）大きな石ならもっと効果がある筈だ。つまり、石で殴られたのと同じことになる。しかし、石を持ち歩く訳にはいかない。何故なら、空中に浮くことになるからだ。こんな魔法は見せられない。なるべく黒っぽい物がいい。

［石炭はどう？］

［今時、石炭なんて何処にも無いよ］

［黒いプラスチックのハンガーは？］

［ジャッキー・チェンじゃないよ。でも案外いいかも］

［とりあえず、試してみたら］

彼女はすぐにハンガーを持ってきた。握ってみる。案外いい感じだ。顔にゆっくり当てる。ばっちりだ。机を叩いてみる。完璧だ。リュックにも入る。案外早く解決した。後は実証あるのみ。

一息つくと、七海が問題提起をした。

［今はここにボードがあるから話ができるけど、持ってない時や、使えない状況の時、どうしたらいい？］

[そうだね。人が沢山いても話せるといいね]
〈僕にできることと言えば……、そうだ〉
七海の袖をツンツンと引っ張った。
[モールス信号はどう?]
[良い考えだわ。私も考えたわよ。手話はどう?]
[いいねえ。君は手話で、僕がモールス信号か。これでいつでも話ができるね]
そうと決まれば早速勉強だ。私は七海の手話を読み取ることと、モールス信号を打つこと。七海はその反対で手話をすることと、モールス信号を読み取ること。結局二人とも、両方を覚えなければいけない。これはちょっと大変だ。私はフリーだからいいが、七海は教員採用試験が待っている。あまり無理は言えない。
スマホで検索。モールス信号があった。ノートに書き写してもらう。覚え方も載っていたので、そちらも。五十音だけだから何とか覚えられそうだ。しかし、手話となるとそうはいかない。単語を覚えるのはとても手に負えそうにない。そこで相談して、指文字にしてもらった。通信速度はかなり遅くなるが、これも五十個程度で済むのでなんとかなりそうだ。
さて、学習方法だが、二つ考えられる。一つは七海が手話で私がモールス信号、もしくはその反対で、一人がどちらかを先にマスターする方法だ。もう一つは、二人で先ずどちらか一つをマスターする方法だ。協議の結果、後者でモールス信号を選ぶことにした。理由は二つ。一つは一方通行だが半分の期間で済むということ。もう一つは、指文字の代わりに、ジェスチャー、もしくはゆっくり発音してもらうことで、簡単な言葉なら判るからだ。本当はもう一つ理由がある。彼女はどう思ったか知らないが、向かい合って袖を引っ張りながら覚えられるということだ。勉強は楽しくなくっちゃ。

方針が決まると、思い出話に花が咲いた。

筆談は時間がかかる。

［お母さんが、ご飯だって］

楽しい時間はあっという間だ。

［そう。じゃあ僕、帰るね］

家まで一時間弱。帰り着くと両親はテレビを見ながら食事中だ。私の存在を知らせようかと思ったが、二人とも気絶しかねないと、思い留まった。存在を信じてくれるのは、今のところ七海一人だけで充分だ。自室に行くとベッドに躰を投げ出した。

今日も爽快な目覚め。父が暢気《のんびり》している。

［そうか。今日は土曜だ。そう、そう。七海とずっと一緒に居ようと思ったんだ］

準備は何も必要ない。朝食は食べなくて済む。トイレにも行かない。洗面、整髪、髭剃りも。ただ出かけるだけ。

もより駅から家へ向かう途中で出会った。

[休みの筈だが、何処へ行くのだろう]

袖を引っ張ろうとしたが上手くいかない。動いている物を摑むのが難しいのだ。すぐ傍に居る事を知らせようと思ったが、なかなか出来なかった。電車の中で袖を抓むことが出来たので引っ張ると、周りの男性を睨みつけていた。どうやら痴漢と勘違いしたようだ。これは不好《まず》い。人が居ないところでしないと。電車を降りると歩き出すのでまた捕まらない。仕方がないので諦めてずっと付いて行くことにした。

大学へ着くと、新入生の歓迎会だ。出かけた理由に半分納得した。迷わず野球部の所へ行き、部員と暫く話し込む。その部員は何処かへ出かけ、黒ずんだ汚いボールを手にして戻ってきた。それを受け取ると、お礼を述べたのだろう、丁寧にお辞儀をして、そのまま帰途に就いた。

家に戻ると、やっと袖を引っ張ることが出来た。土色に染まったボールで犯人を捕まえようというのだ。いい案だと賛同した。それからは雑談したり、モールス信号の勉強をしたりした。

土日は犯人も休みだろうと思ったが、念のため、六時過ぎに出かけた。駅から山手へ向かう道が四つある。犯人と出会う確率は四分の一以下だ。今週中に出会えれば良い方だと割り切って、暢気《のんびり》いくことにした。取り敢えず、平常《いつも》の通学道路を選んだ。予想通り今晩は空振り。路上で［さようなら。明日、九時頃来るね］とお別れをしたが、途中で気が変わり、我が家へ帰らず、七海の後を追った。ずっと一緒に居たいと思ったからだ。戻ってきたことを知らせようかとも思ったが止めた。

寝るのは床の上で十分。掛け布団も何も必要ない。

翌朝、九時。さも今来たかのように［おはよう］と挨拶。一日中、楽しい時を過ごした。今日も念のため六時過ぎに出かけた。生憎の小雨だ。犯人は尚更出にくい。思った通り、今回も空振りだった。

月曜の夕方六時。少し早いと思ったが、我々は街灯の真下で待ち伏せをした。電柱に痴漢注意の張り紙があった。七海が描いた絵も載っている。土日を挟んでいたのに、お役所仕事としては案外速い対応だなと思った。

もうすぐ陽が沈む。だいぶ暗くなった。七海は薄汚れたボールを取り出した。

七時を過ぎた。街灯の下を除けば、辺りは真っ暗だ。モールス信号遊びもぼちぼち飽きてくる。ふと見ると、自転車が駅の方からやってくる。某野球チームの帽子。サングラスとマスクにパーカー。間違いなさそうだ。我々は街灯の下にいるので犯人からはよく見えるが、彼女からはよく見えないだろう。袖を引っ張って合図した。緊張感が袖を通して伝わってくる。自転車が暗がりで止まった。一瞬違ったかなと思ったが、自転車は止まったままだ。ここが明る過ぎるのだろう。ゆっくりと街灯から離れ、歩くように指示。案の定、自転車も動き出した。チャンスを窺《うかが》っていたようだ。少し暗くなった所でボールを七海の陰になるように渡してもらった。ボールはかなり汚れているし、これなら犯人にもボールは見えないだろう。

街灯と街灯の丁度中間辺りで、自転車が追い付いてきた。一番暗い所だ。横に来るとスピードを落とした。私は彼女の前を後ろ向きに歩いている。肩を触られた瞬間、彼女は振り向いて犯人の顔を確かめた。背中からお尻に手が触れる。お尻をなで回すと胸の方に手が伸びる。

〈あっ、鷲摑《わしづか》みだ〉

胸を押すようにしてスピードを上げる。逃げ出される前に、顔面目がけて思いっきり殴ってやった。

「あっ」と叫ぶと自転車が転倒し、犯人も転んだ。

今までベンチやベッドや椅子など、定位置にある物には座ることができるのは判っていた。しかし、俯せになっている人間に座るのは初めてだ。ひょっとすると座れずに尻餅をつくのではと用心したが上手くいった。背中に乗り、腕を摑んで捻《ひね》りあげ、身動きがとれないようにした。

「だれか〜。誰かきてください。痴漢で〜す」

　彼女は大声で叫んだ。二度、三度叫ぶと、やっと三人が懐中電灯やバットを持って出てきた。犯人は寝転んだままの状態で、即ご用となった。

　連絡すると警官が五分も経たずにやってきた。現地での聞き取りで、犯人は白状した。

「ボールが急に目の前に飛んできて転んでしまったんだ。その上、金縛りに遭って身動きがとれなくなったんだ。そうでなければ逃げれたのに」悔しそうに吐いた。

「ボールを投げたのは何処《どこ》の何奴《どいつ》だ。お前か、それともお前か」

　捕り物に参加した三人の中にボールを投げた奴《やつ》がいると思ってるようだが、後から駆けつけてきた人間が痴漢の前から顔面にボールをぶつけることはできない。やはり動転しているのだろう。

「前も胸を摑まれたの？」

「そう。だって恥ずかしくて言えないでしょ」

「摑んだ胸を押して逃げるとは、犯人も悪賢いね。他の被害者も同じ手口なんだろうね」

「被害届を出してたもう一人の女性《ひと》もそんなこと言ってなかったでしょ。恥ずかしいもの」

「僕だって触ったことがないのに」

「元気さん。触りかったら、触ってもいいわよ」

「本当。嬉しいね。でも僕は……」

「触りたくても触れないんでしょ」

「残念ながら」

彼女の家に帰り着いた時には、八時を少し回っていた。両親に痴漢退治の話をしたが、もちろん私のことは一言も漏らしてない。彼女自身が自転車を倒し、馬乗りになって逮捕したという話になっている。

「大変だったね。早くお風呂に入りなさい」

「はあい」

一度自室に戻った。

「疲れたでしょ。今晩泊まっていく？」

「いいね」

「私、今からお風呂に入るけど、覗いちゃ駄目よ」

「分かった」

「本当に、分かった？」

「分かってるって」

　お風呂か。覗いてみたいという衝動に駆られる。誰にも発露《ばれ》ることなく実行可能だ。内側から鍵を掛けても無駄なこと。透明人間ならシャワーの水がかかれば姿が浮き出てくるが、私の場合は水滴も素通りしてしまう。「凄いボインだね」とか声を発しても聞こえる訳じゃなし。躰を触ろうとしたところで残念ながら手が素通りする。いや、待てよ。おっぱいの先っちょなら抓めるかもしれない。仮に見つかって逮捕されたとしても、手錠は掛けられないし牢屋も素通りだ。完全犯罪の成立。しかし、ここはぐっと我慢。我慢。

　一方、彼女の方はどうだろう。「じっと待ってる訳ない。ひょっとしたら覗いてるかも」と疑ってないだろうか。案外、覗き見を許してくれてるのかもしれない。だから泊まるように誘ったのかな。

　そんな変なことを考えながらベッドで横になって待っていた。十分も経っただろうか。急にベッドが揺れた。何事かと跳ね起きると、七海がそこに横たわっていた。今、彼女と合体していたと思うと、何だか恥ずかしいような嬉しいような複雑な気持ちになり、帰りたくなった。しかし一緒に居たいという誘惑には勝てず、そのままゴロンと床に寝転んだ。

　床は堅く、ベッドは柔らかい。今まで気にもならなかったが、よくよく考えると不思議な現象だ。ベッドの揺れに加えて柔らかさを感じる事だ。しかし現実を受け止め、深く考えることは止《よ》そう。

三　少女監禁事件

今日は五月《さつき》晴れの一日になりそうだ。ゴールデンウィークの初日。彼女と一緒に近くの公園へ行き、ベンチに座って会話を楽しんでいた。モールス信号は二人とも大体覚えたが、指文字の方はこれからというところだ。ボードも持ってきているが、今は練習だ。
〈トントンツートン。ツーツー。トンツーツートン。トントンツートントン。ツートントンツー。トンツーツートン。トンツートンツーツー〉
[『ちょっと待って』って、何?]
[あの女の子、ちょっと様子が変じゃない?]
[そうね。服がボロボロだし、歩き方も少し覚束《おぼつか》ないようね]
中学生くらいだろうか。近くにいる主婦らしき女性《ひと》に近寄って何やら話しかけている。するとその女性は鼻をつまんで、もう片方の手で臭いを払っているようだ。女の

子はまた別の子連れの女性に声を掛けたが、似たような反応で、けんもほろろだ。

「どうしたんでしょうね」

「僕ちょっと様子を見てくる、先に帰っていていいよ」

そう言い残して少女の後を追った。百メートル程行くと、アパートの二階に上がり、一番端の部屋に入っていった。私も後に付いていった。入り口前に閂錠《かんぬき》が落ちている。私は黙って通り抜けて入った。尤も、ノックはできないし、声を掛けても聞こえないから不法侵入でも仕方ない。

少女は内側から鍵を掛けると、テレビのスイッチを入れた。顔はちょっと煤《すす》けているが、よく見ると可愛い。顔をきちんと洗って、いい服を着れば、ちょっとしたお嬢様だろう。

机が一つある。医学書が置いてあるので彼女の机ではないようだ。何処で勉強するのだろう。本棚がある。こちらも医学書が殆どだ。洋書もかなりある。小説のようなものは一冊もない。同居人は医者だろうか。違うな。もし医者だったら、こんな安アパートには住んでないだろう。とすれば医学生か。彼女の物は鞄が一つあるだけだ。ここの住人とはどんな関係だろうか。親子ではなさそうだ。兄妹《きょうだい》だろうか。彼女の横に座って一緒にテレビを見た。音声がないので見ていても話の筋が分からず面白くも何ともない。

立ち上がって物色を始めた。洋書を手にしようとしたが、すり抜けてしまう。タイトルを見てもさっぱり。退屈だ。そう思っていると、二十五歳くらいの少し痩せた男が、レジ袋を提げて帰ってきた。

少女は怯《おび》えた表情でテレビのスイッチを切り、隅っこに後退《あとずさ》りした。何を喋っているのか全く分からないのがもどかしい。男は近寄って拳を振り上げた。少女はすぐに恐怖で顔を伏せた。彼女の頭や背中を数回叩いた。単なる喧嘩《けんか》ではない。やはりちょっと異常だ。ＤＶ（性的暴力）かもしれないと思った。躰に痣《あざ》があれば間違いないだろう。しかし、確かめる術《すべ》はない。少女は痛さを怺《こら》えながら台所へ行き、お湯を沸かし始めた。このまま暫く様子を見ようかと思ったが、これ以上の進展はあまりないだろうと判断して、戻った。

公園に着くと、七海はまだベンチに座っていた。袖を引っ張って、戻ってきたことを知らせた。

［どうだった］

その時の様子を伝えると、

［やはり変ね。どうしたらいいの］

［警察に連絡してみようか］

［ちょっと大袈裟《おおげさ》じゃない］

［じゃあ、民生委員？］
［誰だか分からないし、訊《き》くのも面倒くさい］
［じゃあ、やっぱし警察ね。一一〇番する？］
［一一〇番？　交番でいいんじゃない］
二人は駅前の交番へ出向いた。
「私のこと覚えてます？」
「ああ、もちろん。あの時はお世話になりました。表彰されたんだってね」
そんなことはどうでもいい。今までの事情を説明すると、若い巡査が快く引き受けてくれた。
四方山《よもやま》話をしている間に、アパートに着いた。外から閂錠が掛かっている。さっき玄関前に落ちていた物だ。住人が取り付けたのだろう。泥棒や空き巣に対しては全く意味をなさない。ちょっと変だが巡査は留守だと判断した。
通り抜けて中に入ると、少女は相変わらずテレビを見ていた。外から鍵をかけるということは少女を閉じ込めて外出できないようにしているということだ。七海に、
［中にいるよ］
と、連絡した。呼び鈴を押すが返事はない。ノックをし、声をかけたが同じだ。
「やはり留守のようですね。後でまた訪問してみます」

そう言って巡査は引き上げた。

［テレビを見てたんだけど、音は聞こえなかった？］

［そう言われれば、鳴ってたような気がするけど、あまり気にはならなかったわ］

ボリュームをかなり下げてたんだろう。

［あれ、聞こえてる］

帰ったと思ってボリュームを上げたに違いない。

［やっぱし何か変］

［そうだろう。彼女と話がしてみたいな］

［どうやって？］

七海が行っても、居留守を使ってドアを開けてくれないだろう。私が中に入るしかない。会話の方法はどうする。ボードによる筆談だ。それがいい。七海に頼んだ。

［ホワイトボードを買って、玄関に置いてくれない］

［そうね。上手くいくといいけど］

［じゃあ、その作戦で。今日はもう帰ろうか］

七海と仲良く肩を並べて帰ることにした。途中で寄り道をし、ボードにイレーザー、ペンを二本買ってもらった。

ゴールデンウィーク二日目。天気は上々。七海とハイキングにでも出かけるような気分で少女の家へ直行した。中に入ると、少女が一人テレビを見ていた。七海に呼び鈴を押してもらったが、予想通り、出てこなかった。それで玄関前にボードのセットを置いて七海には帰ってもらった。

中に入ると相変わらず少女はテレビを見ていた。私も横に座ってテレビを見た。勉強するでもなく、友達と遊びに行くでもなし。時間を持て余しているように見える。ひょっとして単なる「引きこもり」かも。それなら外から鍵を掛ける必要もないから、やはり不思議《おかし》い。

十二時前。男がレジ袋とボードの包みを手にして帰ってきた。中から鍵を掛けるとレジ袋をテーブルに置き、ボードを確かめていた。宛先も送り主の名前もない。無造作に包みを破り中身を確かめた。男は怒鳴りながらボードを彼女に投げつけ、更に拳を挙げて叩いた。要らぬことをして余計に彼女に苦痛を与えたかと思うと、申し訳ない気持ちで一杯になった。

カップ麺を食べると男は出ていった。私はペンを拾って、七海に対して行ったようにトントンとボードを叩いた。少女はテレビを見ていたので気が付かないようだ。気長に叩いた。コマーシャルになってようやく音に気付いたのか、振り向いた。少女にはペンが空中に浮いているように見えてる筈だ。ゆっくりと、

「だいじょうぶ？」

と書いた。少女は目を丸くして、ボードに見入っていた。

「あなた誰？」

とでも言ってるようだ。

「ケガしなかった？」

彼女は腕を見た。うっすらと血が滲《にじ》んでいる。ボードが当たった所だ。

「これくらい平気」

私は消して書き直した。彼女はイレーザーやペンの動きを不思議そうに見ていた。

「ぼく、耳が聞こえないの。ボードに書いてくれる？」

「これくらい平気。あなた誰？」

「ぼくは天使。あなたの味方だよ」

少女は少しも疑いを持っていないようだ。藁《わら》にもすがる気持ちだったのだろう。

「助けて」

「安心して。助けてあげるから」

ボードが天使との通信手段だとすぐに気付いたようだ。

少女は何でも素直に打ち明けてくれた。名前は矢野洋子。住所も教えてくれた。こ
この住人は陣内隼人。一年近く前に、車で連れ去られたとのこと。

「明日、また来るね。何時頃がいい？」

「十時過ぎ。あの人パチンコに行くから」

「分かった。それからこのことは絶対秘密ね。陣内にはもちろんのこと、他の人にも」

「了解」

七海の家に着くと、すぐに事の経緯《いきさつ》を話した。少女の話には信憑性《しんぴょうせい》があるが「誘拐」となると突拍子もなく、疑心暗鬼に駆られる。事実を確かめなければならない。住所を教え、両親の場所を調べてもらうと、すぐに二人で向かった。

駅から電車に乗ると考えを巡らせた。

女は嘘《うそ》をつくのが上手い（失礼）。ひょっとして虚言癖があるのでは。いやいや、DVに間違いない。兄妹で間借り？　とにかく疑問ばかりだ。

目的の駅まであと少しという所で、急に目の前が暗くなり、すぐに全く見えなくなってしまった。不安が募る。幸いにも七海の袖をずっと持っていたので、すぐにモールス信号で知らせた。

「目が見えない」

七海も自分の袖を引っ張って伝えてくれた。

「えっ。どうしたの」

「目が見えない。不安だ」

「どうすればいいの？」

「分からない。とにかく一度帰ろう」

「わかった」

授業でアイマスクをして歩くという経験をしたことがあるが、深刻度が違う。不安がどんどん広がってくる。

次の駅に着いたのか、七海が動き出した。袖をもったまま、七海の後に続いた。途中から袖が上がっていく。七海が空中に浮いていくようだ。慌てて袖を引っ張った。

「どうしたの」

「ひょっとして階段？」

「そうよ」

どうやら階段を透過して歩いているようだ。私の躰が初期化されたのだろう。階段は訓練をしてやっと上れるようになったのだが、目が見えないと、訓練の成果が出せないということだ。階段の第一ステップの前まで戻ると、

「段差は何センチくらい？」

と訊いた。頭でイメージして上れるだろうか。とにかくやってみるしかない。

「二十センチくらい。何処の駅にもあるような段差よ」

［分かった］
深呼吸をすると合図を送り、共に第一歩を踏み出した。
［おっ、捉えたぞ。助かった。よし行け］
どんどん歩いた。七海と同じ様に進んでいる。しかし、次第に袖の位置がずれてくる。誤差が生じているようだ。七海が止まった。階段が終了したようだ。しかし、私は幻の階段をもう二段上がった。これで釣り合いがとれる。陸橋を渡り向かいのホームに辿《たど》り着いた。それでも不安が残る。電車の床面に足が着いていない場合は未経験だ。電車をすり抜けるのが恐い。その場合、七海は電車と共に出発するが私の躰は線路上に取り残される。そうなったらお仕舞いだ。もう二度と七海の所へ戻ることは出来ないだろう。一生空中で暗闇の中を彷徨《さまよ》う羽目になる。しかし、選択肢は一つ。やるしかない。待っている間、そのことを話した。七海もその決断を受け入れるしかなかった。
〈そうだ。彼女の足の位置を確かめればいいんだ〉
七海の靴を左手で握り、同じ高さに足を揃えた。
電車が到着したようだ。七海に手を引かれ〈本当は袖を持ってるのだが、この表現でいいよね〉電車に乗った。恐い。ナイフで刺された時よりも。床から浮いていると取り残される可能性が大だ。それなら、床よりも少しだけ下に踏み込んだ方が安全度が高い。要は床というコンクリートに足を突っ込んで固定しているようなものだから。

足の位置を確かめ、その位置より五センチ程下に足を踏み入れた。さあ、これで一か八かの勝負だ。

電車が動き出したようだ。七海は相変わらず傍にいる。私は左手を突き上げて思いっきり叫んだ。

［ヤッター］

七海にも〈ヤッター〉とメッセージを送った。

［良かったね。私も、とても不安だったの］

これで無事帰れると思うと浮き浮きしてくる。

五分程経ったろうか。目の前が次第に明るくなり、すぐに視力が回復した。

［見えるようになったよ］

［本当。良かった］

七海の喜ぶ姿が眩《まぶ》しかった。見えるようになればこっちのもの。今までの不安をよそに会話を楽しんだ。

今日の探索はこれにて終了。それにしても、私の躰に何が起きたのだろうか。

三日目の午前十時。少女のいるアパートに着いた。ドアを素通りし、陣内がいないことを確認して中に入った。ボードを叩くと、少女はすぐに気付いた。

「本当に来てくれたのね。うれしい」

「今日は私の信頼するお姉さんを連れてきたよ。中に入れてくれる？」

「誰も中に入れてはいけないって言われてるの」

「彼女もあなたの味方だよ。大丈夫だから」

どうしようか迷っていたが、「分かった」と言って立ち上がり、ドアの鍵を開けた。

「天使様のお友達ですか？」

「そうよ。入れてくれる」

「どうぞ」

少女は招き入れた。後は七海に任せた方が早い。

陣内は医大生。アメリカに留学した経験がある。少女は下校途中、友達と別れると陣内に声を掛けられた。「両親が離婚することになり、弁護士さんが話をしたい」と言ってきた。ちょっと怪しいと思って渋っていると、腕を掴まえられ、強引に車に乗せられた。アイマスクをさせられたので、何処に連れていかれたのか全く分からなかった。アパートに着くとすぐに手紙を書かされた。「ちょっとくたびれたので、しばらく友達の所に行きます。私のことはさがさないでください」という内容だ。宛先や宛名を書かなかったので、陣内が直接、家に届けたのだろう。それだけではない。

「実は両親が離婚するという話は嘘なんだ。君は知らないだろうが、両親には多額の借金があってね、それで君の臓器を売ろうとしてるんだ」と言い、スマホに録音したものを聞かせてくれた。（洋子ちゃん）と名指しした、臓器売買の話だった。「外を出歩くとその人たちに見つかってしまうので決して外に出ないように」とも言われた。欲しい物があれば買ってあげるとも。

「私は捨てられた。帰る家はない」と書かされ、何度も復唱させられた。数日も経たないうちに、それが真実のように思えてきた。

「これは僕が朝顔の種で作った、気分が良くなる薬だ」と言って変な味の物を飲まされた。五分も経たないうちに目眩《めまい》がし、気分が悪くなってきた。そう訴えると、「寝てればそのうち治る」と取り合ってくれなかった。

逃げだそうとしたけど、外から鍵が掛けられていて出られなかった。

「ある日、逃げだそうとしてドアを強く押したら、運良く鍵が外れたの」

公園でおばさんに声をかけたら、嫌な顔をされて、話を全然聞いてくれなかった。子連れのおばさんにも声をかけたけど、同じだった。それで仕方なくアパートに戻った。

　そんな話だ。

「お父さん、お母さんの所に帰りたくない？」

「臓器を売ろうとするような人の所には帰りたくなんかない」

「そう、そんなに悪い両親なのね。だったら懲らしめてやらないと」

　少女は時計をちらちら見ていた。

「時間が気になるの？」

「もう少ししたら、あの人が帰ってきそうなの」

「そう、じゃあ私、帰るわね。明日も来ていい？」

「ええ、楽しかったわ」

　七海と一緒に辞すると、すぐに話の内容を教えてくれた。やはり一度両親に会わないと。それで、また電車に乗った。すると、二駅過ぎた所で、また目が見えなくなった。昨日と同じ要領で戻ってきた。

「七海さん一人で行ってくる？」

「それしかないわね。元気さんは私の家で待ってて」

「そうする。気をつけてね」

「有り難う。じゃあ行ってくるね」

　七海はなかなか帰ってこなかった。帰ってきたのは夜の八時を過ぎた頃だ。

「随分、遅かったね」

「共働きで、両親が帰ってくるのが遅かったの」

「そう。で、どうだった」

両親の話によると、離婚話なんて真っ赤な嘘のようだ。いなくなって三日目に捜索願を出したそうだ。

「すぐに迎えに行くって言うんだけど、あの状態でしょ。お母さんは仕事を休んで迎えに行きますって言うんだけど、一緒だと中に入れてもらえないかもしれないので、私たちに任せてくださいって言っちゃった。見捨てられていないということを証明するために手紙を書いてもらったの」

「それは上出来」

「明日、連れて帰りますって言っちゃった。大丈夫よねえ」

「うぅん。たぶん大丈夫じゃない。駄目だったら、その時警察と一緒に行って踏み込んでもらえばいいよ」

「そうよねえ。そうしましょ」

意見はまとまった。

昨日と同じ様に、先ず私が素通りして中に入り、七海を入れてもらった。簡単に話をし、両親の手紙を見せた。涙ぐみながら、反芻《はんすう》するかのように読んでいた。

「どう。洋子ちゃんは見捨てられてないでしょ」

少女は小さく肯《うなず》いた。

「じゃあ、ここから出られるね」

「うん」

準備が済むと、靴を履いて戸を開けた。しかし間が悪いことに、そこに陣内が突っ立っていた。

「何をしてる。お前は誰だ」七海を上から下まで睨《ね》め回した。「何か最近ちょっと様子が変だと思ってたら案の定だ」

〈これは不好《まず》い。何とかしなくちゃ。おお、傘立てにいい物がある。これなら使えそうだ〉

ビニール傘を握ると、いつでも対応できるように準備した。陣内は七海の方を注視しているので、傘が空中に浮き出していることには気付いてないようだ。〈しめしめ〉

「あなた陣内さんね」

「そうだが、それがどうした」

「私、洋子ちゃんの友達です。今から散歩に行くんです。退《ど》いてくれないかしら」

「洋子は今病気なんだ。寝てないといけないんだ」

「病気って、あなたが作った変な薬の所為でしょ」

陣内はギョッとした。こいつどこまで知ってやがるんだ。そんな感じだ。

陣内は七海の肩を突いて退《さが》らせた。

〈これ以上は危ない〉

そう判断すると、陣内の後ろから傘を首に引っかけるようにして引っ張った。不意を突かれた陣内は二、三歩よろけ、そのまま尻餅をついた。

「今よ。逃げて」

七海は洋子の手を引っ張り、陣内を踏みつけるようにして出た。

「さあ、走って」

二人は一生懸命走った。私はドアを傘で突いて閉め、外側から閂を掛けた。傘を持ち直さなければならなかったので少しもたもたしたが何とか間に合った。陣内は自分が細工した閂で閉じ込められる羽目に陥った。

〈警察が来るまでそこでじっとしてろってんだ〉

私は急いで二人を追った。追い付くと、七海の袖を引っ張った。しかし、陣内に追い付かれたと思ったのか、袖を振り払い、更にスピードを上げようとした。

「お姉ちゃん。ちょっと待って」

洋子はゼーゼーしている。限界に近いようだ。七海は〈これまでか〉と立ち止まり振り向いた。陣内の姿が見えないのでホッとした様子だ。私はもう一度袖を引っ張った。今度は気付いてくれた。

「元気さんね。良かった」

「お姉ちゃん、何してるの」

「天使様がいるの？」

「ええ、ここにいるよ」

「ああ、良かった」

「天使様が陣内を部屋に閉じ込めたって言ってるよ」

「じゃあ安心ね」

「今から警察に行くけど、天使様のことは内緒よ。誰も信じてくれないし、変人と思われるから。解った？」

「解った。そうする。でも天使様って、本当にいるんだね」

「そうよ。心の清らかな人の味方よ」

そんな話をしながら交番に向かった。

「おまわりさん。私のこと覚えてます？」

七海は皮肉っぽく言った。

「ああ、もちろん。あれから何度か訪問したんだけど、いつも留守でね」巡査は、見《み》窄《すぼ》らしい格好をしている少女を見ながら続けた。「ひょっとしてこの娘《こ》がそう？」

〈何が『この娘がそう』なのよ。やる気があるの？〉と思ったそうだ。

「そうです。矢野洋子さんと言います。あのアパートで、一年くらい前から監禁されてたんです」

少女はぺこりと頭を下げた。七海は洋子の気持ちを察して、代わりに説明した。

「いま犯人を家に閉じ込めています。すぐに捕まえてください」

「もう少し事情を聞かせてくれませんか？」

「そんな悠長なこと言ってていいんですか？　閉じ込めてはいますが、二階から飛び降りて、逃げ出すかもしれませんよ」

「じゃあ君、行ってきてくれる」

仕方ないなあという感じで、若い巡査が立ち上がった。

〈えっ。一人で行かせるの？　テレビでやってるのは、こんな時たいてい二人で行くじゃん。第一、みんなで行けばいいじゃん。一人で大丈夫かなあ？　だって相手は凶悪犯かもしれないんだぞ。尤も、誘拐だけでも十分凶悪だけどな〉

若い方の巡査は一人でパトカーに乗って行った。

「ところで捜索願は出てるの？」

〈若いのはやる気がないし、上司は七海のことを信用してないし、日本の警察はたる

んでる〉

「勿論です」

憤慨して答えた。

「そう。じゃあ問い合わせてみるからちょっと待ってね」

電話をしている間、七海は少女が安心するように優しく話しかけていた。

受話器を置くと、質問を続けた。七海がそれに対する受け答えをした。

「そうなの？」

巡査は少女の方を向きながら、確認していた。少女はその度に小さく肯いた。

途中でファックスが届いた。顔写真もついている。見比べながら、やっと本気になったようだ。

家に電話をしても、誰も出ない。

「家は留守だね」

〈さっき説明したじゃないの。共働きだって。何聞いてんのよ。勤め先の電話番号を聞いておくんだった〉と七海は憤慨したり、ちょっと悔やんだりしていた。

そうこうするうちに、若い巡査が帰ってきた。陣内と一緒だ。手錠はしていない。

〈えっ。何で？　ちゃんと捕まえろよ〉

陣内の取り調べを行っている間、七海は少女を外に連れ出した。陣内は意外と素直に応じていた。監禁していたことが事実と分かり、やっと手錠を嵌《は》めた。

「戻ってくるまで、ここで待ってて」

二人は陣内を連れて出て行った。


夕方、両親と連絡が取れると、パトカーに乗った。私も勿論同乗した。街灯が点《つ》いているので、外はもう暗くなっているのが解るが、私には周りの景色がよく見えた。ところが、途中からまた急に目が見えなくなってきた。

〈大変だ。七海の袖を摑まえていない〉

闇雲に抓んでみるが空を切るばかりだ。不安が襲ってくる。じっとしているしかなかった。小一時間も経ったろうか。急に目が見え始めた。この前も少女の家に行く途中で見えなくなった。何か関連があるのだろうか。そう思いながら七海の袖を摑んだ。

「あれっ。洋子ちゃんは？」

「ご両親に届けたわよ。元気さんはどうしてたの？」

事情を説明すると、優しく慰めてくれた。

「そうだったの。大変だったわね」

モールス信号では、話が少しも捗《はかど》らない。両親との対面の話を聞いている途中で、七海の家に着いた。パトカーでの送り迎えはそうそうはない。たぶんこれが初めで最後だろう。

「有り難うございました」

「いえ、こちらこそ。ご協力有り難うございました」

丁寧な物言いに〈いつもそうしろ〉と言いたくなった。

翌日の朝刊には何も出ていなかったが、お昼のニュースでは大々的に取り上げられていた。しかし、帰還してきたことだけで、詳細は不明のままだ。夕刊から徐々に詳細が明かされてきた。夜のニュースでは、少女の両親もテレビに出ていた。

次の日は大変だ。七海の家にもマスコミが駆けつけていた。近所の野次馬も沢山いる。

「ところで、天使様がついているって話を聞いたんですが、どういうことですか？」

「天使様なんている筈ないでしょ」

「でも、不思議な現象をいっぱい見たって言ってましたよ」

〈洋子ちゃんが喋ったとしか考えられない。いくら約束したからと言っても、警察で聞かれれば誰でも正直に話す。彼女を責める訳にはいかない。でも警察はそのことを信用したのだろうか。また、記者にどう説明したのだろうか。ワイドショー的には面白いネタだからね〉

「彼女が薬を飲まされたって話は知ってるでしょう」

「ええ、それは聞きましたけど」

「その所為に決まってますよ」

「でも彼女は本当に見たって警察で言い張ってるみたいですよ」

「じゃあ訊くけど、天使様ってどんな姿をしてるの？」

「姿、形は見えないから分からないそうです」

〈そう言えば一昨年だったかしら、元気さんに教わったマジックがあったわ。初めてだけど、それをやってみようかしら〉そう思った七海は試してみた。

「分かったわ。じゃあ、私が今からあなたの肩に天使様を降ろしてあげるけど、いいかしら」

　記者の了承を得ると始めた。

「では、私のこの指を見つめて」

　七海は両手の人差し指を記者の両目の前に近づけた。目を瞑らせると、右手の中指を伸ばし、人差し指と中指でそっと左右の瞼《まぶた》に当てた。これで左手はフリーだ。その瞬間、肩をポンと叩き素速く彼の右目の前に戻し左手人差し指を伸ばした。それと同時に右手の中指を元に戻し、人差し指だけ伸ばした状態にする。それからゆっくりと手前に引いた。

「今、あなたの右肩に天使が舞い降りたでしょう」

「ええ、確かに肩に乗りました」

周りから笑いが起こった。七海はみんなに向かって「シーッ」と口に人差し指を当てた。

「今度は左の肩よ」

また周りが笑った。何が起こっているのか知らないのは当の記者だけ。

「これであなたは今日一日、平和に過ごせますよ」

みんなはまた笑った。

四　セクハラ教授

五月も末になると受験勉強に忙しい。教員採用試験は夏休み中にある。一次の筆記試験に合格すると、二次の面接だ。三次では水泳やピアノなどの実技試験もある。それに合格すると名簿に登録されるだけで、採用と決まった訳ではない。まあ、普通は採用されるが、それでも初めの一年間は仮採用だ。もし大きなミスをすれば採用取り消しもあり得る。難関と言えば難関だ。私は無事三次まで合格していたのだが、残念なことにこの有様になってしまった。

　七海は今日の午後、教授に呼ばれた。県の採用試験の願書は既に提出している。前期試験まではまだかなり間がある。一体、何の用だろうか。

　ゼミ室というか研究室に行くと平田教授が待っていた。ちょっと大柄で恰幅がいい。右頬に小さな黒子《ほくろ》がある。髪はやや少ないが、眼鏡越しの視線が鋭い。

「鍵をかけて」

〈どうして?〉と思ったが七海は言われた通りにした。

「恋人が死んで、もう半年以上になるね。そろそろ彼のことを諦めたら。教員になりたいんだろう」

　平田教授は、県の教職員採用試験に関しては絶大なる力を持っている。彼の不興をかった学生は悉《ことごと》く落ち、気に入られた学生は全員合格している。その噂は学内に広まっており、公然の事実になっている。そのため殆どの学生が付け届けをする。私もその事実は知っていた。しかし、私は何もしなかった。経済的な面もあるが、そういう裏取引には我慢ならない質《たち》だ。

　女学生に対しては、付け届けもあるが、セクハラが待っている。好きなタイプの女学生で彼氏がいなければ成績を上げる。彼氏がいると下げられる。もちろん触らせてくれたり、キスをさせてもらえばとびっきりの点だ。もちろん七海のように嫌がる学生が断然に多いが、成績がぎりぎりの学生の中には自ら魔の手に落ちていく女性《ひと》もいるらしい。

一度学内で問題になったことがあった。しかし、物的証拠は何もない。証言だけだ。そんなことはしていないと突っ撥ねられる。裁判を起こすとなると、教員採用にも影響があるだろう。そこまでする女学生はいない。大学としても教授に辞められると困る。就職、特に教員採用試験に関しては実力者なのだ。それでいつの間にか、有耶無耶《うやむや》になってしまった。それ以来、問題に挙がることもなく、同じ状況が続いているという。七海もそれは知っていたが、進路の問題で相談があると言われれば行かざるを得なかった。

「私の言うことを聞けば合格間違いなしだよ」

そう言って彼女の肩に手をやり腕を触り始めた。やっぱり噂は本当だった。嫌《いや》がる七海を隅の方に引っ張って抱きつこうとした。

私はすぐ傍にあった灰皿を抓んで床に落とした。教授が吃驚《びっくり》して手を離した隙に、七海は急いで抜け出した。

「元気さん有り難う」

「傍にいて良かったよ」

思い出すだけで自然と涙が溢れてくるそうだ。

〈これは許せん〉頭がカッとしてくる。どうすればいいのだろう。〈何とかしてとっちめねば。それには物的証拠を集めるしかない。裁判になれば有罪間違いなしだ。しかし、どうやって？〉

先ずは情報を集めること。翌日も私は平常《いつも》のように、七海と一緒に大学へ行った。午前中には例の糞教授の授業があった。そこではスマホをいじり回している学生がいた。そっと後ろから覗いてみると、講義に使用しているプリントとスマホの画面が全く同じだ。講義なんか聴く必要なしと思っているかもしれない。七海はこれ見よがしに、途中で退出した。

お昼は手作り弁当だ。懐かしい。デートで何回か食べさせてもらった。その時の記憶が蘇《よみがえ》ってくる。しかし、何故かお腹が空《す》かない。喉もそれほど渇かない。もう何日、飲み食いしていないのだろう。それでも相変わらず元気だ。昨晩、風呂場で体重計に乗ってみたが、数値はゼロを示すだけだ。どのくらい減っているのか全く分からない。

金曜日の午前中に動きがあった。七海は例の糞教授に呼ばれ研究室に行った。もちろん私も一緒だ。二言三言喋るだけですぐにそこを出た。

袖を抓んでツンツンと小さく引っ張った。七海はすぐに私だと気付いたようだ。べンチに座ると、七海はリュックからボードとペンを取り出した。誰にも気付かれないように筆談する必要がある。ボードの位置やペンの位置などを工夫した。

食事を一緒にしながら進路の相談でもしないかと言われたが、糞教授の世話になるくらいなら無職でも構わない。すぐに断ったそうだ。

［君が駄目なら、誰か他の学生に声を掛けるんじゃない？］

［そうね、たぶん。研究室を監視してくれる？］

［分かった］

七海と別れて研究室近くで待つことにした。すると、半袖のワンピースを着た目のクリッとした女子大生がやって来た。私は彼女と一緒に中に入った。見つかる心配はない。彼女は教授に言われたのか、部屋の中から鍵をかけた。教授は立ち上がり手ぐすねを引いて待っている。彼女は正面近くまで行くと立ち止まった。教授は何か喋りながら、肩を触り始めた。彼女は嫌そうに躰をくねらせるが、それくらいでは避けられないだろう。今度は後ろに手を回し、お尻を触り始めた。目尻を下げると卑猥な顔を近づけていった。キスをしようとしていることは明白だ。嫌がって両手で突っぱねようとするが、妨ぐことは難しそうだ。

私は辺りを見回した。テーブルにある灰皿を見つけると、両手で抓んで床に落とした。教授は吃驚して彼女から手を離し、二歩下がると、鋭い視線で辺りを見回した。

誰もいないのが分かってホッとしたのか、彼女に向かって話し始めた。その後は変な行動を慎んでいるのか手を出さなかった。

昼休みに七海を引っ張ってベンチに座らせ、事の顚末《てんまつ》を知らせた。そして彼女から情報を得るように頼んだ。しかし、彼女が誰なのかが分からない。服装と髪型を教えた。清楚な感じで、雰囲気は七海に似ていると伝えると、「ふふふ」と笑って立ち上がった。

七海にくっついて歩いた。いざ人を探すとなると、キャンパスが広く感じられる。人通りの多い所を選んだがなかなか見つからなかった。学食の前でやっと彼女を見つけた。袖を引っ張ると彼女は立ち止まり、キョロキョロ見回した。他人《ひと》に見られても判らないように手をぶら下げたまま、人差し指を水平に伸ばし、ある女子大生の方に向けた。私はツンと一度引っ張った。少しだけ横にずらして指さす。また一度引っ張る。またずらす。私は二度引っ張ってその女性だと知らせた。七海は彼女の方にずんずん進んでいった。

「あのう。ちょっと済みません」

彼女とはあまり面識がないようだ。

「私、江藤七海って言います。四年生です。あなたは?」

「私は猿渡《さるわたり》恭子《きょうこ》。三年生です。よろしくお願いします」

先輩に対して、敬意を払っているようだ。

「ちょっとお話があるんだけど、少し時間いい？」

彼女の了承を得るとベンチに誘った。

「あのう、つかぬことを伺いますが、今日、平田教授に呼ばれませんでした？」

「ええ、呼ばれましたけど、それが？」

「ううん、そのう」ちょっと聞きにくそうだ。「そこで何か変なことされなかった？」

彼女は一瞬驚いた。ちょっと警戒をしているのか、返ってきた返事は「別に」だった。

「そう。別に何もなかったのね。ならよかった。でも、急に灰皿が落ちたりなんかしなかった」

もともと丸い目をもっと丸くした。

「実はね、私、知ってるの。あそこで何が起こったのか」

彼女は辺りを見回した。

「あなたが危ないと思ったから」私のことをばらす訳にはいかない。ちょっと考えて続けた。「私の守護神が落としたの」

「えっ。守護神？」

「そう。守護神」

咄嗟《とっさ》に思いついた言葉だったが七海自身、少し気に入ったようだ。的外れではない。彼女の命を救ったも同然だから。

「私の守護神にあの部屋を見張るようにお願いしたの」

「ひょっとして、天使様のこと？」

七海は見逃したが、猿渡はニュースを見ていたようだ。学内では噂になっているらしい。

「知ってるの。じゃあ、話が早いわね。教授とどんな話をしたの？」

「天使様から話を聞いてないんですか？」

まだ警戒心が解けてない。

「話の内容までは分からないの」

七海はすぐに否定した。どうしたものかと考え「ちょっと待ってね」と、私を紹介することにした。彼女に見えないようにして、ボードに指示を書いた。

「私が指さした方の肩に守護神が現れるわよ。私には守護神だけどあなたにとっては天使様ね。ただし肩に乗る感じじゃなくて、袖が引っ張られる感じだと思うの。じゃあ、いい？」

七海は右肩の所を指さした。私は指示通り、彼女の裾を抓んで二度引っ張った。七海にも右肩がほんの少し下がったのが見えた筈だ。彼女はキョロキョロ辺りを見回した。

「どう、天使様が降りたでしょ」

「ええ、確かに」

「信用した？」

「ええ、まあ」

「あのね。私の守護神は、ちょっと耳が不自由なの。だから会話については何も分からないのよ。どんな話をしたか教えてくれない？」

七海を信頼のおける先輩とでも思い始めたのか、彼女はその時のことを話し始めた。最後に教授と今晩、夕食を一緒にする約束をしたそうだ。

「そう。分かった。もし変なことをされそうになったらこう言うのよ。『私の後ろにいる守護神が悪さをしますよ』って。本当に助けが必要な時には人差し指をこうやって突き上げてね。分かった？」

七海は天に向かって指を突き上げた。はてさて、上手くいくだろうか。やってみなくては分からない。先ずは被害をなくすことに努め、証拠集めについては後で考えることにした。

午後から七海は授業。私は研究室の前で番をした。しかし、その後女学生が訪ねることはなかった。

待ち合わせはベンチだ。証拠を得るには現場を録音するか、録画するしかない。彼女たちの証言だけではどうにもならない。物的証拠が必要だ。しかし、今日はそのような準備をしていない。とにかく彼女を守ることに専念するしかない。場所と時間は分かっている。まだまだ時間はたっぷりある。とっちめる方法を二人で模索した。

時間近くになったので、七海と別れの挨拶を交わし、私は居酒屋へと向かった。彼女はすぐに見つかった。入り口近くで手持ち無沙汰にしていた。

間もなく教授がやってきた。三人？　で一緒に中に入ると、こぢんまりとした個室に案内された。大声を出さない限りは外に漏れそうにない。掘り炬燵《ごたつ》のようになっているので楽に座れる。向かい合って座ると教授は楽しそうに喋り始めた。彼女は短く答えたり、肯いたり、首を横に振ったりするだけだ。すぐにビールと突き出しが出てきた。ビールを注《つ》いでもらうと教授の顔が緩んでくる。

「乾杯」

一体何を話しているのやら。退屈で仕方がない。教授はタバコに火を付けた。彼女は少し嫌そうな顔をしたが、全く気付かぬ風だ。

小一時間が過ぎると、教授は席を立った。トイレだろうか。彼女はじっと待っていた。私が傍に居るとは全く思ってないようだ。戻ってくると、教授は彼女の左横に座った。二言三言喋ると、魔の手が彼女の膝に乗った。彼女は何か言ったが、教授は知らぬ顔の半兵衛を決め込んでいる。

「変なことをすると私の守護神が悪さをしますよ」

「へえ、守護神がねぇ。居るならぜひ会ってみたいね」

そんな者いる筈がないと高を括っているようだ。目は顔に向いているが、手は膝から太股へと移動した。垂涎《すいぜん》の的を目の前にして、だらしなく開いている口も近づいてきそうだ。そろそろ右手が挙がるだろう。辺りを見回すと丁度いい物があった。枝豆の殻だ。教授の手がそのままスカートの中に入り出した。なかなか手が挙がらない。ひょっとして魔の手を受け入れるつもりだろうか。ほんの少し、疑心暗鬼に駆られた。彼女は俯いたまま我慢しているようだ。もしも教授の手を受け入れるなら、私の出る幕はない。引き替えに何を得るかは知らないが、彼女が望んでいることだから。そう思っていると、ぎりぎりのところで右手を挙げ、指を立てた。

準備はできている。私は急いで教授の口の中に突っ込んだ。教授は彼女の横顔を見ていたので枝豆が空中に浮いていることには全く気付かなかったようだ。急に手を離しぺっぺっと吐き出した。彼女も何が起きたのか全く分かってない。顔を上げ教授の様子を見ると、何かが起こったことだけは確認したようだ。教授は辺りを見回し、不思議そうな顔をした。数分後、また手を出してきた。彼女は料理に伸ばしていた手を引っ込め、箸を置いた。数秒後、ぎりぎりのところで手を半分ほど挙げた。しかし、指は伸ばしていない。彼女は虚《うつ》ろな目で前方をぼんやり見ていた。私は先程と同じ様に、今度は殻を両手に一つずつ抓んで持ち上げた。彼女は驚きのあまり両手で口を覆った。殻が空中に浮かんで、教授の方に向かっているのを目を見開いて見つめていた。指を伸ばして突き上げると、今度は口を開いていないというか喋っていないので、鼻の穴に突っ込んでやった。

教授は彼女に向かって怒鳴っていた。彼女は「私じゃありません」とでも言ってるのか手を横に振っていた。彼女の所為にされると、悪い印象を与えて不好《まず》い。私はタバコの吸い止《さ》しを手にし、教授の目の前でちらつかせ、彼女から目をそらせた。右にずらせば右に、左に動かせば左に、上げると上に、下げると下に目が動く。キョトンとして見ている。最後に鼻の頂辺《てっぺん》に押しつけた。「あちち」と手で払い除けると立ち上がり、怒鳴った。すぐに店員が駆けつけ戸を開けた。教授は「何でもない」と店員に謝り、引き取ってもらった。こんな馬鹿げた話を誰が信じるのかとでも思ったようだ。

一騒動が終わると、また彼女の横に座った。右手を彼女の膝にそっと乗せたが、視線はキョロキョロしている。周りの様子を窺っているようだ。彼女が右手を挙げると、殻をつまみ上げた。手を離して座り直すと、皿に置いた。それをもう二回繰り返した。手を挙げて指を伸ばすと怪奇現象が起こることに気付いたのか、今度は彼女の後ろに回り、彼女の両手が使えないようにして抱こうとした。何かを捜すように相変わらず目を動かしている。両手がそっと胸に近づく。辺りを確認しながら、その距離がだんだん近づいてくる。彼女からの合図はないが、ここは行動に移すべきだ。今度は魚の骨を抓んで持ち上げた。その途端、教授は両手を広げた。私は骨を元に戻した。教授は彼女の横に座り直し、顔を前に突き出した。

〈あっ、しまった。醬油が手について、空中に浮いてるんだ〉

と思って、急いで確認したが、それは認められなかった。別に骨が浮いてたんだから、醬油の跡が付いていても、別に構わなかったのだが、その時はちょっと慌てた。

教授は初めの位置に座り直すと話し始めた。怒った顔をしたり、不思議そうに首を捻ったりしていたが、やがて、呼び鈴を押し、会計を済ませた。すぐに立ち上がり、荷物を持って出て行った。どうやら彼女を残して帰ったようだ。

まだ料理が残っている。彼女は手を出そうとしたが、止《や》めて空間に向かってなにやら喋っていた。私へ何かを問いかけてるようだが、内容は全く分からない。暫し間を置いてまた話しかける。それが数回続いた。しかし何の変化もないので諦めたのか、残りの料理に手を出した。

土曜日は、対策会議だ。どうやって証拠を集めるか。つまり、どうやって盗撮、もしくは盗聴するかだ。勿論、七海に盗撮をさせる訳にはいかない。私がやるしかない。持ってる機器はスマホだ。これなら盗撮、盗聴、どちらもＯＫ。だが、使えるか疑問だ。七海の携帯を使ってさっそく練習。

　手帳型のケースを先ずは摑む。これは何とかできる。ケースの留め具のベルトは磁石になっている。ベルトを外そうとするとこれが難しい。左手でしっかりケースを摑んでないと落ちてしまう。右手の親指と人差し指で何とかベルトを抓もうとするが、どうやってもすり抜けてしまう。ケースを外してもらった。

　本体だけになったスマホのスイッチを押す。これは比較的簡単だった。スイッチのある位置で、普通に摑むようにすればいいだけだ。画面にカメラのロゴが出ている。タッチしてみたが、当然擦り抜ける。失敗かと思いきや、そうではなかった。ちゃんと反応している。何度か試すと、パネルに指が達する直前に反応しているのが判った。指先に静電気か磁気のようなモノが発生しているのだろうか。物が握れるのもこの所為ではと思った。

　スイッチＯＮの音がしない事と、録画時間の確認をした。メモリー容量、バッテリー共に三時間は優にいける。十分だ。残りは、どこに隠すかだ。リュックかバッグ等に穴を空ける方法は面倒だ。ポケットがいい。彼女の服の中から、携帯がすっぽり入りそうな物を探した。腰より上にある方がいいので、パンツの類は除外した。簡易クローゼットの中に丁度良いのは一着しかなかった。薄い水色のジャケットだ（もっとも私にはモノクロにしか見えないが）。彼女に羽織ってもらって試してみた。腰の辺り両サイドに付いている。スマホを入れる。少し浅いので、レンズの部分が飛び出している。見つかる可能性があるが、仕方がない。親指と人差し指で上から取りに行く。持ち上げて画面を立ち上げ、カメラのロゴを探しスイッチを入れる。ＯＫ。録画開始。ＯＫ。ポケットに戻し被写体に向ける。準備は万端だ。後は次の機会を待つだけになった。


月曜日。二人一緒に出かけ、猿渡を見つけるとベンチに座った。

「どうだった？」

「どうだったかって。あれは一体何？　どんなマジックなの？」

「何があったの？」

彼女はその時の様子を熱く語った。七海は私から聞いて知っているのに、そんな素《そ》振《ぶ》りは全く見せなかった。

「へえ。そんなことがあったの。また教授に呼ばれたら私に相談して。また守護神を呼んであげるから」

「貴女《あなた》の守護神なの？」

「そうよ、私だけの守護神。私の願いなら何でも聞いてくれるわ」

「へえ。どうやって捕まえたの」

「それはひ…み…つ」

「けち」

まあ、そんな内容らしい。

噂は広まるのが早い。水曜の昼休みに七海のところに相談があった。友達の宮崎美香だ。ちょっと丸顔でショートカットの所為か、安物のイヤリングが引き立っている。

「ねぇ、七海。例の話って本当?」

「例の話って?」

「守護神」

「まあね」

「実は私、今日の授業が終わったら研究室に来なさいと言われたの。助けてくれない?」

「美香もセクハラされてるの?」

美香は小さく肯いた。

何故か〈美香〉と呼び捨てだ。仲が良いのだろう。私もそれに倣った。

「今ね、平田教授を何とかとっちめてやるために」七海は声を潜めた。「盗撮しようと思ってるの。それがセクハラの証拠になるでしょ」

「じゃあ私が撮られるの。それは嫌よ」

「じゃあ、どうして欲しいの？」

「盗撮は嫌だけど、何とかならない。猿渡さんの時のように」

「そっか。盗撮されるのは嫌よね。分かった。何とかしてみる」

「よろしくお願い」

　彼女はそう言って拝むようにして別れた。

　証拠としてみんなに動画を提示されるのは確かに嫌なことだ。単位を落とすのが恐くて教授の言いなりになる人でも、盗撮となると二の足を踏むのが普通だろう。その件に関しては、もう少し考えることにした。

　午後四時頃、私と七海は美香と一緒に教授の部屋へ行った。ノックをすると彼女だけ入っていった。七海には外で待ってもらい、私は入っていった。

　美香は指示されたのか、やはり中から鍵をかけた。今日はテーブルや机の上が綺麗に片付けられ、何も無い。少しは知恵があるようだ。教授と世間話でもしているのだろう。暫くは対面で話していた。私は廊下に出ると急いで筆談を始めた。作戦は私の案ですぐに決まった。

　ドアの真ん中に立った。即ち、半分室内、半分廊下という状態だ。教授は椅子に座って「いらっしゃい」とでも言わんばかりに膝を叩いた。彼女は躊躇《ためら》いながらもそこに座った。今までに何度か経験している様子だ。教授は後ろからそっと抱きしめた。

私は七海の袖を引っ張って合図を出した。

ドアをノックし「失礼します」と言ってノブに手をかける。もちろん中から鍵が掛かっているので開かない。「教授。いないんですか?」

教授は彼女の口に人差し指を当て、黙っているように指示をした。美香も言われるがままにした。麻痺状態になっているのか、ヘビに睨《にら》まれたカエルも同然だ。

静寂が続いた。が、その内また教授が抱きしめ始めた。私はまた七海に合図を出した。

「教授いませんか。江藤です」

教授の手がまた止まった。が、ものの数秒も経つと、また動き出す。これでは埒《らち》が明かない。私はつかつかと教授の所へ行き、少ない髪の毛をむんずと握った。手応えは大有り。しめたと思うと、引っ張った。

「痛《い》て。何をするんだ」

彼女でないことは明白だ。私は急いで七海の所へ戻ろうとした。その時ノックの音。私には聞こえなかったが、七海には教授の声が聞こえたのだろう。

「先生、いるんですね。開けてください」

教授はしまったと思っただろう。仕方なく彼女を降ろし、ドアに向かった。

「何もなかったように振る舞え」

たぶん命令口調だ。ドアを開けると不貞腐《ふてくさ》れたように言った。

「何の用だ」

「進路について相談があるのですが」美香の恥じらった姿が目に入ると、「あっ、今面談中だったんですね。失礼しました」

「いや、丁度終わったところだ。宮崎さん、行きたまえ」

手で廊下の方をさし、出て行くように命じた。

「有り難う。助かったわ」

彼女は耳元で囁《ささや》くと、そそくさと出て行った。

ドアを閉めると、教授は頭を鎮めるためか、ゆっくりと椅子に座った。何と囁いたのかも気になるところだろう。七海は考えがまとまったのかゆっくりと口を開いた。

教授の前に立つと、皮肉っぽく言った。

「教授。鼻の頭が赤くなってますが、どうかされたんですか？」

「何でもない。ちょっと蚊に刺されたんだ」

「この時期に蚊ですか」

「そんなことはどうでもいい。用は何だ」

話を繕わなくてはいけない。

「県の教員採用試験を受けたいのですが、何かアドバイスを頂きたいと思いまして」

「ほう。あれだけ嫌がってたのに心変わりでもしたのかな？　だったら少しは私の言うことを聞きなさい」

（はい）と言えば全面降伏になる。やんわりと言葉尻を捉えた。

「少しって、どのくらいですか？」

「少しって、少しだよ」

手招きして、前に立たせた。

「君は本当に可愛《かわい》いねぇ」

急に態度が柔らかくなり、だらりと下げている腕を触り始めた。

「まあ、ここに座りなさい」右手で膝をトントンと叩いた。「どうした？　嫌かね。嫌なら嫌でいいんだよ。話はこれまで」

ここで終わっては元も子もない。嫌々ながらでも了承するしかない。

「分かりました」

ゆっくりと向きを変え腰を下ろすと、すぐに教授の両手が回ってきた。私の準備はできている。さっきよりも強く引っ張った。

「痛っ」

「どうかしましたか」

「いや、何でもない。もういい。降りたまえ」

キョロキョロ見回しても何もある筈がない。

「今日はちょっと気分が悪いし、時間もない。今度、何処かで美味しいものでも食べながらどう？」

「教授の奢《おご》りならいいですよ」

「もちろん、勿論。じゃあ、金曜の六時にチロリ庵でどう？　知ってる？」

「ええ、知ってます。金曜の六時ですね」

予行演習は七海とやったが、本番も七海になるとは……。盗撮となると、誰もが嫌がるので当然の成り行きだろう。頑張らなくっちゃ。

それにしても悔しがっているだろうなあ。通風は足の親指が突然針で突いたように痛むことがあるらしい。しかし、髪の毛を引っ張られるような痛みの病気なんてないだろう。そんなことをひょっとしたら思っているかもしれないなと、七海と痛快がった。

金曜の六時に教授がやってきた。カメラのスイッチを押し、ジャケットのポケットに入れてもらった。カメラの向きによっては現場を映すことが出来ないかもしれないが、少なくとも録音だけはできる。店に入ると店員さんが馴れ馴れしく言った。

「あら教授、いつもの部屋でいいですか」

「いや、別の部屋にしてくれ」

そりゃそうだろう。以前その部屋で散々な目に遭っている。

通された所はこの前と同じ造りの個室だ。辺りを見回しても、スマホを隠すような場所はない。ジャケットに入れたまま撮るしかない。すぐに生ビールと突き出しが運ばれてくる。

彼女は小学校の先生を目指している。他県を受験するなら話は別だが、地元で受験するとなると、教授の力がものを言う。彼の話によるとこうなる。

問題は二次試験の面接だ。先輩面接はあっても無きが如しだそうだ。試験のように客観的な数値で表せないからだ。しかし、上席の面接官がＯＫを出せば、誰も文句は言えない。教員の世界は派閥があり、先輩は絶対的存在なのだ。面接官の中には教授の教え子もいる。い。そのために男子学生は付け届けをする。付け届けをしない学生は実力で受かるしかないが、倍率が高い時はちょっと難しい。

去年は誰それが何を持ってきたとか、具体例を挙げた。それを参考にして、君も持ってきなさいということだろう。女子学生の場合は付け届けもそうだが素直な子が受かると言う。「素直」としか言わなかったが、要するに言いなりになる子という意味だろう。セクハラの獲物だ。

小一時間が過ぎると、教授は席を立った。トイレだ。その間を利用して今までの録画をチェックする。画像は全く明後日《あさって》の方向を向いていたが、音声はばっちりだと言う。ジャケットを脱いでハンガーに掛け、画面中央に映る位置にセットし、再び録画を開始した。戻ってきた教授は、彼女の横に座り直した。

「どうかね。素直に私の言うことを聞く気になったかね」

今まではセクハラの話がチラと出ただけで、決定的な証拠にはならない。現場を押さえなければならない。そのための場だ。

「白のブラウスが眩しいね。僕も脱ぐか」

〈ちょっと不好《まず》いぞ〉

急いでカメラのスイッチを切る。

教授も上着を脱いで、七海のジャケットの隣に掛けた。カメラのレンズが出ているのに気がついて触っていたがスイッチがオフなのを確認していた。

〈そんなとこまで注意を払っているのか〉

少しは警戒をしているようだ。今度は七海の隣の席に座った。〈素直に言うことを聞いてくれるかも〉と鼻を伸ばしてるだろうが、そうは問屋が卸さない。席に着くと二人とも後ろ姿しか映らない。それでも、流れから誰かは容易に判断できる。スイッチを入れ撮影開始だ。画面が少しずれているのを修正する。助けが必要な時は、前回同様人差し指を突き上げることにしている。

魔の手がゆっくりと伸びてきた。

「私の言うことを聞いていれば、悪いようにしないから」

そう言いながら手を膝に乗せてきた。前回と同じパターンだ。

「教授。駄目です」

両手で優しく魔の手を除けた。

「今日はいいって言ったじゃないか」

「そんなこと言ってません」

「素直じゃないねえ」

「素直ってこんなことを許すってことですか」

「ん。まあそうかな」

「でも、これってセクハラでしょ」

「そんなことはない。同意の上だよ」

「わたしは同意しません」

「そんなに堅いことを言うなよ。面接、落ちてもいいのかな」

「それは困りますけど」

「だったら、このくらいいいだろう」

「いえ、駄目です。酔ってらっしゃるんですか」

「このくらいでは酔わないよ」

　膝を触らせてくれないならこうするぞと言わんばかりに、横から抱きついてきた。振り払おうとするが、女の力では負ける。サインを出すかと見つめていたが、嫌々をしながら、少しずつ横にずれていった。

「教授、止めてください」

「面接で落ちるぞ。それでもいいの」

　席の端までずれたが、一向に手を離す気配はなかった。カメラの向きも少し変える。七海の逃げ場がなくなった。両手は自由が利かないが、人差し指を突き立てることはできる。しかし、まだしなかった。唇が彼女の頬を目がけてゆっくりとやってくる。

「教授。こんなことといけません」

「いいの、いいの。君が黙ってればいいの」

　嫌がるのを楽しんでいるようだ。問題になっても前回と同様に揉《も》み消すだけだと思っているのだろう。

　彼女の左手が挙がった。しかしサインではなかった。顔と唇の間に掌でバリアを作っている。これではキスは無理だ。その代わり、遮っている手を舐《な》めだした。

「ううん。透き通るような手だねえ。甘い香りがするよ」

とは言うが、抱きしめるのを止めて、彼女の手の排除にかかった。すぐに手は除けられ、唇が襲ってきた。その瞬間、顔を大きく横に向けたので、項《うなじ》の辺りに辿り着いた。

「人を呼びますよ」

「構わんよ。その代わり、二度と教職には就けないと思いなさい」

「それって、脅しですか」

「脅しじゃないよ。取引だよ。同意の印を君の唇に押させて」

「嫌です」

「嫌よ嫌よも好きのうちってね。私に任せなさい」

両手で顔を挟み、顔の向きを変えようとするので、抵抗をしながら指を突き挙げた。

私は携帯を離し、急いで教授の服を摑んで後ろに引っ張った。不意な力が加わったので、教授は畳の縁《へり》の板で頭をしたたか打った。

「痛っ」

彼女の仕業でないことは明白だ。最近ずっと変なことが起きているので、さぞかし不思議に思っているだろう。

「教授、急にどうされたんですか。大丈夫ですか」

〈芝居が上手いね〉

教授が頭を押さえながら元の定位置につくと、空々しく、

「私、冷たいおしぼりもらってきますね」

と言い、七海は席を立った。

私も定位置について、再度カメラの向きを調節する。まだ撮影は継続中だ。七海がいなくなると、教授は正面を向き、料理に手を出した。教授の顔が明瞭《はっきり》と判る位置だ。おしぼりを手にした七海が戻ってくると、髪を整えながら横に座った。

「何処が痛みますか」

かいがいしく首の辺りに当てて冷やしてやった。

「有り難う。優しいんだね。もう大丈夫。それにしても君たちは魔法使いか」

「君たちって」

「いや、いいんだ」

私のことではない。とすると、猿渡か、美香のことだろう。

暫く首を捻っていた。痛みが和らいだのか、薄ら笑いを浮かべた。

「ちょっと手を見せてくれる」七海が右手を出すと手に取り、「左手も」と、両手を触った。

「綺麗な手だね」

と言いながら、両手をしっかり掴むと上に伸ばし、畳に押し倒してきた。教授はそのまま覆い被《かぶ》さってきた。

「これで、何もできないんじゃない」

ちょっと辺りを気にしながら、卑猥な顔つきで唇を近づけてきた。

「止めてください。守護神が怒りますよ」

ハッとして、もう一度辺りを見回した。

「ごめん、ごめん」

猿渡の言葉を思い出したのだろう。ちょっと嫌な予感がしたのか、手を離し立ち上がった。何かを捜すように部屋中をゆっくりと歩き始めた。私は急いで電源を切った。スマホに目が留まると取り上げて電源が切れていることを確認した。更に隅々を捜したが、何も見つけることはできなかった。

「教授、どうされました」

「いや、ちょっと酔いが回ったようなので、覚ましてるんだよ」

「それなら、廊下に出た方がよろしいんじゃありません」

「いや、ここで十分。もう覚めたよ」

座ると大きく溜息をつき、気を取り直したようだ。七海の横に座り直したので、カメラのスイッチを入れた。

「もう一度手を見せてくれない」

「押し倒したら駄目ですよ」

「分かった、分かった」

とは言ったもののやはり両手をしっかりと握りしめ、背中に回した。抱き付くような形になり頰と頰が触れ合う。手を上げさせないように拘束しているから大丈夫とでも思ったのだろう。少しは頭を働かせた意《つもり》だろうが、なかなか。

さっきは横から抱きついたが、今度は正面からだ。しかも手の自由は利かないので、嫌らしい唇を遮蔽することはできない。いつ飛び出すか考え時だ。

辺りの様子を窺いながら、そっと唇を頰へ向けた。と思ったら、急に向きを変え、用心深く様子を探る。今度こそ大丈夫と思ったのだろう。遂に卑猥な唇がゆっくりと頰を捕らえ始めた。彼女は口をしっかり閉じて、嫌々をするが、ややもすると唇と唇が触れそうになる。これ以上は待てない。私は急いで駆け寄り、髪の毛をむんずと摑み引っ張り上げた。

「痛っ。もう勘弁ならん。何処の何奴だ」

両手を離すとサッと振り向いた。抜けた白髪が二、三本空中を漂っていたが、何も見つけることはできない。かなり怒っているようだ。七海の所為ではない。立ち上がると、吐き捨てるように言った。
「ここは嫌いだ。もう帰る」
「平田教授。お勘定は？」
懐から財布を取り出すと、一万円札を二枚放り投げて、出て行った。
無事終わった。ホッとすると七海の横に座り、袖を引っ張った。
すぐさまスマホを使っての会話が始まった。
［どうしてもう少し早く助けてくれなかったの］
彼女はおしぼりで頬っぺたを何度も拭いながら言った。
［ごめん、ごめん。大丈夫？］
［大丈夫なわけないでしょ］
要らぬ弁解はせず、ただただ謝った。顔を拭くと録画を確認。完璧だ。教授の動きにピッタリ付いていってる。音声もばっちりだと言う。少し薄暗いが画像だけでも判別は可能だろう。駄目押しで、「平田教授」と名指ししているので言い逃れは出来ない。さすがは七海。
［さあ、美味しい料理でも食べて。僕の分もあげるから］
クスッと笑うと、
［許してあげる］と料理に手を出した。［元気さんの分まで食べちゃうから］

少しは許してもらえたかな？


翌、土曜日。打ち合わせ通り七海が私の家に来た。

「あら、江藤さん……だったかしら」

私は七海のことを話したことはなかった。何故、母は知ってるのだろう。

「はい、江藤七海と言います」

「貴女も大変だったわねぇ。もうすっかりいいの？」

「ええ、おかげさまで」

「それで、今日は何の用？」

「実は私、広川先輩と同じミステリークラブに入ってたんですけど、その時の写真があればお借りしたいと思いまして」

「そういうことでしたらどうぞ」母は七海を部屋に案内した。「私は何処に何があるか知らないので、自由に探してください」

打ち合わせ通り上手くいった。

「何故、母は君のことを知ってるの？」

「私、元気さんの隣の病室にいたの。それで一度だけ、お見舞いに来てくれたの。私だけじゃなくて刺された人みんなの病室に行ったらしいわ」

「へぇ。僕が死んだのに、他の人の見舞いねえ」

「何かの縁を感じたのよ、きっと。優しいお母さんよ」

「そうなんだ」

そんな会話をしているところへ母が冷たいお茶を持ってきた。

「ごゆっくりどうぞ」

「有り難うございます」

七海はスマホオンリーでパソコンを持っていない。私のパソコンにはいろいろなソフトが入っている。動画編集もお手のものだ。早速、画像の編集に取りかかった。私は椅子に座ると二本指ならぬ二本鉛筆で操作した。スイッチON。楽勝だ。スマホから動画を取り込む。教授が襲いかかっている場面もばっちりだ。七海には悪いと思ったが、ぎりぎりまで我慢だ。私の活躍部分はカットだ。不思議な現象は見せられない。もっともその部分は私が手を離したので変な所しか映っていなかった。見る人は、これから先の恥ずかしい場面を消去したとしか思わないだろう。

編集した動画をスマホにコピーし元の動画は消去した。元の動画も編集後の動画もパソコンには保存しているから大丈夫。更にはDVDにも焼き付けた。USBメモリーにも。これで万全だ。これからの作戦についても、いろいろ話し合った。最後にクラブの集合写真をプリンターで印刷した。

「どうも有り難うございました。この一枚、頂けませんか？」

「ええ、どうぞ」

　母は何の疑問も抱いてないようだった。


　月曜日の昼休み。

「教授、金曜のおつりです」

と言って差し出したが、

「そんなもん、いらん。さっさと出て行け」

けんもほろろだ。これでは本当に就職できないという危惧を感じた。その前に蹴落とす必要がある。

　先ずは仲間を増やすことだ。つまり被害者だ。猿渡と美香はしぶしぶ加わってくれた。助けてもらったから仕方ないという感じだ。他にもいないか秘密裏に探すことになった。私は研究室の前で人の出入りを監視。女学生も数人入ってきたが、行動を慎んでいるのか、特には何もなかった。

　付け届けをする学生もいたが、「今頃持ってこられてもねえ」と言う感じだろうか、受け取らなかった。試験はこれからだ。まだまだ時間はある筈だが、もっと高価な物をそれとなく要求しているのかもしれない。「はい」とか「いいえ」くらいは唇の動きで判るが、細かいことまでは分からない。でも、少なくとも学内でのセクハラは無くなった。いや、影を潜めていると言う方が正確かもしれない。

結局、あとは誰も集まらず、三人だけの提訴となった。

先ずは学生相談室だ。相談内容が分かると古株の室長が出てきた。以前あった時に揉み消した張本人のようだ。

「被害に遭ったと言うのは君か」

七海を見ながら言った。

「いいえ、三人全員です」

「以前もこんな訴えがあったけど、証拠でもあるの？」

七海が携帯の動画を見せた。態《わざ》とボリュームをいっぱいに上げて周りにも聞こえるようにした。

「ああ、これは明らかにセクハラだね。でもこれじゃ誰だか判らないよ」

周りには野次馬が集まってきた。

「これは私です。はっきり写ってるでしょ」

「そのようだね。男性の方は何となく平田教授に似てはいるけどね。これだけではどうも」

と丁度その時、

「ほら、これ。明らかに平田教授でしょ」

野次馬が、「おお、平田教授だ」と興味本位で見ていた。

いよいよ野獣と化したシーンだ。成り行きを見入ってい野次馬は、肝心な所がカットされているので、何だつまらねえという表情だ。

「ここは編集してカットしたんだろう。だったら教授の顔も嵌《は》め込んで作ったんじゃないのか？」

あくまでも強気だ。

「編集と言っても、不必要な部分をカットしただけです。画像を合成しているかどうか鑑定できる先生は、学内にもいるでしょ。調べてもらって結構です」

七海も負けてはいない。

「いや、そこまでしなくてもいい。分かった。善処する。これは借りてもいいかね」

「もちろんどうぞ。でも早めに返してくださいね。携帯がないと不便ですから」

話はそこまでだ。


一週間後。携帯は返してくれないし連絡も何もないので、どうなってるか確認に押しかけた。

「今、善処しているところだ。もう少し待ってくれ。携帯だけは返しておくよ」

七海は携帯の中身を確認した。いろいろなデータは手つかずだった。ただし問題の動画は消去されていた。

「動画が消されてるみたいなんですけど」

「あっ、そう?」

「揉み消すつもりですか」

「そんなことはしないよ」

「だったら、どうして動画がないんですか」

「そんな物、初めから無かったんじゃないの」

「バカにしないでください。そう言うんだったら私たちにも考えがあります」

「どんな?」

「学生新聞に相談してみます」

「無駄だね」

「どういう意味ですか」

「証拠がないと相手にされないよ」

「あの動画は他の職員も見ていますよ」

「訊いてみれば」

かなり強気だ。この一週間でいろんな所に手を回している感じだ。

「室長がそこまで言い張るなら結構です。動画のコピーがあることをお忘れなく」

七海が憤慨して立ち上がると、猿渡も美香もそれに倣《なら》った。

「ちょっと待ってくれ。ちょっと、ちょっと」室長はかなり慌てていた。「もう一度話し合いましょう」

三人は言われるが儘《まま》に椅子に座り直した。

「どう話し合うって言うんです。女子学生だと思って馬鹿にしてません？」

「私は平田教授に言われた通りにしただけなんですよ。私の立場も察してくださいよ」

何も考えず言われた通りにしたことを悪いと思ったのか、少しだけ言葉遣いが丁寧になっていた。

「そんなこと関係ありません」

「今そのコピー持ってます？」

「ええ、ありますけど」

「ちょっと確認してもいいですか？」

「どうぞ」

七海はＵＳＢメモリーを取り出した。室長はパソコンに差し込んだ。保存場所から動画を確認すると、終了して抜き取った。

「パソコンだと画面が大きいから、黒子まではっきり見えますね」

「分かりました。今度こそ間違いなく善処します」

「いつ結果が分かります？」

期日を訊くとは、七海も少しは賢くなったようだ。

「今週の教授会で諮《はか》ってもらう心算です。もう暫くお待ちください」

「心算ですか？」

「いや、諮ってもらいます」

「その場で結論が出るんでしょうね」

「私はその会に参加しないので何とも」

「一週間待った結果がこれですよ。じゃあいいです。新聞社に持って行きます」

「ちょっと待ってください。じゃあ、こうしましょう」

「どうするって言うんです？」

「そのUSBを貸してください。それを前もって参加する教授全員に見てもらい、結論を早めに出すようにお願いしてみます」

「消去はしないでしょうね」

「勿論です。木曜の五時に来てください。結果をお知らせします」

三人はそれで納得して、引き上げた。

さて、その木曜の五時。

「結論が出ました。明日、発表があります」

三人は室長室に連れて行かれた。発表前だから内容については教えられないが、私たちにも何らかの対応を図るので、決して公表はしないで欲しいと言う。

「発表を確認したら、もう一度来てください」

発表もさることながら、私たちへの対応というのも気になる。


問題の金曜日。掲示板に掲載されていた。（平田教授。一身上の理由により依願退職）以下、数行のお知らせだ。三人はすぐに室長室に行った。

「これは慰謝料です」

三人に一通ずつ分厚い封筒が渡された。帯付きが二束。二百万円だ。

「平田教授からですか、それとも大学からですか」

「そのへんの詳しいことは私も。それと、この件については絶対に口外しないでいただきたいのですが」

慰謝料百万。口止め料百万というところか。猿渡と美香は快諾したが、七海は返事をしなかった。

「これでいいじゃないの」

二人は全く予期しなかった金額に驚いていた。

「私、帰るね」「私も」

七海だけが残った。

「教授の退職金はどのくらい出るんですか」

「そこまで私は」

「何処に行けば分かりますか」

「経理だが、教えてはもらえないと思うよ」

「どこかに再就職でもするんですか」

「いや、それも私は」

「教育委員会などに天下りしたら、私は許しませんから」

室長は慌てふためいて、ただただお願いした。どうやら図星のようだ。「内定が取り消される学生が出てくる」と、情に訴えてもきた。

〈受験がまだなのに内定がある筈もない。今年仮採用された教員のことだろうか。しかし、県が一度採用した職員を解雇することはほぼない。とするとやはりもう決まっている学生がいるということか〉

そんなことを考えていると、室長はもう一つ封筒を持ってきた。

「これで、動画を買い取らせて欲しいのですが」

そういう作戦か。証拠物件さえなくせばいい。七海はもちろんお金に目が眩んだのではない。一人の糞教授のために大学の評判が落ちる。採用試験の合否の仕組みや付け届けの件などの音声も残っている。今まで押さえ込んでいた大学側も悪いが、いろいろと困る学生が出てくることは容易に想像できた。七海だけならまだしも、猿渡と美香にも少なからず影響がでてくる。そう考えると折れるしかなかった。

「分かりました」

そう言ってUSBを渡した。まだ他にもコピーがあるのではと思ったかもしれないが、家宅捜査する訳にはいかない。室長はそれで納得した。

七海は四百万という大金を、両親には内緒で貯金することにした。出所を話せば今回の事件について言及しなければならない。それに私の存在についてもだ。第一、口外はしないという約束だ。黙っているしかない。

それにしても、もし七海が二百万ですんなり引き下がったら、USB代の二百万はどうなったのだろう。ひょっとしたら室長がそのまま懐に？　ま、どうでもいいか。

「乾杯」

夕方、三人＋α《アルファ》は例のチロリ庵へ祝杯を挙げに行った。

「ところで、そのお金どうするの」

「私は全額、貯金」

「私はお気に入りの高級バッグと車にしようかな」

「バッグは偽物と言い訳できるけど、車なんか買ったら、両親にお金の出所を聞かれるわよ」

「私はノートパソコンでも買おうかな。残りは貯金ね」

そんな会話が賑やかに飛び交った。

「ところで、守護神って一体どうなってるの?」

「それそれ、教えて、今もいるの?」

「さあねえ」

猿渡が人差し指を突き上げた。私はその場にいたが、何を話してるか分からないし、指を挙げられても、糞教授が悪さをしている訳でもないから放っておいた。

「なんにも起きないわねえ」

「そりゃそうよ。今は助けなんて必要ないでしょ。危険が迫った時しか現れないの。解った?」

「糞教授に乾杯」

「守護神に乾杯」

三人の明るい笑顔が清々しかった。

五　バッグ盗難事件

　七海が採用試験の三次に受かり、早二ヶ月が過ぎようとしていた。秋晴れの良い天気だ。夏休みに、指文字から手話に切り替えた。当然、二人とも覚えなければならない。もうかなり覚えているが、私が使うことは出来ない。七海への連絡は相変わらずモールス。それに加え、七海は例の口止め料でノートパソコンを購入した。両親には、貯めていたお小遣いで買ったと説明しているようだ。私は両手に一本ずつボールペンを持つ。Ｓｈｉｆｔキーを押しながらという操作も楽勝だ。会話のスピードはぐんと上がった。

　昼休みに七海とベンチでお喋りしていると猿渡が駆け込んできた。

「ねえねえ、江藤先輩。私、高級バッグを盗まれたの」

「あらま、大変。警察には届けたの？」

「いいえ、だって公になると、いろいろ困るでしょ」

「そうよねえ」

　例の慰謝料で猿渡はバッグと車を買ったが、金の出所は秘密だ。一人住まいだから気楽なのだろう。

「何とかならないかしら？　例の守護神に頼んでみて」

あぶく銭でそんな物を買うから身につかないんだよと思ったが、七海は優しい。

「守護神は身を守るためには現れてくれるけど、盗難事件はどうかしら。まあ一応頼んでみるわね」

「有り難う」

「で、何処で盗《と》られたの」

「学内よ。だって、ちょっと見せびらかせたかったのよ」

「そんなことするからよ。で、どんなバッグなの」

猿渡はパンフレットを見せてくれた。

「本物？」

「勿論。ちゃんとしたお店で買ったのよ。鑑定書も付いてるわ。これがそう」

準備がいいねえ。捜してくれると確信してたのかな。

「製造番号も書いてるじゃないの。だったら簡単そうね」

「でも『これ、あなたのバッグ？　ちょっと見せてくれる』って頼めないでしょ。頼んだとしても、もしその人が犯人だったら、第一見せてくれないでしょ」

「それもそうよね」

「それに、この製造番号は作った国と製造年しか書いてないので、ひょっとしたら本物でも二、三個あるかもしれないんですって。だから、番号が同じでも、盗んだ物と断定できないらしいの」

　本物を買う時に、いろいろ説明してもらって勉強したようだ。

「あら、そうなの。じゃあ、嘯《うそぶ》かれたらどうしようもないわね。あなたが何処かに傷をつけたとかだったらいいんだけど」

「大事に扱ってきたから、傷一つ無いわ」

「だったらちょっと無理じゃない」

「そこを何とかお願いできないかしら」

「まあ、お願いだけはしてみるけど、あまり期待しないでね」

「分かった。有り難う。じゃあね」

　人の物を盗むような悪い奴《やつ》を見逃してはいけないという思いはある。就職活動をするではなし、そのための勉強も必要ない。時間は余りある。今のところ、七海にずっとついて回るだけだ。暇つぶしに、やるだけやってみるか。

　そうは決めたものの、さて、どうする。犯人を見つけたとしても「たまたま同じ製造番号だったのよ」と、白を切られればどうしようもない。犯行を認めさせ、自主的に返してもらうしかない。とりあえずは犯人捜しだ。

女子大生が高級バッグを持っていたとしても、殆どは安物の偽物だ。そんなことは周知の事実で、誰もそんなものは狙わない。ということは、彼女の持っている物が本物だと知っている人物になる。まずそこから当たってみることにした。そこで彼女に、本物だと喋った人物の氏名と住所のリストアップをしてもらった。十人程の名前が挙がったが、二次的に知り得た人物を加えるとかなりの数になるだろう。

盗まれた本人がいる学校に持ち込むことはない。家に隠し持ってる筈だ。デートの時に使用するくらいだろう。そう睨んだ。

先ずリストから一人ずつ持ち物検査だ。どうせみんな学校だから、家の中は空っぽの筈だ。午前中に二軒は優に回れる。午後も二軒。鍵など無くても素通りだ。目が見えなくなると困るので、電車での遠出はできない。先ずは学校近くの人物からだ。

翌々日の午前中に運良く見つけた。犯人は緒方倫子《りんこ》。製造番号が一致した。後は彼女から自白させるだけだ。七海との待ち合わせ場所は決まっている。手作り弁当を食べ終わるのを待って報告だ。

「済みません。あなた、緒方さん？」

「そうですけど」

七海よりも少し背が低い。目は切れ長で細面。ポニーテールがよく似合ってる。こんな女性《ひと》が盗みとはちょっと信じられなかった。

「私、四年の江藤と言います。よろしくね」

　少し驚いた様子だ。七海の天使様は有名だ。その彼女からの誘いだ。

「あ、はい。こちらこそ。何かご用ですか」

「ちょっと小耳に挟んだんだけど、あなた、高級バッグを持ってるそうね」

「え。ええ。まあ」ちょっと言い淀んだ。何て返事しようか迷ってるようだ。「でもコピー商品ですよ」

「別に構わないわ。私、採用試験に合格したの。それで自分のお祝いに偽物でいいから買いたいと思ってるの。何処で買ったらいいのか、どんなのがいいかいろいろと教えて欲しいのよ。今度いつか見せてもらえないかしら」

　後ろめたさがあるのか、すぐに返事が返ってこなかった。面識はないが、一応先輩からの頼みだ。彼女も教員を目指しているなら少しでも友情を深めておく必要がある。そうやって派閥の輪が広がっていくのだ。将来、職場で顔を合わせるようになるかもしれない。

「分かりました。今度、持ってきます」

「じゃあ金曜の六時にチロリ庵に持ってきてくれる。奢るから」

　チロリ庵での奢りと聞くとすぐに飛びついてきた。

「はい、分かりました。六時ですね」

後はどうやって白状させ、返させるかだ。私には会話が聞こえない。それで合図を決めることにした。テーブルに両手を少し広げて置いて、人差し指を出す。出した方の側の袖を少しだけ引っ張る。人差し指と中指の二本を出したら、もう少し強く、薬指も付け加えると、かなり強く引っ張ることにした。彼女の視線が両手に向かないようにしなければいけない。あとはもう少し彼女の情報を集めれば準備は終わる。はてさて、上手くいけばいいが。

死語になった華金《はなきん》が、最近、復活している。今日は小雨。

「有り難う。持ってきてくれたのね。さあ、入りましょ」

ここはいろいろと思い出のある場所である。七海は常連客の心算かもしれない。面識があまりないので、その距離を縮める必要がある。先輩と呼んでいるのを変えさせようと思ったようだ。

「私のことを七海って呼んでくれない」

「えっ、七海さんて言うんですか。素敵な名前ですね」

〈ご機嫌伺いなんかしなくていいんだよ〉

「そう。あなたは？」

「私は倫子。みんなからはリンちゃんって呼ばれてるの」

「じゃあ、リンちゃんでいいわね」

「ええ」

先輩だから「ちゃん」呼ばわりしても特に問題はない。二人の共通の話題と言えば、勉学のことか、就職のことだろう。いや、恋人のことかもしれない。小一時間が過ぎた。そろそろ本題だ。

「じゃあ、バッグを見せてくれる？」

「はい、これです」

「リンちゃんは、本物と偽物の見分け方、知ってる？」

「いいえ、これはどうせ偽物ですから」

「そう、知らないの。だったら教えてあげる」大体が、倫子からアドバイスをもらうということだったが、これではあべこべだ。「今度、買うつもりでしょ。だからいろいろ調べたの」

七海はリュックから小冊子を取り出した。ネットで調べて印刷したものだ。プリントの順番にチェック。

「先ずは製造番号ね。あった、あった。これよ。ほら見て」

「あら。これ本物みたいね。じゃあ、次は金具ね」

七海は冊子を見ながら、倫子と一緒にチェックした。全部のチェックが終わるまで、それ程の時間は要しなかった。

「今までチェックした項目を全部クリアしたわ。これってひょっとして本物じゃない？」

「えっ。そうなんですか」

〈白々しい。本物って知ってて盗んだんだろうが〉

「そうみたいね」

ちょっと表情が硬くなっている感じだ。少し間をおいた。

「ところでこの前、これと同じバッグを盗まれた人がいるの」

倫子は黙ったままだ。七海は鑑定書を取り出した。

「これ、その人の鑑定書。ここに製造番号があるでしょ。このバッグと同じよ。不思議ねえ」

「あのう、これ、人から貰ったんです」

「えっ。そうなの。リンちゃんが買ったんじゃないの。あら、そう。誰から貰ったの」

「いえ、貰ったんじゃなく、ある人から買ったんです」

「ああ、やっぱし買ったのね。誰から」

〈ころころ変わってる。白状したも同然だ〉

「それは言えません」

「どうして？　誰か知らないけどその人が盗んだ物よ。リンちゃんはその人を庇《かば》うの？」

倫子は黙ってしまった。そろそろ出番だ。

「ちょっと気まずくなったわね。ゲームでもしない」

「えっ、ゲームですか」

「そう。『天使様が舞い降りた』っていうの。実はね、この部屋には天使様がいるのよ。私が質問するから『はい』か『いいえ』で答えてね。その答えが本当だったら、リンちゃんの右肩、こっちね、嘘だったら左肩に天使が止まるの。でもこの天使はちょっと変わってててね。肩じゃなく、袖を引っ張るのよ」

「へえ。そんなゲームがあるんですか」

七海は両手を広げてテーブルにそれとなく置いた。

「あるのよ。『こっくりさん』より簡単でしょ。じゃあ、質問するね」いきなり本題に入る訳にはいかない。ちょっと考えた。「リンちゃんは男ですか」

「いいえ」

七海は左の人差し指を伸ばした。

ところが私は少し退屈していたので、実はそのサインを見逃していた。

「どう、降りた？」

「いいえ、別に何も」

七海は手を出して指でテーブルをトントン叩いたが、私はそれにも気付かなかった。

音なんか聞こえる訳がない。

「あら、ごめんなさい。まだ降りてきてないみたい。すぐにお祈りをするから、ちょっと待って」

ゆっくりと立ち上がると手を上げたり下げたり、とても変な舞を始めた。部屋中を舞ったので、さすがの私もミスに気付いた。座り直して再開だ。

「さあ、降りてきたかしら。じゃあ、もう一度ね。リンちゃんは男ですか？」

「いいえ」

倫子はちょっと吃驚して、辺りを不思議そうに見回した。

「どう？　降りてきた」

「ええ、降りてきました。こんなことって本当にあるんですね」

「じゃあ次ね。リンちゃんのお父さんの名前は民雄ですか？」

「いいえ」

左の袖を引っ張った。

「えっ、えっ。どうして分かるんですか」

「だから言ったでしょ。天使様がいるのよ」

「そうじゃなくて七海さんが知ってるってことです」

〈五万とある名前の中から正解を口にするとは何たるミスだ。七海に霊力があると思われてしまった。さあ、どうする？〉

「リンちゃんのお母さんは……昌子さんですか」

〈本当は幸恵って教えたから知ってるが、幸恵《さちえ》なのか幸恵《ゆきえ》なのか判らないので別の名前にしたのだろう。と言うより、二人とも正解を出しては拙《まず》い〉

「はい」

私は指示通り、左肩を引っ張った。

「えっ、えっ」

「嘘ね。本当は何て言うの」

「幸恵《さちえ》って言うの」

「あら、そうなの。じゃあ次ね。リンちゃんの家にはペットがいますか」

「はい」

次から次に当たるので気持ちが悪くなったのか、肩の辺りから二の腕までをさすった。

「私にもやらせて」

「リンちゃんの場合、袖を引っ張られるので私にはそれが嘘か本当かが判るけど、私のときは肩に乗るの。だからリンちゃんが見ても嘘か本当か判らないわよ」

「そうなんですね。でも一応やらせて。ゲームなんでしょ。ううんと、七海さんには恋人がいますか」

「はい。あっ今右肩に乗ったわ。見えた？　見えないでしょ。じゃあ私ね。あなたはこの一と月以内に、人に言えないような悪いことをしましたか？」

「いいえ」

〈リンちゃんからあなたに変わったぞ。大丈夫かな？　ま、いっか〉

「嘘ね。何か悪いことをしたと天使様が言ってるわよ。じゃあ、最後ね。あなたは猿渡さんのバッグを盗みましたか」

倫子は急に態度を硬直させた。

「私、気分が悪いので帰ります」

不貞腐れた顔をすると、挨拶もせずに帰って行った。

「見たでしょう。あの慌てぶり。『私がやりました』って白状したも同然ね。月曜に最後の仕上げにかかりましょう」

「どうするの」

「今日のルールと同じでいいでしょ。もう一つ。人差し指を天に突き上げたら、髪の毛を思いっきり引っ張って」

「分かった」

「でも、この次はサインを見落とさないでね」

「ごめん、ごめん」

平謝りしたんだけど、気持ちがどれだけ伝わったものやら。

「美味しい物を目の前にしても、元気さんは食べられないんでしょ。お腹、空いてない？」

「うん。大丈夫。体重も全然減ってないし」

「あらっ。体重が量れるの？」

「ははは、嘘が発露《ばれ》た。体重はゼロ。だから増えることはあっても、減ることはないね」

「そうなんだ。可哀想」

「食べられない分、何処でも無料《ただ》で行けるから、それでチャラさ」

「そうね。だって天使様だもの」

「それも耳が聞こえない、鼻が利かない変なね」

「透明人間みたいに包帯を巻いたり、服を着たりしたら、姿は見えるんじゃないの？」

「服でも眼鏡でも、何でも素通りするから、みな床に落ちてしまうんだ」

「だったら、いつも裸なの？」

「そうみたい」

私の裸姿を想像でもしたのか、ちょっと恥ずかしそうに含み笑いをした。

「私もう少し食べたいんだけど、我慢して待っててくれる」

「いいよ。ごゆっくり」

お喋り無しだから、案外と早く終わった。

一時間ほどで七海の家に着いた。

「元気さん、そこにいるの？」

「いるよ」

「ここでいいわ。今日も有り難う」

「まだ一緒に居たいな」

「いつも家で寝てるんでしょ」

「そうね。でも両親は僕の存在を知らないんだ。だから、本当はどこで寝ても構わないんだよ」

「じゃあ、泊まっていく」

「いいねえ」

「でも寝る場所が無いわよ」

「いや、君のベッドで一緒に寝るよ」

「えっ、一緒に」

「別に構わないだろう。君の上に重なって寝ても、何も感じないさ」

　一度合体したことがあるけど、そのことについては言及しなかった。

「でも、ぎゅっと握られたり、抓まれたりしたら分かるでしょ。やっぱり駄目」

「そっか、そうだね。じゃあ仕方ない。帰るね」

　そう言って、帰宅したことにした。もうずっとここで寝泊まりしているが悟られてはいないようだ。


　倫子は二日間、学校を休んだ。三日目の朝。

「元気さん、そこにいる？」

「いるよ」

「今から倫子さんを捜してくるね」

　七海は倫子を見つけるとベンチに座らせた。倫子は落ち着かない様子だ。

「二日間、学校を休んだみたいね」

「ええ、体調が良くなかったんです」

「そう、それで、今日はもういいの？」

「ええ、何とか」

「早速だけど、金曜の返事を聞きたいの」七海は倫子が犯人だと分かっているし、倫子もそれを察している筈だ。「黙ってても無駄よ。私全部知ってるんだから」

「何を知ってるって言うんですか」

「あなたが猿渡さんのバッグを盗んだってこと」

「私、そんなことしていません、あれは知人から買ったんです。それに製造番号が同じ物は二、三個あるかもしれないって知ってるでしょ。証拠にはなりません」

「そうよね。証拠にはならないかも。でも、あのバッグから、猿渡さんの指紋が出てきたらどうする」

「それは……」倫子は一瞬、言葉に詰まった。「私の知人が盗んだことで、私じゃありません」

「黙って返してくれるなら、このことは無かったことにしてあげるけど」

一瞬、眉毛がピクッと動いた。

「でも、私じゃありませんから」

「素直じゃないわね。仕方ない。今から天使様を呼ぶね」

あの時の恐怖が蘇《よみがえ》ったのだろうか、急にそわそわし始めた。

「あなたの仕業じゃなけりゃ、堂々としていられるわね。逃げないでよ」

七海は変な踊りを始めた。周りの人が見つめていたが、お構いなしだ。

「さあ、天使様が降りたわよ。もう一度、聞くね。あなたがバッグを盗みましたか？」

倫子は口をへの字にして閉じていた。

「そう、答えない心算ね。いいわ、分かった。じゃああなたに天罰を加えてもらうから、覚悟して」

「天罰？」

「天使様、天使様。倫子が素直に認めないので、天罰をお与えください」

そう言って、人差し指を天に突き上げた。

待ってました。私は髪の毛をムンズと摑むと、天まで届けと思いっきり引っ張り上げた。

「痛い。痛い。許してください」

遂に降参した。大声だったので周りのみんなが注目した。

「じゃあ。認めるのね」

「はい、認めます、認めます。どうか天使様、お許しください」

両手をこすって拝んだ。天使様の存在を信じ切っているようだ。数人が集まってきた。

「何でもないの。あっちに行って」みんなが散っていくと続けた。「内緒にしておいてあげるから、明日、必ず持ってきてね」

「はい。はい。分かりました。お天使様にもよろしくお伝えください」

「分かったわ。天使様にもちゃんと言っておくわ。改心したから許してくださいってね。その代わり二度目の時は許さないから。分かった？」

「はい。分かりました。二度としません」

倫子はしっぽを巻いて校舎へ向かった。

「猿渡さぁん。ここよ」

七海は手招きした。

「もうじき来ると思うわ。もうちょっと待ってね」

「誰が？」

「さあ、誰かしら。噂をすれば影だわ」

倫子がお辞儀をしながら近づいてきた。

「お待たせして、ごめんなさい」

猿渡の方を向くと、恥ずかしそうに紙バッグを差し出した。なかには高級バッグと菓子折りが入っていた。

「猿渡さんごめんなさい。どうか許してください」

用件を言ってなかったので中身を見た途端、驚きの表情に変わった。

「あっ。私のバッグ」

「ごめんなさい。本当にごめんなさい」

「こうして謝ってるんだから、許して。お願い」声を細めて耳打ちした。「例の天使様も関わってるから」

猿渡は目を白黒させていた。

「天使様ってあの守護神のこと？」

「そうなの。内密にするからという約束なの」

「そうなの。天使様がね」菓子折り一つで許してもらおうなんて図々しいとでも思っているのだろうか、ちょっと不満顔だった。「それじゃ、仕方ないわね」

「有り難う。お願いね」倫子の方に向き直ると「もう行っていいわ」と許可を出した。

「取り戻してくれて有り難う」

「いいのよ。大したことじゃないわ」

〈何が『大したことじゃない』だ。彼女の家を探して、表札からペットの名前まで

探ったのに〉

「まさか彼女だとは思ってもみなかったわ」

「そんなに親しかったの？」

「ちょっとだけね」

「くれぐれもこの件は内緒にね」

「はい、分かりました。これ、どうぞ」

お礼にもらったばかりの菓子折りをくれた。猿渡が去って行くと、七海は安堵した。

「これで、一件落着ね。上手くいってよかった」

「彼女、本当に大丈夫かな。悪さを繰り返さなければいいんだけど」

「大丈夫よ。女って信じやすいの。天使様の存在をきっと信じてるわ。もっとも本当に、ここにいるんだけどね」

「だといいけど」

「だって彼女は実体験をしてるんだもの。これほど確実なことはないわ」

「そうだね。でも噂が広まるとちょっと困るな」

「もうとっくに広まってるわよ」

「それも、そうだな」

「私ちょっと失敗しちゃった」

「お父さんの名前を言い当てたこと？」

「そう。何とか切り抜けたけど、私に霊能力があると思われなかったかしら」

「あの変な踊りを見れば、ひょっとしたらそう思われたかもね」

「いやぁん」

七海が霊能力者。ちょっといい案かもしれない。両親に僕の霊を降ろしてもらい、徐々に信用させていけば気絶せずにすむかもしれない。いずれは知らせなければならないだろう。その時はよろしく。

六　女子大生バラバラ殺人事件

暦の上では立冬を過ぎたばかりで、構内のポプラは黄葉がかなり散っている。七海は単位さえ落とさなければ教員への道が開けている。

「朝晩はめっきり寒くなったわねえ」

「そう？　寒いの？」

学校のベンチに座って、私は七海と楽しく会話を楽しんでいた。

「元気さん寒くないの？」

「全然」

「だって元気さん、素っ裸なんでしょ」

「そうだけど、何故かいつも快適なんだ。寒風は素通りするだろう」

「だったら暖かい日差しも素通りよねえ」

「そうだね」

「それって、不思議ね」

「そもそも、透明っていうのが不思議なんだよ。食べもしなければ、飲みもしないだろう。それでも全く普段と変わらず元気なんだ」

そんな話をしているところへ美香がやってきた。

「一人で何してるんですか?」

「手話の練習をしているの」

「へえ。手話。凄いわね」

別に凄くはない。必須アイテムなのだ。

「何か用?」

「ちょっと聞いて欲しいことがあるの。平田教授にセクハラされてた荻田《おぎた》さんのこと、覚えてる?」

「ええ、もちろん覚えてるわよ。そんな事実はないって否定した人でしょ。それがどうかしたの」

「今、パパ活やってるらしいの。ところがそのパパがお金を全然払ってくれないって愚痴《ぼや》いてるんです」

「へえ、変な男に捕まったのね」

「何とかならない？　って相談されたの」

「そんなことするからよ。これを機に止めればいいじゃない」

「私もそう言ったら、裸の写真をばらまくぞって脅されたらしいんです」

「よくあなたにそんなこと話したわねえ。ふつう秘密にしておくんじゃない」

「天使様の存在をどこからか嗅ぎつけてきたみたいなの。それで貴女から、天使様に頼んでもらえないかって言うのよ」

「だったら直接私に頼めばいいのに」

「先輩はちょっと近寄りがたいんですって」

「そう？　そんなことないでしょ」

「私もそう言ったんだけど。話だけでも聞いてもらえないかしら」

「そうね。どうせ暇だし、話だけでも聞いてみようかしら」

「有り難う、すぐに連絡するね」

すたすたと美香は戻っていった。

昼休み。目が少し切れ上がっているが、小柄で可愛い女の子が近づいてきた。もっとも私にとってはみんな可愛く見える。モノトーンだと尚更かもしれない。七海は特に可愛いけどね。

「お久しぶりです」

そう言って軽く会釈をした。

「荻田さん、どうぞ」

私が座っている席を勧めた。

自称三十五歳。名前は大瀬康一。何でも昔かなり人気だった俳優と同姓同名だそうだ。身長は一六五センチくらいでちょっと細め。顔も少し痩せていて、七三のオールバック。神経質そうな感じがするが、細身の眼鏡がそれに追い打ちをかけている。SNSのサイトで知り合ったそうだ。待ち合わせの場所を指示され、そこへ行くだけだから、彼の住所は分からない。金銭の打ち合わせをするが、初めはその半額だけ払って、残りはこの次に渡すと言われた。二回目は裸の写真を撮られ、お金はこの次にまとめて倍払うと約束した。しかし三回目はお金を払わず、次回の日時を指定された。断ると、裸の写真をばらまくと脅された。これではいつまでたっても縁が切れず、かといってお金も払ってもらえない。最悪の状態だと訴えた。

そこで、いつものように指示を出した。

当日、私は約束の時間に彼女と一緒に行った。危なくなると、指示通り人差し指を天に突き上げたので、ホテル専用のマッチを投げつけた。

大瀬は辺りを見回したが、何もないと分かるとまた淫《みだ》らな行動に出ようとした。今度はティッシュを箱ごと投げた。荻田は箱が空中に浮いているのを目にした。

変態男の考えることはみな同じだ。今度は彼女の両手を押さえて後ろから抱きついた。彼女は必死で肘を曲げ指を上に向けた。もう準備はできている。ホテルの案内書だ。投げようとすると、大瀬はくるっと向きを変えた。

〈おっと、敵も然《さ》るものだ〉

彼女に当たる寸前で何とか止めた。大瀬は宙に浮いている案内書を凝視していた。私は横に移動し後頭部を狙った。すると両手をぱっと離し、慌てて服を着た。バッグを手にし外に出ようとしたので、ドアの前で案内書を持ったまま待った。大瀬は立ち止まりバッグからありったけのお金を床にばらまいた。

〈今日のところはこれで許してやろう〉

私は案内書を床に落とした。すると急いでドアを開け出て行った。

今までに約束した金額を満たしているかどうかは分からないが、手持ちの全額だから仕方ない。彼女は放っておいて大丈夫だろう。私は大瀬の後を追った。

外へ出るとタクシーを拾って自宅へ帰っていった。もちろん私も同乗した。タクシーが出発した途端、あることを思い出した。そう、目が見えなくなる現象だ。そうなったらどうしようかと少し不安になった。

信号停車したときに降りて、目が見えるようになるまで反対方向に歩くか。しかし、それだと仮に目が見えるようになったとしても帰りの足がない。人に道を尋ねられないのではどうしようもない。目が見えるようになるまで気長にずっと乗っておくしかないのか。

そんなことを考えていると止まった。大瀬は運転手に何やら話して降りた。私も続いて降りた。目が見えるうちに降りられたのでホッとした。彼は二階建て安アパートの二階の端の部屋に入りすぐに出てきた。タクシー代を払うとまた端の部屋に行った。ここが彼の住処《すみか》だ。

〈こいつも端の部屋か。変態男は、どこか共通点でもあるのかな。そっか。端だと、隣は一軒だが、そうでなければ両隣になる。二方向に気を配る必要がある。そういうことか。それとも、たまたまそうなっただけの話か。ま、どうでもいいや〉

一緒に部屋の中まで勝手に入り込んだ。眼鏡を外して机の上に置いた。ちょっとチンピラ風に見え、随分印象が変わるなと思った。テレビのスイッチを入れると一升瓶とつまみを炬燵《こたつ》台に載せ、コップを取り出し飲み始めた。一口飲むとテレビのスイッチを消し、机の引き出しから写真を二十枚程鷲づかみにして取り出し、台に置いた。

きれいに並べ直すと一枚目に荻田の顔写真があった。二枚目、三枚目、四枚目と荻田の裸の写真が続いた。テーブルの上に並べ、それらを見ながらまた一口呷《あお》った。次の写真には何と美香の顔があった。それを見ながらまた一口含んだ。スマホを取り出すとスイッチを入れた。親指操作は慣れた手つきだ。彼女の写真をすぐに探し出した。更に操作が続いたがそこでストップ。有料の会員制のサイトだ。男性料金が高いかどうかはその人の判断次第だ。真剣に考えている人ならいざ知らず、冷やかしの人には高すぎるのだろうか。私には判断しかねたが、彼はどうやら諦めたようだ。スマホのスイッチを切るとまた写真に見入った。つまみを食べては酒を口にする。過去の獲物でも思い出しているのか、それとも未来の獲物を物色しているのか。

全部見終わると机に戻した。引き出しにはまだまだ沢山の写真が立てて並べられていた。優に百枚以上はある。コップが空になると電気を消し、万年床に潜り込んだ。電気が点いてなくてもよく見える。しかし引き出しを開けて荻田の写真を持ち帰ることは難しい。帰りのバスの時間も気にかかる。今日は引き上げることにした。

ここは一体何処だろう。近くの家の表札下に住所が記載されていた。町名だけは聞いたことがある。場所は分かったが、大通りに出るまでが大変だった。バス路線になっているかどうかも分からない。とにかく道路沿いに歩くことにした。五分程で運良くバス停を見つけた。時刻表を見ると反対方向だ。斜め向かいのバス停に行くと駅行きがある。これで何とか帰れると思うとホッとした。

翌日の九時には大瀬の部屋に着いた。仕事をしてないのか、部屋にいた。引き出しから写真を取り出し、次の獲物を探しているようだ。大きく溜息をつくと時計を見た。服を着ると彼は出かけた。仕事ではないようだ。

〈さて、どうしたものか。彼をつけるか、それとも室内を物色するか〉

昨晩の感じだと次の獲物は未だ決めてないようだ。物色する方を選んだ。取っ手の付いた机の引き出しは何とか開けることができた。立てて並んでいる写真を取り出すのが難しく、どうも上手くいかない。箸か鉛筆のような物で抓む必要がある。流しに箸があったので試してみたがなかなか難しい。仕方がない。彼の後を追いかけよう。そう思って外に出たが、姿は見当たらなかった。バス停に着くと、男は居た。しめたと思ったのも束の間すぐにバスが来て、出発した。残念。乗り遅れだ。七海と相談せよということだろう。

大学のいつものベンチに行くと、七海は荻田と話していた。

「昨日はどうだった。上手くいった？」

「天使様って本当にいるのね。わたし吃驚しちゃった」

「でもこのことは絶対内緒にしてね」

「するする。約束する。有り難う。天使様にもそう伝えて」

「分かったわ。伝えておくね」

「今もここに居るの?」

「今はいないの。変態男の部屋を物色している頃よ。だって、あなたの写真を取り戻さなくっちゃならないでしょ」

「写真も探してくれるの。大助かりよ。見つけたらすぐに処分して」

「分かった」

「じゃあ、お願い」

荻田が離れていくと、袖を引っ張った。

「あら、変態男の所じゃなかったの?」

昨晩と今朝の様子を教える。

「ピンセットはどう?」

さすがは七海。いいとこに気がつくね。写真を取り出すのに使えそうだ。いろんな棚を開けるのにも好都合だ。持ち運びも便利だ。

夕方、三本の指で抓めるピンセットを二本買ってもらった。一番小さい物《やつ》で手に馴染む。宮本武蔵ではないが、二刀流でどうだ。

翌日は七海も同伴で出かけた。もちろん大瀬の家だ。授業が終わってから行く心算だったが、たまたま午後の授業が休講になったので丁度良かった。

七海にはアパート二階の踊り場で待ってもらった。戸口近くだと怪しまれるからだ。私は何の躊躇いもなく家の中へ入った。大瀬がいた。ワイドショーを見ている。出かけるのを待つしかない。幸いなことに、それ程待たずに外出してくれた。ドアの内側はサムターン式の鍵だ。両端を捻るようにすることはできないが、両手で両片方ずつ抓んで力を入れれば何とか開けることができた。七海の所へ戻り、ピンセットを受け取るともう一度部屋へ行き、元通り中から鍵をかけた。七海を家の中に入れる訳にはいかない。空き巣の仲間にしてはいけない。もしも途中で大瀬が帰ってきた時は、ドアを叩いて知らせてもらおうと思ったが、残念ながら音が聞こえないのでその方法は使えない。その時はその時だ。

机の引き出しを開けると両手に一本ずつピンセットを持ち、写真を取り出した。かなりの枚数がある。順番に畳の上に並べた。美香の写真がある。荻田の裸の写真もある。こんな写真は自分で印刷するしかない。パソコンを使ったのだろう。机の横にはパソコンラックがあり、プリンターもある。これで印刷したに違いない。

ひょっとすると七海の写真があるかもしれないと思うと、急いで全部の写真を並べることにした。それはなかったが、一番奥の方からちょっと異様な写真が出てきた。

首から上で血だらけだ。首を絞めたような跡も残っている。とてもリアルだ。二十歳《はたち》前後だろうか。次は同じ頭の、角度を変えた写真だ。首から下の裸体の写真。腕だけや足だけの写真。次々に出てくる。それらを一カ所に集めて撮ったものもある。どうやら山林のようだ。血糊《ちのり》もあちこちに写っている。とてもマネキンとは思えない。その中から片腕だけの写真五、六枚のうち一枚を拝借することにし、残りはさっさと順番通りに元に戻した。この一枚だったら、無くなったとしても大瀬は気付かないだろうと思った。

鍵を開けて外に出る。ピンセットで写真を挟み、人目に付かないように床すれすれに引きずるようにして七海の元へ行った。途中でそれに気付いたのか、七海は駆け寄ってきた。急いでピンセットと写真をバッグの中に仕舞い込むと踊り場へ戻り、何食わぬ顔をした。私はもう一度部屋へ戻り、中から鍵を掛けて通り抜け、出てきた。

七海はリュックにすぐ入れたので、どんな写真か見てないようだ。七海の家に行く。

「荻田さんの写真あった？」

「あったけど、それどころじゃない。この写真を見て」

七海は片腕だけの写真を見た。

「これがどうかしたの？」

七海はマネキンか悪戯《いたずら》写真とでも思ったようだ。当然の反応だ。私は他の写真についても語ると、やっと本物の人間の一部だと理解してくれた。さて、どうしたものか。とりあえずは警察に連絡だ。だが、どうする。「部屋から盗みました」とは言えない。匿名で出すしかない。

正確な場所を地図で調べた。写真の裏に住所と氏名を書いてもらい、最後に七海の指紋を拭いてもらった。アパートの名前までは分からない。部屋番号も確認し忘れた。しかし、番地まで分かれば十分だろう。七海に手袋をさせ、ティッシュに包んで持たせた。

自分が何か悪いことをしたかのように胸が高鳴るのを覚えながら、交番へ向かった。確かに写真を盗んだのだから、悪いことには違いない。

交番は開いていたが誰もいない。奥にいるかもしれないが、それはここからでは判らない。七海に持って行かせることはできない。ほんの二、三メートルだが、奥から巡査が姿を現すかもしれないからだ。人通りがないことを確かめると、七海にリュックを開けさせ写真を取り出してもらった。今度は指で抓める。机の上に置き、風で飛ばないようにボールペンを乗せた。七海はそのまま家に帰らせ、私は事の成り行きを見守った。

暫くすると、奥から巡査が二人出てきた。以前お世話になった人たちだ。すぐに包みに気づき、上司が広げて中を確認した。すると電話をかけ、受話器を置くと若い巡査を残し、写真を持ってパトカーに乗った。私も遅れじと乗り込んだ。着いた先は警察署だ。入り口に指名手配のポスターが貼られていた。その中に大瀬康一に似た写真があった。近づいてよく見ると全く違っていた。身長、年齢は大体合っているが、顔つきが違う。大瀬は顔が少し細いが、写真は丸々としている。ボサボサ髪で眼鏡は掛けていない。こめかみの所に小さな黒子があり、名前も小寺順一と違っている。どうして似ていると思ったのか不思議だ。

ちょっと注意を逸らしている間に巡査を見失った。署内に入るのは初めてだ。この際とばかり、探検をした。あちこち見学していると、例の巡査と出会った。用事が済んだのだろう。付いていく。案の定、パトカーに乗り込んだので、同乗して帰った。

あの写真はどうなったのだろう。悪戯だと無視されたのかもしれないと思った。七海と相談の結果、気付かれても仕方がないから、もっと決定的な写真を盗み取ることにした。

土曜日。同じ方法で、明らかに殺人だと判る写真を二枚と顔がよく判る物を一枚持ち帰った。その途中で、大瀬と出会ったが、七海は素知らぬ顔で擦れ違った。その時、こめかみの所に黒子を見つけた。ひょっとしてと思い、交番に寄ってもらい、指名手配の小寺の写真を撮るように頼んだ。すると、

「この人大瀬にそっくり」

という反応。いつも見慣れているので気付かなかったようだ。七海は眼鏡のない小太りな小寺の写真から即断した。私にはどうしても別人にしか見えない。黒子が同じ位置にあるからという判断でどうにかこうにか納得させたが、どうも感性が全く違う。それがまた良いところだ。私は私なりに確認をする。七海の家に戻ると、画像処理。少し痩せ形にし、眼鏡を追加する。間違いなく大瀬だ。小寺と大瀬の写真に、盗んできた三枚の写真を加え、住所など簡単な説明文をプリントアウトした。差出人をどうするか。無記名でも良かったが、相談の結果〈天使より〉とした。出来上がると交番へ同様の手口で置いてきた。

日曜の早朝。私たちは大瀬のアパート前で待っていた。警察は果たして動くだろうか気になった。

九時前。パトカーが三台と覆面パトだろうか、黒いセダンが一台やってきた。そこから懐かしい顔の人が降りてきた。ミステリークラブでお世話になった原警部だ。捜査の邪魔にならないように近づいた。

警察官や刑事らしき人数名が周りを取り囲むと、ドアをノックした。眼鏡を掛けていない大瀬が出てきた。この前も帰宅するなり眼鏡を外した。ひょっとすると伊達眼鏡なのかと思った。大瀬は刑事の質問に素直に答えていた。パパ活の件とでも思って高を括っているのだろう。七年前の写真を見せられると急に表情を変えた。それでも逃げ出すようなことはせず、項垂《うなだ》れると従順《おとな》しくパトカーに乗った。それと同時に家宅捜査が始まった。
原は大瀬の方には目もくれず、周りに注意を向けた。
「あっ、いたいた。やはり君か」
写真を受け取ったのは原だった。差出人から容易に七海だと気付いたそうだ。指名手配されているので逮捕は当然だが、写真の方が気になり、すぐに家出人の捜索願や失踪事件等と照合したそうだ。そして、七年前に山中で発見された、当時十九歳の女子大生だと判明。
「またまた表彰だね。ところで天使って一体誰なんだい？」
七海は少し考えて、手話で連絡した。
[貴男《あなた》の事を教えてもいいわよね]
モールス信号で、
[了解]
話を聞いた原は、とても信じられないという顔つきだ。
[ここに居る事を教えてあげて]
[了解]
原の袖を引っ張った。七海の話を信じない訳にはいかない。それに袖を引っ張られ

たという事実。疑いようがない。

「じゃあ、四月の中頃だったかな。痴漢逮捕の時も元気君との共同作戦？」

「知ってたんですか」

「勿論。だからポスターも急いで作らせたよ」

「お役所仕事にしては随分速いなと思ってたんですが、そういう事だったんですね」

「本当は表彰式に出席させてもらう予定だったんだが、ちょっと急用が出来て行けなかったんだ。今回、天使からの情報ということで、七海さんに違いないと確信したんだ。そこで天使の特定を買って出たんだが、幽霊のような元気君だったとは。さて、どうしたもんだろう。こんな荒唐無稽な話を誰が信じる？」

「前回は、私が痴漢の自転車を倒して、馬乗りになったところを手助けしてもらったことになっていますが、今回は違いますからね」

天使を七海にする事も考えたが、写真の入手方法を問われると困るので、いろいろと相談の結果、不明で何とか処理をすることになった。

事件当時、遺体の処理状況から判断して、恨みを持っている人物だと断定し、大々的に捜査をしていた。死体を遺棄した近くの不審車両はもちろん、交友関係も徹底的に調べたが結局は行き詰まりになった。そこへ降って湧いたような写真が届けられた。急転直下の逮捕劇。警察は経緯を説明しなければならない。発表によると、捜査方針を変え、性犯罪者を中心に徹底的に洗い直し、大瀬に辿り着いたことになっていた。原警部のゴリ押しが効いたのだろう。

数日後。

「この前、荻田さんが事情聴取を受けたって言ってたわ。リストが見つかって、そこに氏名と住所が書かれていたんですって。天使様は、今回は手助けしてくれなかったって呟《ぼや》いてたわ」

荻田さんの写真をどうしようかと迷ったが、何もしなかった。警察に押収されれば、少なくとも写真が拡散することはない。それに事件が事件だ。証拠の隠滅は避けたかった。

「七年前は性犯罪が目的だったけど、方針を変えたみたいだね。女子大生とは楽しめるし、金蔓《かねづる》にもなるから一石二鳥だ。味を占めたら止められないだろうね」

「だったら元気さんもやってみたら」

「バカなこと言うなよ。僕の理解者は君だけなんだから」

「そんなことないわ。猿渡さんだって、美香だっているじゃない」

「でも、君が一番さ」

「有り難う。ところで死体遺棄の現場へ花でも手向けに行かない？」

「そうだね。そうしようか」

「じゃあ、今から行く?」

「まだ時間は十分あるから、そうしようか」

花を買って電車に乗った。この前とは反対方向だ。

「また目が見えなくなるといけないから、袖をずっと摑んでるね」

〈本当は手を繋ぎたいんだけどな〉

「いいわよ。階段になったら教えてあげるから」

案の定、途中から目が見えなくなった。ゆっくりゆっくり、彼女の袖に引かれて、何とか目的を達した。帰りの電車の中でまた目が見え始めた。

「今日も送ってくれて有り難う。天使さん」

「それはこっちの台詞だよ。七海が居ないと、どうなってたことか。いつも天使扱いされてるけど、七海こそ僕にとっての天使様々だよ」

「そう。じゃあ、今から元気さんの天使になってあげるわよ。何かして欲しいことない?」

充分満ち足りている。欲しい物も特にない。強いて挙げるなら、僕のパソコンをこの部屋に持ってきてもらうことくらいだが、それでは簡単すぎる。形見分けだと言って貰ってくれれば済むことだ。ん。そうだ。

「じゃあ、今晩からここで寝泊まりしていい?」

「今晩から？」

「そう」

「それはないでしょう」

「やっぱし駄目か」

そう思っていると意外な返事が返ってきた。

「もうずっと前から、ここで寝泊まりしてたでしょ。何を今更」

「えっ、知ってたの」

「とっくにバレバレよ」

「ご免」

素直に謝った。

「今まで何処で寝てたの？　私のベッド？」

それは強く否定した。

「信じてあげる。でも、床だと痛くない？」

特に痛いとは思わないが、やはりベッドの方が良い。そうかと言って、七海と一緒のベッドだと気恥ずかしくてとても出来ない。

「ベッドを買うと両親に怪しまれるから、ヨガマットで我慢してくれる？」

それがどのくらい柔らかいのかは判らないが、無いよりかはマシだろうと思った。

それにしても女性の感性というか七海の感覚というか、やはり僕とは大違いだ。

七　不可解な医療事故

十二月に入ると寒さも増してくる。しかし私には無関係だ。

「ごめんね、呼び出して」

「どうしたの」

「実は父が心臓の手術をすることになったので、明日その説明を聞きに行くの」

七海を呼び出したのは美香だった。一週間後に手術をする予定だけれど、厭な噂を耳にしたと言う。彼女の話によるとこうだ。

執刀する先生の患者さんが二人続けて術後に死亡した。二件とも手術に問題はなく、原因もはっきりしているが、二度あることは三度あるという。不安で不安で仕方がない。それで調べてもらえないかと言う。

「天使様にお願いしてみて」

「天使様は病気の知識なんて無いわよ」

「そんなこと言わないで。ね、お願い。聞くだけ聞いてみて」

「聞いてみるだけよ。たぶん駄目だと思うけど」
「有り難う。お願いね」
喫茶店を出ると二人は別れ、私は七海と一緒に家に戻った。
［明日、説明を聞きに行くんだったら、その時、二件の死亡原因についても尋ねてみれば。それで納得のいく説明が得られれば安心じゃない］
［そうよね。わたし電話してみる］
［ついでに病院名と日時を聞いてくれる］
［分かった］
彼女は携帯を取り出すと、電話した。〈四方山話はいいから用件が終わったらさっさと切れよ〉そう言いたくなる。
翌日、私は時間に合わせて行った。大学病院の中央診療棟で、私が目覚めた所だ。何となく懐かしい感じがする。
美香と両親がやって来た。案内で来意を告げると診察室前の椅子に座って待った。医師の名前は速見翔太。心臓外科医だ。予約をしているのでそれ程待たされることもなく名前を呼ばれた。眼鏡を掛けた優しそうなドクターだ。紙に絵を描いて説明したり文書を提示したりしていた。そのうち、パソコンを操作し始めた。私は医師の後ろに回り、画面を見た。名前は宮崎ではない。きっと死亡した患者の説明をしているのだろう。氏名、生年月日、術日、死亡日時、原因等が記入されている。心不全で夜中の十時に死亡だ。説明が終わると、もう一人の患者さんのデータを呼び出した。その人も心不全で夜中の十一時に死亡。死亡事故の説明が終わったようだ。宮崎の画面に戻し、更に説明を続けた。横にいる看護師も声を掛けていた。少しは安心したようだ。同意書にサインをし、印を押した。

別れを告げて三人が帰ると、速見は出て行った。向かった先は生態科学研究所。こんな研究所があるとは全く知らなかった。医大の一組織だ。大学本館があり、病院もある。研究所があっても当然だ。

四階へ上がるとすぐに『関係者以外立入禁止』の立て札が目に入った。入り口にはカードリーダーがある。セキュリティーが厳しい。カードを差し込むとドアが開く。左端の部屋に入っていった。速見研究室の名札がかかっている。コーヒーを飲み、雑誌に目を通し、比較的のんびりと過ごしていた。お昼までまだ時間があるが、もう診察はしないようだ。

十二時になると食堂へ行く。友人だろうか二人向かい合わせで食べていた。同じ様な白衣を着ているのでやはりドクターだろう。色はやや黒く少し厳つい顔だ。食事が済むと二人は一緒に研究所へ向かった。速見は四階で降りたが、もう一人は五階へ行った。

一時前、何やら準備をして出かけた。今度は本館だ。医学生対象の講義だった。案外、実力のある医師のようだ。それが終わるとまた研究所へ。タバコを吸ったり洋書を読んだり、比較的のんびりと過ごしていた。小一時間経つと、白衣を着た女性がやって来た。楽しそうに会話をした後、二人で隣の部屋へと行った。そこには三人程が忙しそうに立ち回っていた。研究所だから、何かの研究をしているのだろう。五時前には片付けを始め、研究員らしき人は出て行った。速見も五時には帰途に就いた。自家用車だ。また目が見えなくなるのではと思うと乗るのが恐い。今日はここまでだ。

七海の家に戻ると、亡くなった患者さんのデータを忘れないうちにパソコンに打ち込んだ。

［二人とも夜中に亡くなってるのね］

［それも二人とも心不全。ちょっと不思議《おかし》くない］

［もし、これが事故でなく他殺だとすればどんなことが考えられる？］

これは以前、七海と一緒にクラブでやっていた方法だ。あくまでもゲームだが、実際に事件の解決に繋がったことがある。今回もその方法でとりあえず取り組んでみることにした。

では二人の連続殺人だとして、犯人像はどうなる？　亡くなった二人はお互いを知らないだろうから、共通の怨恨や女性問題の事件とは考えにくい。二人が死んで得をする人間と考えるのが普通だ。となると、速見医師の地位を貶《おと》めて得をする人間ということになる。明日、七海にその辺の情報を集めてもらうことにし、それから策を考えることにした。

［ところで七海さんはどうやって情報を得るつもり？］
［そうなのよね。何ぼ何でも速見先生に直接訊く訳にはいかないでしょう］
［看護師に訊いたらどう？］
［看護師って言ったたって相当な数よ］
［今日の説明会の時に、速見先生の横にいた看護師はどう？］
［そんな人がいたの。じゃあその人から当たってみようかしら］
［そうしたら］

翌金曜日。七海には学校を休んでもらった。単位さえ落とさなければいいと気楽なもんだ。

二人で病院へ出向く。速見の午前中は診察室。特に問題はない。終わると研究所へ戻る。昨日と同様の半日だった。

昼休み。七海と病院の食堂に行った。速見は昨日と同じ人と食事をしていた。診察室で速見の横にいた看護師がいた。私は袖を引っ張って、彼女が座っているテーブルの場所を教えた。そこには三人の看護師が注文を終わってお喋りをしていた。七海は近寄ると声を掛けた。

「済みません。ここ宜しいですか」

この食堂は職員だけでなく、一般の人も食べられる。

「ええ、どうぞ」

七海は四方山話から、巧みに速見の話題へと話を持っていった。バラバラの定食が四人分運ばれてきた。食べながら話を続ける。死亡事故のことも聞き出し、もし、速見医師が失職した場合に誰が得をするのかを聞き出そうとした。互いに初対面である。警戒をするから、簡単には教えてくれないだろう。食べ終わるとコーヒーが出てきた。後からパフェも出てきた。

〈よく食べるなあ〉

看護師という仕事は、それだけ体力を必要とするのだろう。

食事が終わり三人が出て行くと、我々は人目のつかないベンチに座った。

[速見先生の自宅、分かった?]

[詳しい所までは分からなかったけど、家庭がどうのこうのって話は別段なかったわよ]

[じゃあたぶん昨日は、自宅へさっさと帰ったってところかな。速見先生が失脚して

得をする人の方は？」

「パフェを奢るからって言ったらすぐに教えてくれたわ」

「ああ、あのパフェは君の奢りだったんだ」

それ程の秘密事項ではなく年功序列で位が上がるそうだ。速見は現在、学部長を務めている。彼が失脚すれば、次に誰がなるかは決まっているも同然と言う。三人の名前が挙がった。第一候補から第三候補まで、序列は既に決まっている。夕方までは三人の評判を聞きまくった。三人とも評判はいい。

「何だか、この調査は無駄骨に終わりそうだな」

「そんな感じね」

「でもまあ仕方ないから、とりあえず今日は第一候補の矢島先生に張り付いてみるよ。七海さんはもう帰っていいよ。十一時を過ぎたら先に寝ててね」

今では毎日七海の部屋で寝泊まりしている。大体十一時頃までは本を読んだりテレビを見たりしている。テレビは私のために字幕付きの映画が多い。最近はニュースでも字幕がついている場合があるので随分助かっている。

「行動可能範囲を超えないように気をつけてね」

「分かった。範囲を超えそうな時は、その手前で必ず打ち切るよ」

と言っても、電車なら降りる場所は判るが自家用車ならそれも難しい。なるようになれだ。

夕方五時半頃、矢島先生が着替えを済ませて帰り支度を始めた。四十そこそこという話だが、年の割には若く見える。なかなかのハンサムだ。私には負けるが。〈それは関係ないか〉

駐車場とは反対方向に歩いている。自家用車を持っていないのかな。

電車に乗り、降りた所は中心街から二つ手前の駅だった。そこへ一人の女性が近づいてきた。ヘアーバンドで髪を後ろにまとめ、澄ました顔が魅力的だ。特に会話を交わすでもなく、彼女は矢島の後ろ一メートルを、つかず離れず歩いていた。繁華街へ行くと二人、レストランで向かい合って食事。アルコールも口にした。

〈それで電車だったんだ〉

食事が終わると、駅へと戻っていく。そのまま帰るのかと思いきや、駅を通り越し、薄暗い方へと足を伸ばした。行き着いた所はラヴホテルだった。相手は誰だろう。奥様なら特に問題はない。たまには雰囲気を変えて利用することも考えられる。しかし、普通は不倫を疑うだろう。ひょっとして独身かもしれない。そこは調べる必要がありそうだ。

シャワーを浴びるとベッドイン。私はその部屋を出た。〈嘘だろう〉って声が聞こえてきそうだが、そこは読者の想像にお任せします。

一時間程して二人が出てきた。楽しそうに話している。ホテルを出ると二人はまた一メートル程の間隔をとって歩いた。駅へと向かい、挨拶もなく別れた。少なくとも奥様ではなさそうだ。

更に彼の後を追った。しかし、またもや私の行動半径を超えそうなので、そこから引き返すことにした。

七海の家に戻ると、何はさておき報告だ。

「矢島先生が結婚していれば不倫だね」

「そうとも限らないわよ。結婚していても、離婚話が進んでいれば話は別じゃない？」

「あっ、そうか。そういうこともあるか」

「で、相手は誰なの？」

「そこまでは分かりましぇーん」ちょっとおどけてみせた。「明日《あした》はどうしようか。少し気になるので、相手の女性を尾行してみたいんだけど」

「二日も続けてホテルへ行く？」

「そっか。それもそうだな。じゃあ予定通り第二候補の尾行にしよう」

そんな話で捜査に関しては終わった。

矢島先生は既婚者。奥様とのトラブルは噂になっていない。ということはやはり浮気だろう。相手が誰か気になる。

昼食時、何と食堂で例の不倫相手を見つけた。ここの看護師だった。私は七海にモールス信号で知らせた。奥から二番目。窓側から二列目。こっち向きの看護師だと。まさか同じ病院内にいるとは思っていなかったが、考えてみるに、当然予想しなければいけなかった。つかつかと彼女の前へ行き名札を確認すると、思った通り名字が違う。疑問の一つは解消だ。

今日は第二候補の尾行と決めている。本日、彼は夜勤で大忙し。急性期病院の大変さが分かった一日だった。尤も私は途中で帰ったので、その後は知らないが。

翌日の第三候補は自宅で論文を書いているようだ。

〈こんな真面目なドクターもいるんだ。盗作は無しでお願いしたい〉

七海の調査によると、例の看護師は既婚者とのこと。いわゆるW不倫というやつだ。不倫が気になるが、プライベートだ。探偵社じゃないので、調査はこれで打ち切り。数日、昼寝をして、夜に備える練習をした。七海とすれ違いで少し淋しい。

いよいよ手術の日。宮崎母子《おやこ》がやって来た。手術は夕方、無事に終わった。父親が連れて行かれたのは東病棟三階の病室で、四床満床だ。

問題はこれからだ。今までの事故は三日後と四日後に起こっている。しかし、事故はいつ起こるか分からない。今晩かもしれない。ナースコールは握るだけで呼び出せるタイプというので私にはぴったりだ。

いよいよ寝ずの番、開始。幸いその夜は何事も起きなかった。

昼間は母親が時々様子を見に来ることになっている。人目も多いので、病状が急変してもすぐに対応できる。二日目も何事もなく過ぎた。

三日目の夕方。今のところ順調だ。看護師も巡回するだけで特に問題は無い。

四日目の夜。看護師がカーテンを開けて入ってきた。何と矢島と不倫関係の看護師だった。この病棟とは関係がない。しかも注射器を持っている。この三日間、そんなことは一度もなかった。病状も今までと何ら変わりないから、ちょっと変だなと思った。点滴のボトルに手を出したので慌てて服の裾を引っ張った。彼女は「キャッ」と叫ぶと口を押さえて辺りを警戒するように見回した。誰も居ないのを確認すると、またボトルに手を出そうとした。今度はもう少し引っ張った。彼女は危うく倒れそうになった。辺りを見回すが、何も見つかる筈はない。気味悪そうに辺りを窺い、誰もいないことを確認すると、何もせずにそっと部屋から出て行った。

翌朝一番、七海に報告した。ボトルの交換なら話は解るが、注射器だ。変に決まってる。彼女一人の仕業か。それとも矢島の指示か。先ずは彼女を問い詰める必要がある。とりあえず速見に昨晩の様子を知らせることにした。しかし、どうする。七海が見たことにするのか。それは問題だ。何の用があってこんな時間に来たのか説明が必要だ。たまたま、美香のお父さんが起きて、顔を見たことにするか。それを美香に話す。では、どうやって看護師を特定させるのか。写真を見せて、この人に間違いないということにしなければいけない。そこで、この病院のサイトを開く。

「あった。あった。このページに載っているよ」

「これを見せて、確認したことにすればいいよね」

「そうしよう。では今から美香と相談だ」

四時半過ぎ。七海はノートパソコンを持参して、美香と病院へ。研究室へ行くと、速見先生は学生と話をしている。学生が帰るのを見計らって、入れ替わりで入室する。そして昨晩の出来事を説明した。

「この看護師がそんなことをしたと言うのかね」

「父の話によればそういうことです。事実関係を確かめていただきたいんですが」

「分かった。ではそうしよう。名前は分かるかね」

七海が名前を告げると、速見は電話を入れた。暫くして当の看護師がやってきた。

速見は椅子に座りドンと構えた。

「速見先生。何のご用でしょうか？」

「まあ、掛けたまえ」

七海と美香は速見の両横に座った。

「この方たちは？」

「私の優秀な学生だ。心配しなくていい」

〈上手いねぇ〉

「分かりました」

「ところで君は昨晩、東病棟に行ったかね」

「いいえ」

七海が人差し指をそっと伸ばしたので彼女の服を引っ張った。彼女は「キャッ」と叫び後ろを振り向くと、七海がすかさず口を挟んだ。

「皆さん信じないかもしれませんが、ここには天使様がいらっしゃいまして、嘘をつくと悪戯《いたずら》をするんです」

二人は少し不思議な顔をしたが、先に進んだ。

「いいえ、嘘じゃありません。そんなとこ行ってません」

今度は中指も伸ばした。少しだけ強く引っ張る。

「キャッ」

「また嘘をつきましたね。天使様はあまり我慢強くありませんから」

七海はそう言うと質問を繰り返すように手で促した。速見医師は何が起こっているのか見当もつかないようで、キョトンとしていた。

「ではもう一度訊きます。君は昨晩東病棟に行ったかね」

「何度も同じことを訊かないでください。行ってません」

語気を荒げて言った。指を三本伸ばした。さすがに今度は叫び声を上げなかった。しかし、お尻の辺りがビクッとしたので、速見にも異常事態が見抜けただろう。

「貴女、何かしてない」

看護師が七海に向かって言ったが、両手を広げて否定した。

「あなたは天使様の存在を信じないようですね」

「そんなことはどうでもいい。こちらのお父さんが、君が昨日の夜、注射器を持って現れたと言うんだよ」

「そんなことありません」

またまた引っ張る。

「ごそごそせんでよろしい。執念深《しつこ》いようだけど、もう一度訊く」

「何度訊いても答えは同じです。これって自白の強要ですよね」

なかなか彼女も負けていない。しかし、七海は今の言葉が頭にきたのか、しゃしゃり出た。

「あなたは昨晩、こちらのお父さんの病室で今と同じ目に遭いませんでしたか」

「えっ、どうして……」

「どうして知ってるのかって言いたいんですね。昨晩も天使様があなたに悪戯をしたのですよ。悪事から手を引くようにとね」

彼女は黙っていた。

「昨晩、あなたはボトルに何かを注入しようとしましたね。速見先生の指示ですか」

「いいえ」

「矢島先生の指示ですか」

「いいえ、矢島先生は無関係です」

唐突に矢島の名前を持ち出され、慌てたのか、つい口が滑ってしまったようだ。

「では、あなた一人の犯行ですね」

七海の独壇場に観念したのか項垂れた。

「そうです」

「矢島先生との関係も知っていますよ」

耳打ちすると、彼女は大きな溜息をついた。天使様の存在を信じたかどうかは分からないが、何もかも発露《ばれ》ていると思ったに違いない。ラヴホテルの名前を出すと完全に降参した。

「何の注射をしようとしたのかね」

　素直に応じた。心筋梗塞を起こすのも道理だ。前にも二回同じ手口で実行したことも素直に認めた。決して速見が憎かったわけではない。蹴落とすことが矢島のためだと思った。こうなった以上、自分はどうなってもいい。矢島が無関係であることを強調するため、二人の関係について言わずもがな語り始めた。

　真相さえ分かれば、プライベートなことなどどうでもよかったが、二人は黙って聞いていた。馴れ初めから逢瀬を楽しんだこと、離婚を強要するつもりはなく現状のままでいいことなど、口から口へと言葉が出ていた。一途の曲がった恋だった。

「速見先生。後はお任せします」

「君は一体何者かね」

「宮崎さんの娘さんの友達ですって説明したでしょう」

「そういう意味じゃなくて。まあいい。どうも有り難う。これで私の疑問も解けたよ。急死するなんてあり得ないと思っていたからね」

「事件が解決して良かったですね。では私たちはこれで」

　七海と美香はその部屋を辞したが、私はもう少し残って様子を見ることにした。

　速見は四階でなく五階に上がった。カードを差し込みドアが開くと右端一番奥の部屋へ向かった。その部屋は更に暗証番号の入力が求められる。インターホンを押した。

田代研究室という名札が掛かっている。来意を告げるとすぐにドアが開くのかと思ったが違った。白衣を着た白髪交じりの男性が奥のドアを開けて出てきた。たぶん田代だろう。食堂で一緒に食べていた先生だった。入り口のドアを開けて廊下へ出てきた。二言三言話すと、四階へ下りて速見の研究室へ移動した。待つように言われてたのか、まだ看護師がいた。田代が彼女にいろいろ質問をする。腕組みをしたり溜息をついたり、驚いたり感心したり考え込んだりしていた。速見にも話しかける。指示を受けたのか速見が電話をした。暫くすると、矢島がやってきた。経緯を説明しているのだろう。突然、矢島は驚きの顔に変わった。この様子だと、やはり看護師の単独犯だろう。

結論めいたものが出たようだ。速見が電話をすると、みんなで下りた。

一階の入り口には七海が待っていた。

速見が声をかけた。

「ここで待っていたの？」

「え。ええ」

七海は少し返事に困った。先生を待っていたのではない。私を待っていたのに決まっている。しかし、そう思わせておけばよい。

「こちらがさっきお話しした江藤さんです」

「どうも有り難う。ところで天使様って一体何ですか？」

「先生は神様の存在を信じます？」

「いや、信じないね」

「じゃあ、天使様も信じませんよね」

「ああ、信じないね」

「速見先生はどうです」

「私も信じないけど、不思議な現象が起こったことだけは間違いないからね。どう判断していいのか今はちょっと迷ってるところかな」

「でも、速見先生もこれで一安心ですね」

「ああ、有り難う」

「矢島先生の不倫も公になるんでしょうね」

「たぶんそうなるんじゃないのかな」

　そんな話をしていると制服を着た警察官が二人と、私服の警察官が一人やって来た。説明をすると三人は看護師を連れて行った。矢島も同行。

　まさか、ゲーム通りの事件だったとは驚きだ。しかも、これで二度目。一度目は《断崖邸の死。犯人は渡辺》
　美香のお父さんが退院する二日前の出来事だった。

八　天使の正体

七海は後期試験が終わり、後は卒業と県からの辞令を待つばかりになった。私は懸案の調査を実行することにした。
［七海さん、この辺りの地図を買ってきてくれない？］
［どうして？］
［今まで、何度か目が見えなくなっただろう。その場所を確認したいんだ］
一緒に書店へ行き、一枚に大きく広がる地図を選んだ。七海の家に戻ると両親がいないことを確かめ、居間のテーブルに広げた。
［まずはここね。二回目はどこなの？］
［二回目はパトカーの中だったね。場所は確かこの辺かな］
［三回目はここね］
［もうない？］
［こんだけかな。さてと］
［これで何か分かるの？］

「分かるか解らないかは判らないよ」

「何なのそれ、変なの」

「ある場所を過ぎると急に見えなくなるだろう。何だか見えなくなる場所に境界点があるんじゃないかと思ってね」

「境界点ねえ。点よりも線と考える方が普通じゃない？　境界線」

「そうだね。それで、バスに乗って、いろいろな方向を調査したいんだけど、ついてきてくれる？」

「もちろんよ」

　バスの乗り降りがめんどうと思ったのだろう。思案をしているようだ。

「そうだ、猿渡さんの車に乗せてもらうのはどう。天使様のお願いと言えば協力してくれると思うよ」

「彼女、車を買ったの？」

「そうなの。例の二百万でね。免許も持ってるし」

「じゃあ、お願いしてみてくれる？　でも、ちょっとでも渋るようだったら、即やめてね」

「分かった、そうする」

二日後、七海と私は駅前で猿渡と待ち合わせた。

「有り難う」

「今、天使様はここにいるの？」

「いるわよ」

七海はノートパソコンを取り出した。猿渡には秘密をばらしてもいいと思った。尤《もっと》も、既に発露《ばれ》てるも同然だが。ボールペンが空中に浮き、キーを押すところを見せた。

「本当に、ここにいるのね。なんだか浮き浮きしちゃう」

見えなくなったら袖を二回引っ張る。見えるようになったら一回と決めた。三人？は逸《はや》る気持ちを抑えながら調査に向かった。

七海が傍にいても冒険はやはり恐い。私は袖を片時も離さず、付き従った。

案の定、途中で目が見えなくなる。そうするとバックし、見えるようなった地点をチェックする。大きな地図を取り出し、その場所にチェックを入れる。場所を少し変えて見えなくなるまで進む。チェックしてバック。それの繰り返しだ。十二時過ぎに調査を完了し、駅前へ戻った。

「ランチを奢るわ」

「別にいいわよ。天使様のためだもの」

「そんなこと言わないで。私じゃなくて、天使様の奢りなんだから」

元気君ならきっとそうするだろうなと思うと、自然と言葉が出たそうだ。

「そうなの？　じゃあ御馳走になるわ。でも、天使様ってお金を持ってるの？」

「さあ、どうだか。天使様の物は私の物。私の物は天使様の物。だから、どっちでも同じことよ」

「そんな仲なの？　羨ましいわね」

「さぁ、行こ、行こ」

七海と最後の食事をした喫茶店だ。あれから一度も行っていないと言う。懐かしさが込み上がってくる。七海もきっと同じ思いだろう。

二人はお喋りをしながら食事を楽しんだ。

「どんな姿をしているの？」だとか「何時、降りてくるの？」だとか、質問攻めだ。「素っ裸よ」とか「いつも一緒だよ」と答える訳にはいかない。適当に答えたり、話を逸らしたり、返答に苦慮することが多かった。早く切り上げるに限る。

「ああ、美味しかった」

「お役に立てることがあったら、何時でも連絡して」

「うん、分かった。今日は、有り難う。じゃあ」

家に戻るとすぐに地図を広げた。チェックした点を繋げると、ほぼ円の形だ。

「この円が僕の行動範囲か」

タクシーやバス・電車に乗っても、この円の手前で降りれば安全だ。

「ちょっと待って。こんなに綺麗な円になるって不思議じゃない？　ということは、この円の中心に何か秘密があるかも」

七海は地図の上に指を立てた。大学病院だ。

「さすが、七海さん。冴《さ》えてるねえ。そういえば、僕が初めて目覚めたのもこの病院だよ」

「あら、そうなの」

言われてみるとその通りだ。大体この辺りというのは直感で判る。しかし、中心地を正確に調べることにした。点と点を結び垂直二等分線を引く。何本も引く。交点が何個も出来るが、これは誤差だ。しかし、その殆どは医大を示している。

「でもこの地図だと、それ以上は分からないわね」

「病院には秘密にするような場所はないだろう。敢えて言えば、死体安置所くらいだ」

「図書館や大学本館も関係ないでしょう」

「秘密があるとすればセキュリティーの厳重な研究所だろうね」

「ああ、あの研究所ね。じゃあ今から行きましょう」

［一人でいいよ］
［水くさいわねえ。手伝うわよ。何でも言って。もし途中で見えなくなったらどうするの］
［ここは行動範囲の中心地だから大丈夫。あそこはセキュリティーが厳しくてとても入れないだろう］
［それもそうね。分かったわ。自分探しの旅ね］
［ま、そんなところかな］
　私は五時過ぎに研究所の入り口にいた。一階から順に部屋を物色した。それ程大した研究をしていないのか、定時を過ぎると人影はほとんどない。机の引き出しも開けられる所は全て開けた。机上にある鉛筆などを利用して、書類をチェックするが、めぼしい物はない。パソコンのスイッチを入れ、中身をチェックするが、私に関連するようなものは出てこなかった。非常階段が無いので、二階へはエレベーターで行くしかない。しかしボタンを押せない。部屋から鉛筆か何かを持ち出せればいいが、それは不可能だ。私は通り抜けられても、鉛筆は外へは出られない。廊下に何か落ちていれば別だが。これでは二階へ行くことが出来ない。
〈今日はここまでか。仕方ない。帰るか〉
帰りかけると、閃《ひらめ》いた。何をかって？　それは目が見えなくなった時、駅の階段を上ったことだ。段の高さを教えてもらい、それを想像して上ることが出来た。それをここで実践しようというのだ。二階までの高さを目測する。神経を集中。目を瞑る。螺旋階段を想像する。いざ、出発。

〈おっ。上ってる感覚がある。この調子、この調子〉

〈そろそろ二階の筈だ〉

そっと目を開ける。二階の床上三十センチだ。もう一度目を瞑り、上がる。今度は床上十センチ。目を開けたまま十センチ下り、無事床に到着。廊下の真ん中の心算が、だいぶずれていた。それでも上出来だ。早速、二階を調査。ここも成果はなかった。

三階へ。

〈待てよ。目を瞑らなくても出来るかな?〉

気合いを入れ直す。目の前に階段があると想像する。四＋一。……GO。

〈おっ。いい感じ。ばっちりだ。途中、床のコンクリで目の前が真っ暗になったが、無事到着〉

〈これは凄い。このまま行けば天国まで昇れるぞ。いや、待てよ。上下方向にも行動範囲の限界があるのかな。ま、いいや〉

三階をチェック。めぼしい物は無し。四階、五階で何か見つかればいいが。

四階へ上がる。窓から外を眺めると街灯が点いているようだ。外はもう暗いのが判る。私には関係ないが、いい加減くたびれた。肉体的な疲れはない。精神的な疲れだ。目の前に速見研究室がある。中に入ると、丁度いいソファーを見つけ、そこで寝ることにした。

おはよう。と言っても相手はいない。私は顔を洗う必要もなければ、歯も磨かなくていい。朝食も食べなくていいからすぐに活動だ。

ここは四階。速見研究室だ。引き出しには鍵の掛かっているものもある。三階まではそんなことはなかった。マル秘文書でも入っていそうだ。手は中を素通りするが、ファイルをめくれないのでお手上げだ。パソコンのスイッチを入れると、ログインのパスワードを要求される。三階までとは大違いだ。次の部屋、次の部屋、みなそうだ。管理が徹底されている。書類が見られないならお手上げだ。どうしたものか。窓の所へ戻り、外を眺める。ぽちぽち人影が見える。もうそんな時間か。

またまた、閃いた。壁を通り抜けて片足を出す。

〈おぉ、床だ〉

数値はゼロだが、体重を乗せ、反対の足を出す。出来た。躰全部が外に出ている。つまりは空中に浮いているのだ。そのまま駆け出した。

〈おお、空中を走り回ってるぞ。よし、今度は坂道だ〉

どんどん下がり、ついに地上だ。嬉しくて堪《たま》らない。ジャンプするとちゃんと元の地面に戻る。今まで意識してなかったが、何度かジャンプしたような気がする。空を見上げて両手を天に突き上げた。その時、瞬きをしていないのに一瞬、暗くなった。そして私の目の前を人が通り過ぎていった。私の躰を通り抜けたのだ。ふと、我に返った。

研究室へ戻る。一番乗りは若い女性の研究員のようだ。一緒に入っていく。二階で降りて、研究室へ。何をするかと思いきや、お湯を沸かし始めた。

（お茶を入れるのは女性の仕事ではない）とは思うものの、いろいろな約束事があるのだろう。例えば初めに来た人がお湯を沸かすというような。でもそれで彼女がいつも一番に来れば同じことだ。そんなくだらないことをいろいろと考えていた。

彼女は机に座ると、先ずパソコンのスイッチを入れ引き出しを開けた。ログイン画面になるとパスワードを入力して立ち上げる。大学院生かな。決して美人ではないが、理知的な顔だ。でもやっぱし七海が一番だな。何てね。

パソコンを覗くと難しい言葉がずらりと出てくる。僕と何か関係があるのかな。ゲッ。細菌。そう言えば部屋の一角に別の部屋があった。そこは密閉室かな。中に細菌がうようよいたりなんかして。気持ち悪。

そんなこんなで、各部屋を行ったり来たりした。

　十二時になると、サイレンかチャイムでも鳴ったのか、みんな一斉に動き出した。まさか、避難訓練じゃないよな。殆ど全員いなくなった。しめしめ。チャンスだ。ロッカーや引き出しの鍵は開いたままだ。中を探すが、これがまたさっぱり。どうしたものか。

　閃いたぞ。両手に一本ずつボールペンをつまむと操作を始めた。先ず文書作成ソフトを立ち上げる。そして記入していった。

［私は広川元気。誰か助けてください］

　スイッチがＯＮになっているパソコンが殆どだ。次から次へと同じ文面を打った。次の部屋にいくと同じことを繰り返した。ＯＦＦになっているパソコンは、立ち上げてもどうせパスワードでストップだから何もしなかった。全ての階で実行。案外と早く終わり、四階の速見研究室へ戻りソファーに座った。別にどこでも関係ないのだが、知人なので？　ついそこに行ってしまう。

　待つこと十分。みんなが戻ってきた。画面を見た人全員が驚いている。ざわついてきた。電話をする者。部屋を出て行く者。慌ただしい。

「ウィルス。ウィルス」と言ってるようだ。唇の動きでそのくらいは分かる。

〈そうか、ここは細菌学の研究室もあった。ひょっとして病原菌が流出したのかもしれない〉

と一瞬思ったが、誰もパソコンから動かない。

〈あっ。そうか。病原菌じゃなくて、パソコンのウィルスか〉

そう気付くのに時間は要しない。

誰かやってきて椅子に座ると、数人が彼の周りを囲んだ。CDを取り出し、操作を始める。ウィルス検査や遠隔操作の調査をしているようだ。何の異常もないことを確認すると次のパソコンへ。全ての検査が終わると結果を説明していた。ウィルスや乗っ取りでもなければ、誰かの悪戯としか考えられないとでも話しているのだろう。

「誰の悪戯だ」とみんなが議論している間に彼は次の部屋へと移動した。私は彼に付いていった。次の部屋でも同じ様な検査をし、説明していた。四階が終われば五階だ。どこも同じだ。そして最後の部屋へ。田代研究室だ。

検査の間中、いくつかある部屋を歩き回った。順に見て回る。特に異状はない。更に奥へ行く。各階の入り口はカードが必要だが、この部屋へ入るには更に暗証番号が要る。なかなか厳しい。しかし、私には通用しない。中に入ると臓器のホルマリン漬けがたくさん並んでいる。研究室ならあって当然だ。

一番奥の部屋に入った。波形や数値が表示されているモニターだらけだ。パソコンも数台ある。勿論、これにも同じ文章を打った。停電時に使うのだろうか、非常用の電源装置まである。更にその奥にも一部屋ある。中央奥に脳が一つあり、周りを三台のカメラが睨んでいる。脳には電極がハリネズミのように刺さっており、管も数本装着されて、赤い液体が出入りしている。血液に違いない。脳の研究なら当然のことだと思った。検査をする人がなかなかやってこない。様子を見に戻ろうとすると、田代が一人で入ってきた。検査をしないのだろうか。

「足」と書かれたモニターを凝視した。次のモニターも確認している。全ての確認が終わると、一台のパソコンに向かった。まだ私が打った文がそのままだ。田代が操作を始める。画面には書き込みが付け加わった。

［お前は誰だ］

打ち終わると次のパソコンへ。同じ文を打っていた。

それを見てどうしようか迷った。ボールペンを探し、両手に持ってキーボードを打った。

［私は、広川元気です］

その物音に気付いたのか、こっちにやって来た。書き込みに気付いた田代は更に書き込んだ。

［これはどんなマジックだ］

田代は画面と睨めっこしている。動きそうにないので仕方なく私はボールペンを二本手にし、キーボードの上に持っていった。田代は目を丸くしてボールペンの動きを凝視していた。手で周りを探り、何も無いことを確認したようだ。

「マジックではありません」

「そんな筈はない」

「田代先生は現実を認めないのですか？」

「どうして私の名前を知ってるのかね」

やはり彼が田代だ。

「入り口のプレートです」

腕組みをし、天井を見上げて考え込んだ。腕組みを解くと打ち込んだ。

「では訊く。君の誕生日はいつだ」

私が素直に答えると一冊のファイルを取り出し、照合していた。次々と質問を浴びせては、呻《うな》ったり溜息をついたり驚いたりしていた。ボールペンの周りを探って、糸か何かがないことを再度確かめていたがやはり何も見つけることはできなかった。

「君は以前ここに来たことがあるか？」

「はい」

「速見先生を知っているか」

「はい」

「事件解決を手伝ったか」

［はい］
　さすがは先生。気がついたようだ。質問はそこまで。方針を変えてきた。
［私が指示するまで、その辺を歩き回ってくれるか?］
　ちょっと上から目線のもの言いが気に障ったが快く了承した。彼はモニターを監視していた。急に振り向くと怒鳴っていた。分かった言葉は「ＳＴＯＰ」だった。
　私はボールペンを先生の目の前に持っていき、キーボードへと向かった。先生もついてきた。
［私は耳が聞こえません。怒鳴らないでください］
［そうか。それは済まないことをした。私が右手を挙げたらモニターに書いている指示通りに動作を始め、左手を挙げたら止めてくれ］
［分かりました］
［右手を挙げて］
　田代が別のモニターの所へ行くと右手が挙がる。私が右手を挙げると、田代が左手を挙げる。私は右手を下ろす。それを二、三度繰り返す。今度は左手だ。次は右足。そして左足。首。いろいろな動きをさせられた。注文が多かったが、信用させるために素直に応じた。いや、もう信じてる筈だ。
［不思議なことだが、君は死んだが生きている］

〈何のこっちゃ。さっぱり解りまへん〉

「どういう意味ですか?」

「君の意思通り、臓器は移植したよ。それでよかったのかな」

「やっぱし僕は死んでるの?」

「ああ。君は死んだが、臓器提供された人はみんな元気にしている。つまり君は生きているんだ」

「それは臓器が生きているということで、僕が生きているということにはならないでしょう」

「いや、脳も生きている」

「ひょっとして、あの奥にあるのが、僕の脳なの?」

「その通り。臓器は提供したが、残った脳をどうしようかと迷い、かねてから思っていた実験に取り組んだんだ」

脳死を確認してから臓器を提供し、私の脳を密かに研究室に持ち帰ったのだ。脳の蘇生。それが先生のテーマだ。しかし、倫理的に大問題。だから極秘の研究になる。誰にも知られてはいけない。助手も置けない。

今までに頭部の移植手術が動物で行われたことがある。一度死んだ脳を蘇生するという研究もある。死んだ人間を生き返らせるということだ。要はフランケンシュタインだ。しかし、私の場合は違う。躰が無く、頭蓋骨も無く、脳だけを取り出して生かすという研究だ。研究の意味がそもそもあるのだろうか。疑問だ。ただ脳が生きているということだけだ。しかし、現実は違った。田代もこんな結果になるとは想像もしていなかったようだ。

今学期初め、酸素を注入するところを間違って、オゾンを入れたそうだ。気付いた田代は慌てて酸素に切り替えたが、その時、不思議なことに脳が活動を開始した。四月八日朝の出来事だと言う。その日は、私が目覚めた日時と同じだと教える。それからは脳波の動きや血流の画像等を毎日欠かさず記録していった。手足が動いている信号をキャッチする。思考しているのが分かる。しかし、それはあくまでも脳波や血流画像がそのように示しているだけだ。どんな意味があるのだろう。そんな感じだったそうだ。しかし、脳が創造した実体がここに存在する。実体という言葉は相応《ふさわ》しくない。虚体と言った方が正しいだろう。たった今、手足の動きでそれを確認した。驚くのは当然。もちろん私もだ。学会に発表はできない。問題視され、医学界から追放される危険性もある。もし発表しても笑われるだけだ。私が実演？　しない限りは。

「君は目が見えるのかね」

愚問だ。見えるからこうして対話をしているのだから。しかし、私は素直に答えた。

「もちろん」

相変わらず高飛車な言い方が頭に来るが、そこはじっと耐えた。次から次へと質問が続いた。

「耳が聞こえるかね」

「残念ながら、聞こえません」

「臭いはどうかね」

「駄目です」

「触るのは？」

「触ることは出来ません。しかし、何故か物を握ることと抓むことはできます」

「それはどういうことかね」

「物体を透過します。だからドアでも壁でも素通り出来ます」

田代は考え込んでしまった。ここはカードも必要だし、暗証番号も知っていなければならない。それなのに侵入している。

現代では相対論のように理論が先行し実験事実が後追いする場合もあるが、私の場合は違う。今までのように、動かざる事実を認識し、それに理論付けをしなければならない。

「私にも質問させてください。私は一体何ですか。幽霊ですか。それとも幽体離脱ですか」

「そのどちらとも違う。君は生き返ったんだ」

「私は生きているんですね」

「そうだ。死んだ人間が霊魂になるんだったら、今までに何百何千と現れてもいい筈だが、そんな例は一つもない。躰が無いのに幽体離脱とは片腹痛い。君は一度死んだんだから臨死体験でもない」

「確かに。現に私はここにいるんですから」

「そう。君はここにいる。君は生きているんだ」

「私ではなく、私の脳がという意味ですか」

何とも不思議な気持ちで、自分の脳をしみじみと眺めた。

「確かに脳の話だが、君は実際に手足を動かしているだろう。これを生きていると言わずして何と言う」

モニターを示しながらあれが目の動き、これが唇の動き、それが右手こっちが左手と事細かな部位の説明をしてくれた。

「確かにそうですね」

「君は幻肢痛《げんしつう》という言葉を知ってるかね？」

「いいえ」

交通事故などで腕をなくした人が、その手首が痛いだとか、失った足の爪先に激痛が走るといった現象がある。脳が恰も手足があるように錯覚し、激痛を感じさせる。信じがたいがそうらしい。もう少し分かりやすい例を挙げてくれた。足が痒《かゆ》いと思って掻《か》いてみるとそこではなくて、少し位置のずれた場所が本命である経験がないかと訊かれた。そういえば何度かそんな経験がある。それも脳の所為だという。要は脳がいろいろな命令を下して、いろいろな感覚を与えるのだと言う。私の場合は更に不思議なことに、躰全体が生きている時と全く同じ様に活動している。激痛を起こしたり痒みを起こさせたりする次元ではなく、複雑で精緻な感覚を与えているのだ。

目が無く、口が無く、鼻も無い。耳も無ければ舌も無い。胴体も手足も何も無い。喋ったつもりが声にはならない。聴こうとしても聞こえない。味わうこともできない。臭いも嗅げない。触ることもできない。実体が無いのだから当然だ。しかし、説明と大きく異なることがある。それは見ることと物を握ることだ。

「確かにそのようだな。理由は分からない。これからの研究課題だ。ただ見ることに関しては脳波の影響があるかもしれない」

「どういうことですか」

「コウモリは超音波を発して物の位置を特定し、すばやく行動することを知ってるだろう。ひょっとしたらその類かもしれない。当面この課題から調べることにしよう。しかし、たぶんそれは違うだろう。もしそうなら、見える範囲はこの部屋の中だけの筈だ。君の行動範囲は遥かに広いようだから、何か別の仕組みがあるのだろう。色に関してはどうかね？　超音波のようなものだとして、色を捉えることはできないと思うが」

「確かにセピア調のモノクロにしか見えません」

「ううん。やはりそうか。不思議なことだが、現実がそうなんだから受け入れるしかないね」

「今後、私はどうなるんですか」

「脳に栄養補給をしている間は、今のまま生き続けるだろう」

「そうなんですね」

「君はどうして欲しいんだ。このままの状態でずっと生きていくか、それとも栄養を遮断して死を選ぶか」

最近は尊厳死ということが取り沙汰されている。私の場合、尊厳死とは少し異なる。なぜなら既に一度死んでいるのだから。私の意思を尊重しようというのだろうか。

「もし、私が死を選べば、先生は研究を中止しますか」

それに対する即答は無かった。腕組みをして考え込んでいる。私はじっと待った。返事が返ってくるまでの時間がとても長く感じられた。答えは質問で返ってきた。

「君は死を選ぶのかね」

今度は私が考える番だ。

躰は死んだが脳が生きて、しかも実体があるかのように活動をしている。躰が生きていて脳だけが死ねば脳死だが、その反対に脳が生きて躰が死んでいる状態だ。脳死に対して体死とでも言えば良いのだろうか。それとも脳生か。考える私がいて、考えた通りに活動できれば生きていると言っても過言ではない。生きていたい。七海と一緒に楽しい時を過ごしたい。死ぬのは嫌だ。

「そうか。生きていたいか。そうだよなあ」田代は大きく溜息をついて続けた。「ところで君は今までどうしてたんだ」

私は今までのことを次から次へと書き込んでいった。

「今日はここまでにしよう。前にも言ったが、このことはくれぐれも内密にして欲しい」

「先生は江藤七海さんをご存じですよね」

「ああ、この前は随分とお世話になったからね。あの時の天使様が君だったんだね」

田代は納得顔をした。

「彼女を初め、もう数人は私の存在を知っています」

「その人たちにも箝口令《かんこうれい》を敷いてくれないか。それにこれ以上広まらないようにして欲しい。君の存在がある程度知られるのは仕方がない。しかし、私が研究していることと、君の脳の存在は絶対に知られてはならない」

「両親には未だ知らせてないんですが、それも駄目ですか」

「とにかくこれは特異なことだ。熟慮する必要がある。結論を出すまで待って欲しい」

「分かりました」

「頼んだよ。ところで、明日も来てくれるかな」

「喜んで。私の命の恩人ですから」

「では、明日。待ってるよ」

そう言うと帰り支度を始めた。


「先生。おはようございます」

「おはよう」

「江藤七海さんが来ているんですが、ご一緒してもいいですか」

「どうせこの研究室のことを話したんだろ」

「ええ。話しました」

顎《あご》に手を当てて、考え込んでいたが結論は早かった。

「分かった。中に入れてあげよう」

そう言うと、一階まで下りて、連れてきた。脳を指さしながら彼女に話しかけていた。彼女は脳を見つめたまま口に手をやり、暫く絶句していた。実体としての脳がそこにあり、虚体としての躰がここにある。混乱しているようだが、現実を受け止めるしかない。

田代は長々と話し始めた。私の二本指ならぬ二本鉛筆での対話を面倒くさくなったのか、彼女から直接聞くことにしたようだ。確かにその方が効率的だ。きっと昨日の話の続きを聞いているのだろう。

昼休みになり先生が外に出ると七海はパソコンの前に座った。

［ここで研究の手伝いをしないかって言われたの。どう思う?］

この研究室は彼一人で取り仕切っている。助手を雇うと秘密が露見《ばれ》る。だからずっと一人でやってきた。しかし、私の脳が活動を始め、データのまとめなど幾ら手があっても足りないという。医学の知識は無くても、データの整理くらいならできる。それに七海は既に私の秘密を知っている。必ずや秘密を守ってくれるだろう。外部に漏れる心配もない。最適の人材だと言う。すぐにでも来て欲しいそうだ。対外的にはアルバイトの事務員として雇うので給料もその待遇でしかない。しかし、ポケットマネーで上乗せし助手並みにするらしい。二、三年勉強し、成績がよければ、正規の助手として採用してもよい。更に上を目指すことだってできる。そう勧誘してきた。

七海は教員採用試験に合格している。あとは採用の連絡を待つだけだ。今まで教員になるために勉強してきた。それらを全て捨てなければならない。しかし、私の傍で私のために働けるというのも魅力的なようだ。どっちを採るか悩ましいところだ。

「君の人生だ。君が選ぶしかない」

「それはそうだけど。少し考える時間がいるわ」

「返事を急いでるの？」

「先生も、ゆっくり考えなさいって言ってくれたんだけど」

「お昼でも食べながら、ゆっくり考えたら」

「うん。そうする。一緒に来る？」

「いや、ここで待ってる」

「そう。じゃ、行ってくるね」

一時前、七海は先生と一緒に戻ってきた。

「明日から、三月末まで、とりあえずここで働くことにしたわ。それまでに結論を出せばいいでしょ」

好きなことと、適したこととは必ずしも一致しない。とあるプロ野球の選手がいた。一軍でプレーするくらいなので、たぶん好きでなった筈だ。しかしあまり活躍できず、思い切ってプロレスラーに転向したところ、何と世界チャンピオンにまでのし上がったという例がある。他にも探せばいくらでもあるだろう。既定路線に捉われず、いろいろ試すのもいいかもしれない。

私も七海と一緒に自分自身の研究ができる。正体は分かったが、何故物が見え、物を握れるのか。理由を知りたいのは私の方だ。

宇宙は十一次元で成り立っているという理論がある。しかし、現実は四次元世界だ。残りの七次元は何処に行ったのか。また、全宇宙の七十パーセントは未知の暗黒エネルギーで成り立っているとも言う。縮退した七次元が暗黒エネルギーとなり、その一部が私のパワーの源だと、勝手に訳も解らぬ理論を適用することにした。誰にも解らないエネルギーなんだから、誰も文句は言えない筈だ。

そんなことを考えていると、七海は早速私に命令した。

〔あ、あ、あ、と言って〕

私は喜んで彼女の命令に従った。

著者プロフィール

速島 實（はやしま みのる）

1949年北九州市に生まれる。
公務員として30年間（うち3年間は海外）勤務。
定年退職後、思い立ってペンをとる。
著書『一年（ひととせ）』（eブックランド社）
　『武蔵誕生』（幻冬舎）
　『巌流島の決闘』（幻冬舎）
　『お坊主小兵衛』（文芸社）
　他

カバーイラスト：黒田 文隆
イラスト協力会社：株式会社ラポール イラスト事業部

輪廻転生《りんねてんしょう》事件簿

2024年12月15日　初版第1刷発行

著　者　速島 實
発行者　瓜谷 綱延
発行所　株式会社文芸社
〒160-0022　東京都新宿区新宿1－10－1
電話　03-5369-3060（代表）
03-5369-2299（販売）

印刷所　株式会社暁印刷

ISBN978-4-286-25839-3